U0909869

历史凶杀悬疑小说

黑道笔记

HEIDAOBIJI

旧上海滩四大黑社会老大的悲惨结局

蒋 斌◆著

中国财富出版社

图书在版编目(CIP)数据

黑道笔记:旧上海滩四大黑社会老大的悲惨结局 / 蒋斌著.—北京:中国财富出版社, 2014.8

ISBN 978-7-5047-5130-0

Ⅰ.①黑… Ⅱ.①蒋… Ⅲ.①纪实小说-中国-当代 Ⅳ.①I247.5

中国版本图书馆 CIP 数据核字(2014)第 030935 号

策划编辑 张艳华　　**责任印制** 方朋远

责任编辑 张艳华　　**责任校对** 饶莉莉

出版发行 中国财富出版社

社　　址 北京市丰台区南四环西路 188 号 5 区 20 楼　**邮政编码** 100070

电　　话 010-52227568(发行部)　010-52227588 转 307(总编室)

010-68589540(读者服务部)　010-52227588 转 305(质检部)

网　　址 http://www.cfpress.com.cn

经　　销 新华书店

印　　刷 北京京都六环印刷厂

书　　号 ISBN 978-7-5047-5130-0/I·0140

开　　本 880mm×1230mm 1/32　**版　　次** 2014 年 8 月第 1 版

印　　张 9.5　**印　　次** 2014 年 8 月第 1 次印刷

字　　数 197 千字　**定　　价** 32.00 元

前　言

民国出军阀，更出黑道人物。如果说天下功夫出少林，那么至少有三分之一的黑道人物出身青帮。不必说青帮是清初以来流行最广的帮会，也不必说青帮是清初以来影响最深远的民间秘密结社之一，只要随便一数，就有一串耀眼的名字：蒋介石、汪寿华、杨宇霆、张宗昌……

名字耀眼，但在青帮的历史中，这些人却只是不起眼的蜡烛，淹没在传奇的光芒中。

黄金荣自称青帮“天”字辈，与杜月笙、张啸林结为威震上海滩的“三大亨”集团，成为上海黑社会的龙头老大、海上枭雄。黄金荣最初不过是一家裱褙店的小学徒，他又凭什么一跃成为上海帮会的第一大亨？凭着自己法租界华人侦探的身份，黄金荣背靠洋人，通吃黑白两道，玩转巡捕房，称霸法租界，无意中的顺水人情将后来民国风头最盛的蒋介石收为门

生，收获了大半生的显赫荣耀。

陈其美可以说是民国时期黑道最令人胆寒的一哥。典当铺学徒出身，陈其美却结交黑道人物，翻手为云，覆手为雨，一跃成为上海青帮的大头目。纵然投身革命，陈其美干的只有一件事：不合吾意者，死！光复会的领袖陶成章也好，袁世凯的心腹郑汝成也罢，无一能逃出他的算计。长于刺杀，陈其美本人却死于刺杀，不知道这是不是对他人生的最好的注脚。

杜月笙是“三百年帮会第一人”，也是中国近代史上最富传奇性的人物之一。他文质彬彬，却心狠手辣、杀人如麻；他为虎作伥，却又铁血除奸；他狡猾奸诈，却又很讲义气；他称雄黑道，却又逐步洗白，向社会名流与地方领袖转型。

张啸林人称“张大帅”，没有大帅众多的手下和枪杆，却凭着一双拳头，在上海闯出了自己的名头。杭州武备学堂结交的人脉成为他加盟黄、杜“土”生意的一张王牌，走私烟土，一路无阻，一跃而成为与黄金荣、杜月笙齐名的青帮“三大亨”之一。

本书以小说笔法，为读者生动再现了上述四大黑社会老大的人生轨迹及各自的悲惨结局。

目　录

黄金荣：青帮“天”字大龙头

陈其美：黑道刺杀第一哥

杜月笙：三百年帮会第一人

张啸林：上海黑帮“张大帅”

黄金荣：青帮“天”字大龙头

黄金荣自称青帮“天”字辈，与杜月笙、张啸林结为威震上海滩的“三大亨”集团，成为上海黑社会的龙头老大、海上枭雄。黄金荣背靠洋人，通吃黑白两道，玩转巡捕房，称霸法租界。

你越卑鄙就越能飞黄腾达。

——黄金荣

小档案

姓名字号：黄金荣，字锦镛，绰号麻皮金荣

籍　　贯：江苏苏州

祖　　籍：浙江余姚

生卒年月：1868年12月14日（农历十一月初一）——1953年6月20日。

家　　人：

父亲——黄炳泉，在吴县县衙当刑事班头。

母亲——苏州女子邹氏。

姐姐——黄凤仙，乳名阿宝。

妹妹——黄杏仙，小名招弟。

弟弟——黄木金，夭折。

发妻——林桂生，离异。

妻子——露兰春，离异。

儿子——黄钧培，小名福宝，林桂生所生，早逝。

儿媳——李志清，黄钧培之妻，法捕房华探李祥庆之女。

养子——黄源焘，小名连弟。

养子——小名根弟，后离开黄家。

简 历

1868 年——出生于苏州。

1872 年——长天花成了麻子。

1873 年——举家迁往上海。

1876 年——入私塾读书。

1881 年——父亲逝世，入孟将堂寺庙打杂。

1884 年——在姐夫开的瑞嘉堂裱褙店当学徒。

1887 年——学徒出师，在“笺扇庄”做司务。

1890 年——在上海县衙做捕快。

1892 年——被法巡捕房录取为三等华捕。

1899 年——辞职赴苏州，开设老天宫戏院。

1900 年——娶林桂生。

1901 年——在聚宝楼开香堂收徒。

1903 年——获得法巡捕房一枚银质宝星。

1917 年——任淞沪护军使衙门上校督察。

1922 年——桂生姐发妻下堂，娶露兰春。

1922 年——蒋介石拜其为老头子。

1922 年——晋升为巡捕房华人督察员。

1923 年——办理临城劫车案。

1923 年——与露兰春离婚。

1924 年——升任督察长。

1927 年——送还蒋介石门生帖。

1927 年——“四一二”反革命政变充当帮凶。

1927 年——被法租界巡捕房聘为高等顾问。

1927 年——被蒋介石任命为“军事委员会少将参议”“海陆空军总司令部顾问”“行政院参议”。

1931 年——黄家花园落成。

1931 年——吃进大世界游乐场，更名为“荣计大世界”。

1936 年——成立忠信社。

1945 年——成立荣社。

1953 年——在钧培里黄公馆谢幕人生，终年 85 岁。

祸水

“救命！救命！”

杏花在喊救命！笺扇庄司务黄金荣心中一动，蹿过天井，跨进屋去。杏花长得眉清目秀，身材苗条，身上有一种堂子里女人没有的清纯。每天经过杏花家到城隍庙附近的得意楼招揽生意，黄金荣都会听到杏花撩拨人心的歌声。

两个小混混和杏花扭打在一起，杏花腰间已经露出一片雪白的皮肤。

“放开她！”黄金荣一声怒吼。

两个小混混停住手，齐刷刷回过头来打量着黄金荣。后生个头不高，敦敦实实，一脸麻子，怒目圆睁，凶神恶煞一般，一看就不是吃素的主。

“关你屁事！他哥欠了我们哥俩赌债，拿她顶债了！”矮个的伸手掏出腰间的短刀，一脸戒备。

高个子一见兄弟掏刀，操起一旁的椅子轮圆。麻子力大，待会打起来得留意点。

黄金荣心中一寒，这事还真不好办。抢劫，自己和青帮那些兄弟干得真不少。救人，这还是第一回。黄金荣在瑞嘉堂裱

褙店当学徒那会，只要店里有顾客送名画来装裱，他便悄悄通知青帮的陈世昌。等到顾客取画那天，陈世昌就会指挥手下在途中埋伏抢劫。

杏花一脸泪水，梨花带雨地看着黄金荣。贼小娘！抱在怀里那不羡煞旁人。黄金荣一咬牙，粗声粗气地说道："兄弟跟陈世昌混的！欠了多少？你尽可以说个数！"陈世昌是青帮"通"字辈弟子，乳名福生，绰号"套签子福生"。陈世昌在这一带名头极响，报他的名号，说不定能省去一番打斗。

出来混不就是为求财，麻子力大不好对付，矮个脸色一缓，说："晓得什么叫开苞么？晓得良家女子的开苞费是多少么?"

"触那娘，天下竟有这样的哥哥！"黄金荣在心里狠狠骂了一句。这阵子手紧，口袋里没有几个铜钿。

心中着急，黄金荣脸上却是不动声色，笑着说："不瞒二位，杏花是小弟没过门的媳妇。不如这样，小弟在堂子里给二位物色两个雏儿，开苞费小弟出，怎么样?"

杏花嘴张了张，又闭上。

两个雏儿，陈世昌的名头，两个小混混交换了眼色，不说话。

有戏，还得加猛料，黄金荣马上接着说："出来混，谁都保不准有个山高水低的时候。我这里的铜钿二位先拿去，回头再让福生大哥给二位打点一些。"

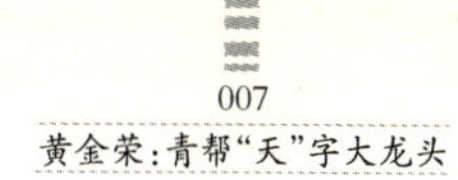

两个小混混收起铜钿，矮个打了个响指，说道："好，明晚得意楼见！"说完，两人转身离去。

流氓远走，杏花再也支持不住，一下子瘫倒在床边。

黄金荣跑到床边，一把抱住杏花。

杏花脸刷的一下红了，挣扎了几下，娇羞地问："你怎么晓得我叫杏花？"

"我打弄堂里走，听别人这样喊的。"黄金荣是风月场老手，一看就知道这妞对自己有意思。

"可是……"等了一歇，杏花才红着脸低声问，"你怎么当着他们说那样的话？"

"我……"黄金荣恍然，"如果你乐意，我当真讨你做媳妇。"女人要哄，黄金荣常在堂子与赌局混，这事做得极其娴熟。

"看得出，你是个担得起肩胛的人，比我哥强多了。"杏花眼睛闪亮。

黄金荣不由得腰杆一直。别的女人第一眼看到的是自己脸上的麻子，唯有杏花眼里尽是赞赏甚至崇拜。

红颜知己当珍惜！黄金荣小心翼翼地将杏花搂在怀里，一边喃喃低语，一边耳鬓厮磨，极尽爱抚。黄金荣对女人一向是大大咧咧，甚至是粗暴野蛮。

杏花娇喘吁吁，一脸红霞。黄金荣将她轻轻地抱起来放到床上，一寸一寸地往下移去。

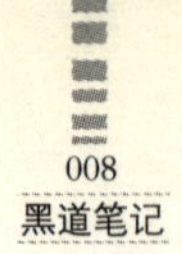

杏花双眼微闭，一副任君采摘的模样。

你若是安好，便是晴天。春天呢？心中有情，何时不是春天？屋外小雪飘飞，屋内却已是春天。

黄金荣心满意足地离开后，心里想的是下一回的幽会。至于得意楼的约会，黄金荣压根儿就已经忘记。春暖花开，谁又能记得情人之外的事？即使记起，他也还不起债，掏不出钱。他一年的工钱仅有 9600 文，那豪爽的“一掏”已经掏去他大半年的积蓄。

这个冬天不太冷。频频相会的人，又怎么会感受到冷。黄金荣与杏花只嫌时间太短、日子太快。

被人放了鸽子！矮个和高个两个混混咬牙切齿：该死的麻皮！爷在这一带混了多年，向来只有爷欺人，哪有人欺爷。

他们找到杏花的哥哥——绰号“黑皮长贵”的泼皮无赖，短刀往桌上一插，要么还钱，要么割肉。“黑皮长贵”的脸一抖，双手一摆：“哥，别动手！我帮你们找麻子还不成，他有钱。他要不给钱，我帮你们揍他小舅子！”

“十八摸，一摸摸上妹妹的手……”，黄金荣哼着小曲，慢悠悠地从得意楼出来。情场得意，生意顺风，才上得意楼一杯茶的工夫，就揽到一幅需要裱褙的名画。

拐角，里巷。笺扇庄的生意好，店面却是在老胡同里。

“十八摸，十八摸摸上妹妹的……”，黄金荣记起了晚上和杏花的约会。

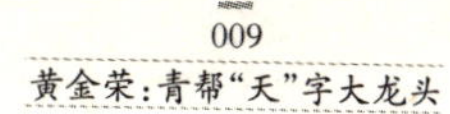

“狗娘养的！叫你骗老子！”黄金荣顿时如被人捏住脖子的鸡，额头上已经有血流出。

他还来不及反应，三个身影已经将他扑倒在地，拳打脚踢，木棍在空中发出“呼呼”的声音。矮个子扯过那卷名画，呼哨一声，三个人迅速消失在胡同中。

头痛，腿伤，这不要紧，要紧的是拿不回画，客户和老板还不得剐了自己。

黄金荣不敢再回店面，直接到小东门陈世昌家。江湖事情江湖了，自己认得的只有青帮这些兄弟。

陈世昌不在家，黄金荣一直等到午夜才见到他。黄金荣苦着脸将事情一说，陈世昌立刻拍胸脯打包票：“放心吧，少不了你的画。你先回去，明日午时得意楼见。”

第二天中午，陈世昌果然带着那幅画如期而至。

原来，“黑皮长贵”与那两名混混早已是县衙的挂号人物。陈世昌找到县衙当捕快的青帮兄弟帮忙，不仅要回了名画，还以拦路抢劫的罪名将长贵和那两名混混投进了大牢。

他奶奶的，打得老子好苦！看以后还动老子一根毛。关不死你！黄金荣恨恨地往地上吐了一口口水。

可是他没想到，当天下午杏花就在弄堂里截住他，哭哭啼啼地要他救出“黑皮长贵”。

救人？这不明摆着拿人家开涮吗？还没感谢陈世昌和那个青帮捕快给自己帮了这么大个忙，怎好反过来要求放人呢？自

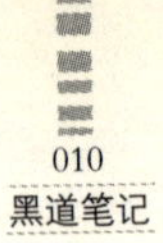

己还想通过这个捕快进衙门当差呢，这个当口怎好开罪人家呢？不救，杏花肯定得和自己翻脸。黄金荣一时左右为难。黄金荣死去的老爹以前是捕快，说起捕快可是两眼放光。黄金荣在得意楼招揽生意，常常看到捕快端着大碗喝酒、伸开双手拿钱，那动作一个字：酷！

掂量来掂量去，黄金荣只好咬咬牙再出一次血，在正兴馆请陈世昌和那位青帮李捕快大撮一顿。

“福生哥的弟兄就是我的弟兄，帮会弟兄讲的是义气，抓、放个把人，小菜一碟。”李捕快倒也爽快。

不消两日，“黑皮长贵”返回家中。

“黑皮长贵”回家，黄金荣认为做了一件大好事，自己与杏花的事成了。提了一瓶酒，黄金荣兴冲冲地往杏花家走，再恶的小舅子也是舅子。

铁锁木门，院中无人。

十天，十天不长，但对黄金荣来说却像过了一年。十天间，黄金荣来了走，走了来，不变的是铁锁木门。

杏花已走，是被气冲冲的“黑皮长贵”强行拉走的。

吃牢拳，喝牢粥，全是麻子惹的祸。我这做哥哥的都不心疼，关你麻子鸟事？要放人，全放，只放一个，道上的兄弟还不得往死里揍我黑皮。害我吃牢饭，还想泡我妹妹，有这么便宜的事？惹不起，我还躲不起？

杏花变成无花，黄金荣愤怒得像头狮子。后来转念一想，这样也好，本来也没打算讨杏花做媳妇，倒是杏花笃定非自己不嫁，这让他多少感到一些压力。

挨打，失恋，伤痛一场，幸好因此结识了李捕快。县衙有人，当差就有人牵线搭桥。

逛堂子，泡茶楼，喝大酒，黄金荣陪着李捕快和他县衙里的弟兄好吃好喝好玩。花出去的钱，割出去的肉。黄金荣向来视财如命，这一次却痛下血本。舍不得孩子套不着狼，他相信日后会翻番地赚回来。

1890 年夏季的一天，在春风得意楼的二楼，李捕快给他带来了好消息：县衙有一个值堂差役的职位，上司已经同意由黄金荣补缺，当天便可走马上任。

值堂差役平常站到县衙大堂门口，随时听候差遣，脏活、累活、杂活都得干，诸如长途跋涉送公文、到乡下征粮等。

值堂差役再苦，也是公家人！

第二日，黄金荣便辞别笺扇庄，到县衙报到去了。直到两年后，才在李捕快的提携下，成为他的助手。

从差役到助手，黄金荣却并不满足。再大的案，再大的功，都是别人的，助手就是助手。喝汤和吃肉不是一回事。

黄金荣想做吃肉的人。

班底

机遇是等出来的，机遇也可能是创造出来的。

如果要黄金荣说，他一定会说机遇是拼出来的，拼命、拼邻居。

1892 年，上海法租界巡捕房招收 13 名华捕。法国人在法租界横着走，华捕拿秤砣砸小商、踩爆小贩的头毫无问题，黄金荣闻讯，立刻报名并参加了考试。

黄母邹氏到邻居陶婆婆家串门，拉家常，得知陶婆婆的儿子在法租界巡捕房当翻译。法国人的翻译，在法国人面前肯定说得上话，邹氏便拜托陶婆婆，请其儿子提携一下黄金荣。

邹氏经常给陶家洗衣服，与陶婆婆相处甚好。陶婆婆心一热，华捕谁当不是当，黄家的儿子当了，自己还收了一份人情。

朝中有人好当官，黄金荣顺利地被录取为三等华捕，在 13 名华捕中排名第 13。排名垫底，黄金荣毫不气馁，咸鱼都有翻身的机会，自己也有出人头地的时刻。

戏子露彩，得唱拿手好戏。捕快出头，只能破大案、破悬案、破别人不能破的案。黄金荣晓得，要做到这点，光凭自己一个人的能力远远不够，要有一帮弟兄当耳目搭台脚，白道上吃得开，黑道上站得住，才能成就大事。

破大案、破悬案、破别人不能破的案，只要到郑家木桥就行。上海人一提到郑家木桥，随口就是“当心郑家木桥的小瘪三”。 郑家木桥坐落在老北门外的护城河上，该护城河亦为英法租界的界河，名洋泾浜，河南是法租界，河北属于英租界。河上横跨数座木桥连接两岸，郑家木桥是其中的一座。

郑家木桥两端都有码头，每天都有无数船只从黄浦江驶入洋泾浜，运来大批粮食、蔬菜、鱼、虾以及其他货物。两租界巡捕只管发生在自家地界上的案件，对于从对岸逃过来的案犯均不予理睬。即使有时候心血来潮管上一脚，地形不熟，民情不懂，和睁眼瞎差不多。

流氓瘪三将这种情况摸得贼熟，于是打起了地界牌。他们在法租界抢劫后逃到桥北英租界，在英租界作案后逃到桥南法租界。郑家木桥一时间成了流氓瘪三的天堂。地狱有阎王，流

黄金荣

氓瘪三天堂的堂主却是丁顺华和程子卿。

丁顺华是浦东南汇人，武艺高强，原来以摇船卖柴为生。后来屡遭抢劫，索性“落草为寇”。程子卿以力大闻名，拉倒过狂奔的牛。两人并肩闯江湖，很快在郑家木桥打出名堂与声威。

打得动，拉得住，有智谋，和这样的人合作不累。黄金荣通过青帮弟兄出面联络，请丁顺华和程子卿到码头旁边的一间酒馆喝酒。

混混混得再好，公家人的面子也不得不给。虽然和黄金荣不熟，丁顺华和程子卿还是赴约。

黄金荣脸色一沉，说道：“郑家木桥这片地区现在归我管辖。法国人发了话，地面上再有什么抢偷骗发生，拿地面上名头最大的人是问！该捉的捉，该杀的杀，不知二位有什么高见？”

法国人这是要问责啊！郑家木桥一带现在名头最响的不就是自己！管不住手下，自己就得吃牢饭！管住手下，兄弟们就得饿肚子。丁顺华勃然大怒，拿起茶杯就想往地上摔，程子卿一把扯住他，笑着问：“黄华捕是地头上的主，法国人是法国人的意思，黄华捕有何打算？”

好个程子卿！黄金荣心中暗赞，脸上却是不动声色，笑道：“出来混，抬头不见低头见，人情留线好说话。兄弟只想与二位商讨个妥善办法，既要对租界有个交代，又不至于砸了二位与手下弟兄们的饭碗。”

丁顺华脸色一缓，程子卿却是眉头一锁：两面光的事情谁都想，做起来却是极其不易。

黄金荣看在眼里，不再卖关子，说出三个字：保护费。船主按每船货物向巡捕缴纳保护费，只要丁顺华和程子卿管好手下的兄弟，三个人就能大手分钱大块吃肉大碗喝酒。

三人分钱虽然比两人分得少，却安稳有保障，更重要的是和公家扯上关系。朝中有人，跑路都比别人快。

“好!”丁顺华与程子卿一致赞同。

有眼光，识大体，黄金荣越看越喜欢，当即提出三人结拜为异姓兄弟，共图大计。

三人寻了个黄道吉日，斩鸡头，拜关公，喝血酒，盟誓结拜。按年龄顺序，黄金荣为大哥，丁顺华为老二，程子卿为三弟。黄金荣当“包打探”后最初的体己班底就这样形成了。

郑家木桥一带安稳，黄金荣率先立一小功。拿一号卡的华探徐安宝得知黄金荣是自己好朋友黄炳泉的儿子，一番高兴之后，立即提携他，派他到小东门巡捕房。

十六铺的小东门、大东门地区靠近黄浦江畔，码头林立，商号云集，每日熙熙攘攘，各色人等川流不息。进出港口的大小船只，多得不计其数，码头上货物堆积如山。这里的地角，可谓寸土寸金。

法国人在江边建立码头，派驻巡捕维持治安，不仅在小东门建立了巡捕房，而且在黄浦江边盖了一座茶楼，名曰“望江

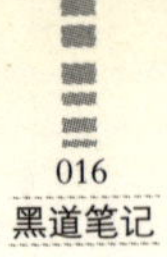

楼”茶馆。

“望江楼”是巡捕们休息办案的场所，进出这里的除了华捕，还有他们各自在十六铺收买的“三光码子”。“三光码子”是华人巡捕的眼线，在码头上不分昼夜地游荡打探，替巡捕办事跑腿。人们把出入这里的巡捕和三光码子统称为“望江楼出身的人”。

黄金荣成为“望江楼出身的人”之后，恩威并施，又先后收服了十六铺码头上其他几股流氓势力的头目。

人情是用一次淡一次，只有用钱开路上下打点，才能左右逢源借梯上天。黄金荣深知“有钱能使鬼推磨”的道理。

钱不是雨，想赚钱，除了白道，就是黑道。白道赚钱太慢太难；黑道，自己手上却有一批弟兄。

红布，炮响，伙计们满头大汗地招呼着顾客。兴记咸货店张老板站在楼上，满脸笑容，能在小东门这块地头上开店，以后想不发财都不行。

伙计杨小二急吼吼地跑过来，大喊：“东家，东家，出事了，招牌不见了！”

招牌不见！张老板脸色大变，门脸上的烫金“兴记咸货店”招牌是自己今天亲手挂上去的。开业丢了招牌，这可是开店的大忌。

张老板声音都变了，粗着嗓子喊：“找！给我找啊！”店里店外翻了个底朝天，招牌就是找不到。

张老板正在着急，有人过来传话：只有去望江楼请黄金荣出面，才能找回金字招牌。

将信将疑的张老板赶到望江楼，黄金荣正在望江楼上喝茶。听了张老板的报案，黄金荣一脸激愤：“竟敢在巡捕眼皮底下作案，这还了得！”

黄金荣顾不上喝茶，叫上张老板就往店里走。说来也怪，黄金荣与张老板一道来到咸货店后，进门时不曾看到门口有招牌，待黄金荣在店里转了一圈再出来时，招牌已经放在了门口。

“这是怎么回事？”张老板十分愕然。

“想必是刚送回的。”黄金荣看看招牌，说，“既然招牌找到了，那我就告辞了。”

黄金荣转身离去，人群中便又有人大声喊：“十六铺哪个不晓得黄捕快的厉害。有他出马，哪个道上的流氓还敢硬碰！”

张老板返身进屋，生意要紧，道上的事情自己不关心，也不在意。

做生意要的就是人气，可兴记咸货店张老板一提起人多就头痛。自打开业以来，店里店外打架斗殴不断，看热闹的人围了一层又一层，买东西的却不见几个。

平常看见打架，张老板都躲得远远的。可是自己店里打架，想躲都没法躲。“有他出马，哪个道上的流氓还敢硬碰硬！”这时张老板想起了黄金荣。总是麻烦人家，巡捕房又不是为他一个人开的，于是张老板备了一大包礼物。

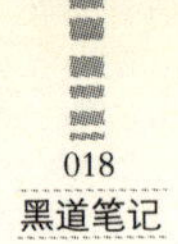

黄金荣听完张老板的述说，随手将那一大包礼物递给邻桌喝茶的巡捕：“你屋里崽不是吵着要吃东西，带回去给他吃。”

张老板心中一惊：自己眼中的大礼只配用来哄孩子！这黄金荣胃口够大。

两人还没到咸货店，便看到店门口围着一大群人，人群中不时地传出“打死他”“狗日的”的骂声。

“黄金荣来了！”忽然有人大喊一声，立刻有人从人群中钻出来，朝相反的方向跑去。

地上被打的人爬了起来，一脸鼻血，一把扯住张老板：“我在你店里买东西挨了打，你得负责。”

张老板哪里见过这种阵势，吓得浑身发抖。

黄金荣心中暗笑：麻皮的，叫你不识相，舍不得保护费，现在摊上大事了。笑归笑，黄金荣一巴掌劈了过去，口中喝道：“你个死混混！整天就知道勒索，还不快滚！”

一脸鼻血的人来不及擦血，撒开腿就跑。

整天就知道勒索！张老板心中一紧，这要天天来，自己哪里受得了。

小鬼难缠，只能请神压鬼。张老板将黄金荣请进里屋，求他出面保护小店，每月的好处费会按时送上。黄金荣推托一番后，答应派弟兄时常过来关照一下。

以同样的手段，黄金荣成了许多商家铺面的保护人，尤其对一些茶馆、酒肆、赌场，更是安排他的喽啰前去"抱台脚"，吃一份俸禄。

悦主

黑道摆平，商家信服，黄金荣却心有不甘。巡捕房华人捕快十三位，自己排名垫底，更不用说上面还有法捕总监。别看自己在黑道人物面前指手画脚，到了巡捕房，大气都不敢出。

不想当孙子，就得上位讨法国人喜欢。巡捕房上位，除了送钱，只有一条路可走：破案。

茶在桌上，人在椅上，麦兰捕房巡捕房副总监强生看了看身前的报纸，站起身，不由得一阵感叹：这日子过得真快，又下班了。

"报告"，门外一声请示，一个人随后走了进来。

该死！早不来晚不来，偏偏这时来，强生心中嘟囔，缓缓坐下来，盯着匆匆走进来的华人捕快黄金荣。

黄金荣脸上有急色，喘着粗气说："不好了！据眼线报告，十六铺一股流氓策划抢劫鹰洋银行！"

强生"蹭"的一下子从椅子上站起来。鹰洋银行位于外滩，"金融街"是租界最早建设和最繁华的地段之一，那里银

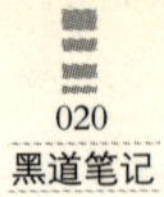

行林立。鹰洋银行要是被抢，“金融街”可就要乱作一团。

强生心中一紧，随即就是一阵兴奋：既然有线索，破案自然水到渠成，自己升职的机会来了。

强生一拍黄金荣的肩膀，笑着说：“好！此案由你负责指挥，单独向我汇报!”

黄金荣立正稍息，敬礼，大声回道：“是!”总监固然最好，烧香的人却着实太多。副总监虽然相对弱势一些，提拔小小的华捕还不是一两句话的事。

枪上膛，人便装，巡捕们伏在鹰洋银行正对面的“宏福”布店门口，一眼不眨死死地盯着对面。

“宏福”布店离鹰洋银行虽然稍远，短时间内却能迅速将劫匪堵个正着。黄金荣还嫌不够谨慎，又叮嘱巡捕们不准私自开枪、不得大声喧哗。

时近正午，鹰洋银行走出来两名商人，手里拿着鼓鼓囊囊的皮包。紧接着就是一阵尖叫：“抢劫！抢劫！有人抢银行了!”

“上!”黄金荣招呼一声，巡捕们立刻冲出“宏福”布店，饿虎般扑向商人。

其中一个商人“哎呀”一声，扔下手中的皮包，掉头就向鹰洋银行侧面的巷子里跑。剩下的商人却像是吓呆了，站在那里一动不动。

几个捕快一把按倒剩下的商人，捆了个结实。其他的捕快一看捡不着现成的便宜，迈开双腿就向巷子中追去。

直追，拐弯，捕快们跑得极快。好容易出个大案，不拼命，哪里还有这样的机会。

“哐哐”，打头的捕快身子一阵痛楚，随即就是一阵冲天的恶臭。一地的大粪，粪车朝天，车轮还在转个不停。

捕快们又气又愤，揪起推粪车的老头，“噼里啪啦”就是一阵耳光。老头连连叫屈：“巷子就这么大，我想让路，也让不开啊！”

巡捕们将唯一落网的盗贼和皮包带到黄金荣面前，黄金荣连连叫苦：“劫匪不捉，你们捉眼线做什么？”

巡捕们面面相觑，谁见过抢了银行都不跑的劫犯。

劫犯逃走，幸好黄金荣把钱夺了回来。黄金荣在巡捕房脱颖而出，很快被调到法租界总巡捕房——麦兰捕房，并且由普通探员晋升为探目。

程子卿酒杯一端，笑道：“荣哥，好手段！”

黄金荣一碰他的酒杯，问道：“子卿辛苦。今天你受苦了。”

尝到甜头的黄金荣从此一发不可收拾，并从此形成自己的一整套流程：布置一批黑道弟兄在某日某地抢劫，一个喽啰到巡捕房向黄金荣“告密”，黄金荣再向法国警探告密，随后黄金荣侦缉队埋伏抓人破案请功，事后再在捕房内打点捞人。

法租界从此进入多事之秋，抢劫案、盗窃案层出不穷。达

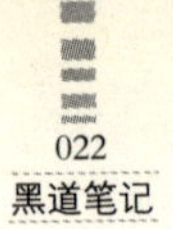

官贵人珠宝首饰被盗、古玩字画店珍品被抢劫等，轰动一时。巡捕房的巡捕一阵激动，乱世出英雄，重案出能臣，这可是立功扬名的机会。

激动之后的巡捕拿出浑身解数，却是一无所获。巡捕房总巡捕破口大骂：没用的东西！嘴巴喊得天响，胸口拍得山响，连根贼毛都捞不到！

锦上添花，不如雪中送炭。黄金荣等社会舆论压得巡捕房透不过气时，轻轻地推开巡捕房总巡捕的门。

积案一件件告破，黄金荣在巡捕房的分量越来越重。升职，只是迟早的事。

双簧

“噼噼、啪啪……”，四明公所附近响起了爆炒豆子的声音。

“杀人了！法国人杀人了！”凄厉的尖叫声响起。四明公所地面上横七竖八地躺倒了一大片人，地面上的树叶漂浮在血泊中。

强拆墓园！愤怒的宁波人呐喊着扑向全副武装的法国士兵，石头、砖头、木棍雨一样向法国人头上砸去。

30多万宁波人旅居上海，难免有生老病死。叶落归根的魂归故乡，暂时不能回的，亲人朋友就将其棺木寄存在四明公所。年头长了，四明公所里已存放了无数客死他乡的宁波人棺木。每逢清明、七月半，就会有许多人来祭拜。

停棺之地阴森无比，法国人却早就瞄上四明公所这块地皮。法国领事白藻泰突然给上海道台蔡和甫一纸照会，称四明公所早就租予法国，应归法国管理。义冢紧邻法国侨民，极易发生瘟疫，要求道台下令将义冢迁移。

宁波人乡党会的首领还没有做出答复，法国人就派出百多名士兵抡起洋镐、大枪占了四明公所，挖墙脚、刨坟毁棺木，白骨撒满了一地。

刨坟就是不共戴天的仇！闻讯的宁波人气得热血上涌、心肝俱裂，蜂潮一般涌向四明公所。

人潮如果涌进四明公所，别说百多名大兵，就是再多十倍，只怕也得被踩翻在地。被人踩上一万脚，还不得踩成滩泥。法国巡捕脸色大变，大叫“开枪！开枪！”

冲在前面的人如同草垛子般被打倒在地，人群大乱。

浑水好摸鱼。黄金荣带着一群华人捕快乘乱抓捕宁波籍骨干，随后将他们关进巡捕房，并暗示家属送钱救人。

法国人打死15名中国人的消息一传开，整个上海滩震惊了。法、英租界里的宁波人及其他地方的浙江人掀起了一波又一波罢工、罢市潮。十六铺码头与轮船上下货物堆积如山，洋

人穿衣吃饭上厕所都成了问题。

一不小心捅了马蜂窝，法租界当局急令巡捕房想办法。蛇无头不行，巡捕房紧急命令揪出法租界领头闹事的人，杀一儆百。

解法国人的难，想不升职都难。黄金荣调动手底眼线，准备大干一番。正准备抓捕之际，下属送来一封人称“赤脚财神”的虞洽卿寄来的信。

虞洽卿是浙江镇海人，在华俄道胜银行当买办，在华洋两界均有颇高威望。虞洽卿认为只要有工商两界做后盾，法国人必定会低下骄傲的头，于是带头领导这次罢工。

虞洽卿的信意思只有一个，同是老乡，要给自家留条后路。

衣锦还得还乡，乡人得罪太深，故乡只怕回不去。法国人掌握着自己的前程，怠慢不得。黄金荣眼珠一转，给虞洽卿回信：人肯定抓，法国人那边有个交代；人肯定放，绝不敢苦了乡亲。

罢工潮起，监狱人满，法领事白藻泰却是一肚子苦水：早知为了一块地产惹出这么多事端，自己绝不会下如此命令。人已死，恨已生，真是骑虎难下。

上海道台蔡和甫找到法领事白藻泰，递上一张 1878 年法国总领事李梅与道台褚心斋合出的告示。告示中明确指出：“四明公所房屋冢地，永归宁波董事经管，免其迁移。”

白藻泰面色铁青，此公示一出，只怕领事馆被强拆都有可能。蔡和甫收过公示，轻轻一笑：“僵局再僵，对你我都不好。不如各退一步，法方赔偿四明公所围墙被毁坏的损失，中方可以将八仙桥以西10里土地让给法租界。”罢工如潮，再不停息，蔡和甫只怕丢了自己头上的乌纱帽。

骑虎的滋味不好受。有坡不下，更待何时？白藻泰心中石头一松，脸上顿时有了红润。

黄金荣吃惊得嘴里可以放下一个鸡蛋。放人，大把的袁大头可就飞了。他喊来在捕房的亲信金九龄、陈三林，恶狠狠地说道：“事情不能就这么完了，宁波人多富商，好歹也要再做一票。”

金九龄脸放出红光，笑着说：“听说宁波人已经捐款修复四明公所和救济被打死的同乡，如果法国人再赔一笔，这个数就大了，只是不晓得这笔款在谁的手里。”

黄金荣拳头往桌上一擂：“四明公所由甘董事打理，绑他肯定没错。”

要破案，必求黄金荣。甘太太捧着一份厚礼，来到黄金荣府上。

梨花带雨！好一个楚楚动人的美娇娘。黄金荣一进客厅，差点把舌头都吞了下去。

“触那娘，不把这女人搞到手，我姓黄的不是男人！”黄金荣暗暗咬牙。

强忍住心中的欲火，黄金荣一拍胸脯：“我晓得了，等一

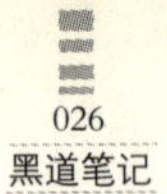

歇去捕房，我让弟兄们马上去办，明日过晌你过来听消息。”甘太太随从太多，下手不便。

甘太太一听似乎有把握，这才止住抽泣，千恩万谢地走了。

第二天下午，甘府有人来听消息，不是甘太太，而是甘太太的弟弟。

心中失落，黄金荣面上却是极其热情，很爽快地介绍案情。虹口一帮流氓知道甘董事从同乡会捐款中捞了不少银子，想从中捞一笔。案子现在由麦兰捕房陈三林巡捕负责。

甘太太姐弟二人来到捕房，陈三林面有难色，说：“2000块袁大头！少一块，绑匪撕票走人！”

甘太太吓得花容失色，满口答应：“我们交钱，我们交钱。”

这时，黄金荣从另一个屋里过来，笑着说：“阿林，甘老板是我的好朋友。卖我个面子，看能不能让劫匪少要点，付一半？还有，让他们夫妻见一面才能给钱。”

“好，我试试看。”陈三林说，“大哥的面子他们总归要给的。”

第四天下午，黄金荣与陈三林坐车将甘太太送到闸北一个大仓库里。劫匪将枪往甘董事腰间一捅，喝道：“女人进屋！男人退下！”

夫妻相拥，甘太太哭喊着说：“振昌，要不是黄捕快帮忙，我都见不到你了。”

甘董事轻拍她的肩膀，说：“放心，只要交钱，绑匪肯定放我。”

夫妻正在商量，一个蒙着黑布的绑匪走进屋，喝令甘太太出去。

甘太太泪眼蒙胧，不肯走。甘董事摸着她的头发，轻声说：“我不会有事的，你先回吧。有什么事，你找黄捕快帮忙。”

拿钱赎人，钱好办，谁来交钱赎人？自己一个弱女子，弟弟一向文弱，甘太太将求助的目光望向黄金荣。

黄金荣目光闪动，笑着说：“此事重大，不如找个地方商量一下。”

进门，关门。甘太太还没落座，就感觉到一双大手铁钳一样将自己环住，差点透不过气来。

甘太太又惊又怒，双肘向后撞击，想要挣脱开来。双肘如击在铁板上，生生作痛，眼泪“哗”的一下流出来。

大手却毫不停止，一寸寸地摸向那高耸入云的双峰。一张大嘴从颈后伸了过来，已然咬着那小小的耳垂。

黄金荣！甘太太又羞又怒，嘴唇发白，不停地抖动：“你……你再无礼，我到巡捕房告你！”

“告我？”黄金荣冷笑一声：“绑匪既然能绑甘董事一次，自然能绑他一百次；我有办法让你见他，自然有办法让你见不着他！”

不能相见，要么消失，要么死。甘太太顿时如泄了气的皮

球，眼泪不停地渗出。

默认不一定就是点头，黄金荣不在意，翻身上马。

待两人从床上爬起来，甘太太羞答答地，头都不敢抬。黄金荣把她抱起来，送到汽车上。

“如果你乐意，往后有空我就接你来这里。”途中，黄金荣对甘太太说。

“不，不。”甘太太连忙摇头。

不管怎样，有一点黄金荣可以断定，那就是甘太太对这个秘密会永远守口如瓶的。

交钱放人。1000 块银洋顺利到手，黄金荣拿大头，金九龄和陈三林拿小头，其他参加绑架的流氓也都人人有份，落个皆大欢喜。

挂冠

虎已下，地已得，法领事白藻泰心中却憋得慌。

八仙桥的地虽好，却怎么比得上四明公所的地。一将无用，害死三军，要不是军队及时开枪，巡捕都得被踩死在四明公所。

白藻泰将巡捕房总监石维叫到跟前一顿臭骂，不给我一个说法，我要你终身进不了巡捕房。

终身不进巡捕房，总监自然当不成。巡捕房总监石维一身冷汗。给个说法，自然得有背黑锅的。宁波人能够群起冲击四明公所，最重要的一点是没有控制住带头闹事的头目。与自己关系铁的，舍不得交出去；分量太轻的，不顶事。

石维目光闪动，有了。案发之初，黄金荣设卡警戒盯梢抓人，很是卖力；蹊跷的是，他抓的人居然刚进牢房又神秘地被人保释。刚抓就放，只有两个理由解释：一，错抓；二，浑水摸鱼勒索发财。前者是能力不行，后者罪不可赦。交他出去，都不算冤他。即使不出四明公所这事，自己也有意办他。明知副总监和自己不对付，此人居然还亲近副总监，不将自己放在眼里。

石维操起电话，正要提笔写报告，就听有人急急地在敲门。

巡捕杨一向极其冷静，此时脸上却挂着大串的汗珠，不停地吐着粗气。石维诧异地看着他，问道："有大案？"

巡捕杨来不及擦下脸上的汗，回道："顾松记文物店报案，称镇店之宝玉如意丢了，称失物可能在法租界。"

顾松记文物店的玉如意！石维霍然起身。玉如意自己曾经见过，乾隆年间的老物件，做工十分精湛，堪称稀世珍宝。有巨商愿出五万巨款购买，顾松记文物店老板眼皮都不抬一下。

玉如意早在一个月前就已失窃，上海县衙忙活一个多月没找到线索，无意中得知玉如意曾在法租界出现。县衙的捕快心中一喜，失物在法租界，自己头上就少了一座大山。县衙的捕

快催促顾松记文物店赶紧到法租界巡捕房报案。

地头蛇忙碌一个月，就找到条还不知道是真是假的线索，法租界巡捕房的巡捕骂娘的心都有，脏水都往老子头上泼。

总监石维的眼睛在巡捕们的脸上转悠了一圈，华捕们低着头，无人做声，没人敢接此案。

总监石维嘴皮子动了动，没说话，把刚才写的报告塞进抽屉。

而此时，黄金荣在捕房内外已形成相当大的势力，加上作案、破案、敲诈、勒索屡屡得手，自以为高明，对法国人的不满毫无察觉。

郑家木桥帮里有个叫徐福生的流氓，与黄金荣关系甚好，得知这个消息后立刻禀报黄金荣。黄金荣认为这是大敲一笔的好机会，遂喊来丁顺华、程子卿，与徐福生一起，制订出周密的行窃计划。

随后，徐福生几人联手，盗走了玉如意。

黄金荣欲擒先纵，故作为难地说："这是一起无头案，无从下手，弄不好会砸了自家招牌。"

"是你的招牌重要，还是租界的招牌重要？"石维显然有些生气。

"好，我会尽力破获这个案子。"

黄金荣扎足了台型之后，每日早出晚归，来去匆匆，看起来十分忙碌。不久便有了线索，赶紧向石总监报告："玉如意已有下落，是眼线侦查到的，盗贼索要五千两赏银。”

对法捕房来说，只要破了华界破不了的疑难大案，就证明了法捕房的实力，赎银自然不是问题，反正羊毛出在羊身上。于是，法捕房通知顾老板备下赎银五千两，由黄金荣交涉换回玉如意。五千两白花花的银子又落入黄金荣与其喽啰的腰包。

偏生有人对黄金荣眼热，自然也是晓得黄金荣破案内幕，更晓得总监石维对黄金荣在四明公所案中的表现不满，于是趁机告发黄金荣与流氓瘪三串通一气联手作案。如此一来，石维顿生疑窦：

为什么破了那么多案子却没抓到一个真正的罪犯？为什么总是眼线在起作用？为什么许多案子别人办不好，黄金荣一出手就能破案？为什么许多案子发生得那么离奇？

由于报案人与石维本人手中均无证据，石维遂决定旁敲侧击观察一下。

不久，1899 年元旦到了。按惯例，巡捕们要给总监督拜年，黄金荣像往常一样，带着礼物来到石维家中。两人落座之后，石维看着黄金荣的贺礼，突然不软不硬地说：

“听说你自打进了巡捕房，发了不少横财。”

黄金荣原以为自己在法国人这里红得发紫，听了这话陡然一惊。

“石总监这话是什么意思，不如明里讲出来！”

“好，那我就直说了吧。”

石维历数了那位告密巡捕和他本人怀疑的多起案子的疑点，

最后说：

“这些还不够说明问题吗？”

“怀疑不等于事实，请石总监拿出证据来！”

“你等着，我会有证据的！”石维恨恨地说。

“蛮好！”黄金荣恨恨地说一句，随即掏出证件，“啪”的往桌上一拍，“旁的人眼热扯闲话倒也罢了，连你总监也这样看我黄某人，好，你另请高明吧！”

说完，黄金荣头也不回，起身走了。

夺妻

黄金荣与徐福生赶到苏州，直接找到他的父执刘正康。刘先生在苏州经商，生意一直很好，如今准备扩展事业，正需要人手，遂将黄金荣与徐福生安排在其经营的天宫戏馆坐镇，实为抱台脚。

黄金荣坐镇戏馆，不过是权宜之计，只想站稳脚再寻找发展的机会，于是把一切杂务交由徐福生打理。

看戏的人多了，龙蛇混杂。有票友，当然就有流氓瘪三白相人。

开业不久，一群流氓就大摇大摆地闯进戏院，到前边挑好

位子坐下来，看戏不用买票，但要买戏院的茶水。徐福生一作揖，走过来收茶钱。

一个满脸横肉的家伙站起来，双手叉腰，鼻子一哼：“哟呵，敢跟爷要钱？爷看戏是抬举你！不识抬举，爷砸了你的场子！”

徐福生并不还嘴，而是慢慢地收起茶杯。茶杯虽说不贵，打坏了还得掏钱买。

横肉哥伸手就打了徐福生一个耳光，嘴里喝道：“找死，敢收了老子的茶杯！”横肉哥在这一带横行惯了，抽耳光一般人不敢回手。

徐福生不是一般人，郑家木桥小瘪三出身，滚刀肉中滚过，刀尖下躺过。对方人多，徐福生人少，他还真没放在心上。徐福生将手里的抹布一甩，“啪啪啪”，像鞭子一样抽打着横肉哥的脑袋。

外地人敢到苏州撒野，闯上门的流氓又惊又怒，一拥而上，围着徐福生就是一阵拳打脚踢。

戏院上了全武行，票友有的闪身躲避，有好事的则打着呼哨。

黄金荣在里间听到动静，几步跑了出来，大喝一声：“我是上海法租界巡捕房华探黄金荣，哪个敢砸我的场子？”民不与官斗，对方人多势众，这是恐吓对方的最好法门。

鼎鼎大名的华人侦探黄金荣！他有场子谁敢砸，闹事的流

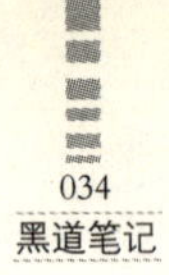

氓瘪三顿时如同中了定身法一样。再偷眼一看，来人虎背熊腰，两只胳膊像两条铁棍子，一脸的大麻子闪着黑光，一副凶神恶煞的样子，不愧是江湖人称的“黄麻皮”。

闹事的流氓瘪三互相使个眼色，立即转身跑出了戏院。

不是猛龙不过江，强龙却也难压地头蛇，保不定这伙人再出什么幺蛾子。混混怕的就是当差的，黄金荣上门拜访苏州衙门的马捕快，求他摆平这事。

马捕快外出办案未归，招待他的是马捕快的太太林桂生。

林桂生长得小巧玲珑，相貌平平，一身素装，走在街上一抓就是一大把的那种。黄金荣惊讶的是此女子长着一双会说话的眼，透着那么一股浓缩的精干与灵气。

林桂生把黄金荣让到客厅里，上茶，浑然没有看黄金荣脸上的麻子，而是大大方方地迎上他的目光。

这个女人不一般！黄金荣还是头一次遇上不盯着自己脸上麻子看的人，不禁有了几分好感。

林桂生将手中的茶杯一举，说：“黄金荣，大名鼎鼎的法捕房华探，小女子久仰大名。”

黄金荣大吃一惊，自己虽说在上海名气不小，在上海滩以外的地区也仅限于圈内和黑道。林桂生可能从马捕快口中得知，于是随口说：“我跟马捕快是不错的兄弟。”

林桂生微微一笑，说：“老马从来不和我谈工作的事。我是天宫戏馆的常客，白相的朋友倒也认识几个。”

黄金荣看出林桂生精明能干，又有求于马捕快，当即笑道：“马太太喜欢听戏，以后我在老天宫戏院定个好位置。”

“好，太好了！”

两人越聊越投机，时近黄昏，马捕快仍然没有回来。黄金荣起身告辞，方想起自己的来意，便大体说了一下，请林桂生转告马捕快自己改日再来拜访。

林桂生也不多说，呵呵一笑：“放心吧，包在我身上。”

横肉哥再来，带着一大帮人。这些人手中虽然没有家伙，却是一个个拎着酒瓶。

砸场子的来了！徐福生不怕打架，却怕砸坏场子，烧了屁股般把黄金荣叫出来。

华探的名头不管事！黄金荣汗流不止，手上的青筋突起，暗暗地攥着腰间的短刀。

横肉哥冲着黄金荣点头，微笑，坐下，掏钱买茶。

好一个及时雨！黄金荣再备厚礼，前往拜访马捕快。

黄金荣的话才说一半，马捕快的脸上已是一阵难色：“苏州地界的流氓尽是些亡命之徒，一旦惹上他们，比小鬼还难缠。”

黄金荣有些迷惑：倘若不是马捕快打了招呼，那些流氓瘪三怎么会去捧场呢？

“用不着感谢他。”林桂生这时候走过来，快言快语地说，“要谢就谢我吧，是我跟那帮道上的弟兄打了招呼。”

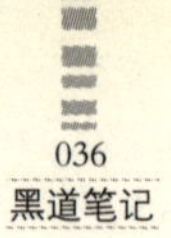

好大的面子！黄金荣吃惊不小，一个女流之辈竟连黑道流氓都敢使唤，着实令人佩服。

马捕快脸色更加难看，不满地嘟哝着："你打招呼还不是借着我的招牌，他们有事会找我算账的。"

"找你算账又怎么样？整个一个温吞水！"林桂生一脸不屑。

不是一路人，黄金荣告辞。

林桂生来看戏，徐福生赶紧过来斟茶倒水，摆了一桌水果、瓜子、点心，黄金荣更是全程奉陪。

相谈甚欢，林桂生隔三差五就来老天宫看戏，和黄金荣大摆龙门阵。黄金荣讲起在法租界那套作案、破案、贼喊捉贼的把戏，林桂生讲苏州地界的白相传闻。

天宫院演才子佳人的戏，林桂生却知道自己遇上了一生中想要的人。

林桂生的母亲是烟花女子，后来赎身从良做了姨太太，在家中地位不比使唤丫头高。父亲过世后，大太太更是挥手就打张口就骂。

在这样的环境中，林桂生养成了敢说敢做的性格。母亲被欺负怕了，为了寻个靠山，为林桂生招了个做捕快的上门女婿。

马捕快虽然是捕快，却天生懦弱，走路都怕踩死蚂蚁。林桂生精明强干，天性豪爽，一心想干成一番大事业，因而每每叹息丈夫无能。遇到黄金荣，令她眼前一亮。黄金荣拿得起放得下，敢做敢当，替洋人当过差，处处压马捕快一头，正是自己终生的依靠。

黄金荣缺少的正是一位可以协助他成就一番事业的贤内助，见林桂生有意，更是欢喜得紧。

两人互相爱慕，自然而然地发展到同床共寝的关系。林桂生是结过婚的女人，又大胆泼辣，在心上人面前自是没啥好犹豫的。

黄金荣在女人面前历来是掌握主动，无论女人愿不愿意，他都会强行行事。唯独与林桂生的头一回，说不清哪个主动哪个被动。

两人的第一次，就发生在林桂生家会客室的沙发上。

时近黄昏，两人坐在客厅的沙发上说话，不知不觉地便搂在一起。尽管都晓得时间地点都不对，可情到深处如干柴烈火的两人已顾不得那么多，滚翻了沙发，衣服脱了一地。

黄金荣头一回与一个深爱着自己又大胆泼辣、毫无忸怩的成熟女子上床，头一回感受到从未有过的奇异的快乐，直到两人从沙发上爬起来，黄金荣还乐不可支地看着林桂生。不晓得这么娇小的女人，身体里怎么蕴含着那么大的能量和热量，那种热量和能量的喷发，那种欲死欲仙的叫声，简直让黄金荣快乐得就要死去。

林桂生同样乐不可支地看着黄金荣，与马捕快那个蔫蔫巴巴的温吞水相比，黄金荣的力量和力度给了她全新的感受和认识，她头一回体会到了做女人的快乐。

“倘若马捕快不同意离婚，那岂不空欢喜一场?”黄金荣乐极生悲，有些担忧地望着林桂生说。

“温吞水有啥好怕的！他是上门女婿，让他搬出去他就得乖乖地走人。”林桂生一脸轻松。

林桂生提出离婚，马捕快的嘴张了又张，却半句话都说不出来。林桂生与黄金荣的勾勾搭搭，他看在眼里，记在心里，却又无可奈何。林桂生精明，黄金荣强悍，和他们斗就是自虐，一脸忧虑的马捕快没有自虐的习惯，第二日便搬出了林宅。

摆谱

有喜！

有人忧，自然有人喜。忧的是马捕快，喜的当然是黄金荣。

黄金荣喜滋滋地正在操办婚事，法捕房副总监来到苏州老天宫戏院，递给他一封总监石维的亲笔信。信中石总监向黄金荣表示道歉，并恭请黄金荣回法巡捕房任职。

道歉顶个屁用！老子风里来雨里去给你卖命，让老子走就走，让老子来就来，当老子是什么人。心里恨得咬牙，黄金荣嘴里却是说得轻松：“都是过去的事了，啥道歉不道歉的。总监的好意我心领，只是我这戏院开得红红火火，还打算再开一

爿戏馆茶楼。”

林桂生听说此事，笑眯眯地说出一番话：“石总监既然低头认错来请你，就说明那边已经乱得不可收拾。如果我没说错，他还会请你出山！”

林桂生确实一语中的。这两年法租界人口急剧增加，有钱人进来避风，生意人赶来发财。水浑好摸鱼，人多捞偏门，流氓瘪三纷纷在法租界偷抢骗拐。

郑家木桥的丁顺华、程子卿见法国人挤走了黄金荣，起了报复之心，更是有意指挥这帮弟兄做了一起又一起震动法国人的奇案大案。

治安极差，各类案子层出不穷，巡捕房那些侦探别说破案，连个头绪都寻不到。少了王厨子未必就得吃带毛的鸡，但巡捕房离了黄金荣，法租界还真玩不转，石维第一次有了这种感觉。

求神，当然得有香火，要不然显示不出神的尊崇。林桂生恶狠狠地说：“这次要不扎足台型给洋人点颜色看看，他们不晓得马王爷有三只眼。”

扎台型？黄金荣一愣，要是法国人不同意，回去这事不就黄了。

林桂生手指往他脑门上一点：“小样，我还能坏你的好事？我自有分寸。”

林桂生条件不多，只有三条：第一，办案得有相应的权力，黄金荣用什么样的手法破案不得干预；第二，法国人要确保不

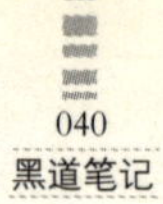

得出现逼迫黄金荣离职的现象，并对上次事件做出解释；第三，允许黄金荣在不影响巡捕房公事的情况下经营戏院。

副总监再次来苏州代表石维请黄金荣复职，黄金荣就将林桂生提出的条件讲出来。

火烧屁股，再贵的水也得用。条件苛刻，总监督石维还是很快做出答复：

其一，黄金荣官复原职，职务薪金以外另加薪水，其华探职业为终身制，在60岁退休之前不得辞退；

其二，黄金荣在法租界办案，法国人不再干预；

其三，黄金荣回到巡捕房后，对积压的大案只追赃不抓人；

其四，黄金荣可以在法租界开设戏院，安置苏州老天宫戏院原班人马。

香火旺盛，用心虔诚，黄金荣喜在心里，不等蜜月结束，就带着林桂生回到上海。

回上海易，打开局面难。一旦打不开局面，只怕法国人又会翻脸。黄金荣和林桂生一商量，定下一条原则：男主外女主内。黄金荣主抓巡捕房的事，林桂生掌控黑道捞钱。

林桂生亲自下厨摆下两桌酒宴，黄金荣把郑家木桥那帮弟兄们喊到家里。程子卿、丁顺华作为黄金荣的结拜弟兄，称林桂生为桂生姐，他们手下那帮弟兄便跟着喊起了桂生姐。

上阵父子兵，打仗亲兄弟，黄金荣重新回到捕房，权限虽大，却是没有几个心腹之人。黄金荣喝着小酒，却是一直不在

状态。

林桂生看得明白，不由得多了几分心眼。几杯酒下肚，桂生已将黄金荣手底下的人看了个七八分。丁顺华、程子卿黑道门熟，精明强干，如果进入捕房，不仅可以尽快协助黄金荣清理积压旧案，往后里应外合作案、破案也一准便利。

林桂生接过黄金荣手中的酒杯，笑道：“人多好办事，巡捕房多是自家兄弟，办什么都方便。我看顺华、子卿能帮你。”

“好主意!”黄金荣迷醉的眼睛顿时一亮。

盗贼变官兵？丁顺华与程子卿一阵激动：以后在法租界横着走，都没有人敢管。激动之后，两人又有些怀疑：“法国人会答应吗?”

“应该不成问题。”林桂生一脸自信。

果然如林桂生所料。黄金荣将增加两名华捕做助手的想法报告石总监后，石总监几乎没有考虑便一口答应。

丁顺华、程子卿将巡捕房这两年积压的案件汇集起来，按轻重排个队，心中一阵轻松。破别的案，两人还真是头痛。要破这些案，还真不是难事。这些案子几乎都和自己有关，有线索，有赃物。

巡捕房有言在先，这些案子只追赃不抓人。舍不得孩子套不住狼，交几件赃物就换来法国人的信任，这事值。

“我看这追赃的事情不如交给桂生姐去办，反倒比我们兄弟直接出面要好，也可以让桂生姐借机熟悉一下弟兄们的情况。”丁顺华提议。

“不错，就这么办吧。”黄金荣一口答应。

丁、程抱着卷宗来到黄公馆，将这些案件向林桂生一一交代清楚。林桂生将徐福生从新迁来的老天宫戏院调来，负责联络涉案的各路流氓瘪三，把他们喊到黄公馆。林桂生与他们一一核实赃物，追查去向，凡已出手的要设法寻回，与没出手的一道送交黄公馆。

赃物交公，林桂生却也知道出来混的就是图个名利，皇帝不差饿兵。她自掏腰包，拿出部分银子让他们带回去发给弟兄们作补偿，言明绝不能叫自家兄弟吃亏。

没过多久，被盗去的赃物陆续送到黄公馆。东西凑齐后，黄金荣带到巡捕房，向总监石维汇报后一一结案。

法国人十分满意，发给了黄金荣一笔丰厚的赏金。

通过这件事，法租界当局不得不承认租界治安离不开黄金荣，于是提升黄金荣为刑事处外勤股和强盗班两个部门的领班。

断案

凶杀？

谋财？

情杀？

黄金荣看不出半点端倪。死者左胸插刀，身上多处刀伤。如是凶杀，室内物品整齐有序，没有任何打斗痕迹；如是谋财，硕大的钻戒仍在床头柜上。死者为法籍妇女，英籍老公经商。两人虽然不是很亲近，却也没发生过什么争吵。男主人甚至昨晚都不在家。

报案的是这家的女仆。女主人习惯在卧室用早餐，可女仆从早晨等到吃中饭，却仍然不见女主人有什么动静。

女仆侍候主人多年，知道女主人身体一向不好，担心女主人生病了，于是上楼查看。

蚊帐将床罩得严严实实，女主人一头蒙在棉被里。

莫不是生病了？女仆伸手一摸额头，额头冰凉！女仆掀开被子一看，女主人一动不动，胸部插着一把刀，床上血迹斑斑。

女仆跌跌撞撞跑到楼下，却四处寻不到男主人，只好报警。

半个时辰后，法医的尸检结果出来了，死者身中三刀，分别位于心脏、肺部和咽喉，均为要害部位，初步判断凶手为男性。

法国人死，法租界异常重视，派了两名法籍探长同时参与侦破此案。谁先破案，谁就脸上有光。黄金荣虽然认为这家男主人有重大嫌疑，却是一言不发，而是决定抢先破案，让法国人看看自己不是吃白饭的。

蛇走蛇道，兔走兔路。男主人既然在法租界经商，自然要查商人的路数。黄金荣喊来丁顺华、程子卿，几人密谋一番，

然后各自去找手下喽啰查找线索，派一些“三光码子”在法租界大英地界和华界明察暗访，不放过一根鸡毛。

鸡毛都不放过，比鸡毛体积大得多的人更是逃不过黄金荣的眼线。两天后，传来密报：英国商人住在英租界。房间里不只他一个人，还有两个女人。一位40岁左右的未婚妈妈，一位在洋行当打字员的18岁的女儿。

男已婚，女未嫁，法国人一向开放，婚外恋都不是问题。有问题的是，老婆尸骨未寒，老公却安心在外鬼混。黄金荣一摆手，好好盯着，事后领赏。

人命关天，总监石维忍了一周后，急吼吼地召集黄金荣和两位法籍探长询问案情。两位法籍探长毫无线索，只是耸耸肩、摆摆手。

石维目光转向黄金荣，黄金荣既不耸肩，也不摆手，低头说道：“这事非常棘手，还得一些日子。”

法籍探长脸上浮起一丝冷笑，地头蛇又怎么地，还不是一样找不着北。黄金荣看在眼里，却是心喜：瞒住线索，抢功的人就少了。

离开巡捕房后，黄金荣直奔英国商人在英租界的住所，丁顺华等人已将那位女儿喊回家。女人高鼻梁，混血儿，和照片中的英国商人就如同一个炉子里出来的。

侦探找上门，肯定有所发现。混血儿倒也爽快，一口承认英国商人是自己的亲生父亲，并有些惋惜地说：“父亲与母亲相爱多年，却还是娶了一个法国女人。我父亲是一位安分守己的商人，不知你们找他有什么事。”

顿了一顿，混血儿好奇地问：“你们找我父亲有什么事？”

黄金荣不理他，换了个问题：“最近他到过这里吗？”

“一周以前来过。”女孩停一下说，“那天我父亲好像很着急的样子，据说是他在法租界的家中丢了一封电报。”

“你母亲去了哪里？”

“我父亲接她去天津了。”

电报？什么电报如此着急？生意方面的电报，纵然丢了，还可以重发。如果不是这方面的，那又是哪方面的？

黄金荣和丁顺华等人打破脑袋，却怎么也想不出来。丁顺华拿起桌上的水果刀抛着玩，正忙里忙外的桂生姐忽然脱口而出：“情报！”

“说说看。”黄金荣饶有兴趣。

“法国商人搞到一份重要电报的副本，结果被法国女人截了胡。情急之下，商人杀人。”林桂生语出惊人。

“有道理。”在场所有人都赞同桂生姐这个说法，但问题是如何确定他们的身份。

黄金荣旋即赶到法巡捕房，向石维报告。石维不敢怠慢，当即电话联络法国情报部贝当少校。贝当少校赶到巡捕房，和黄金荣一沟通，案件终于真相大白：为了一份清廷机密电报，英国间谍丈夫杀害自己的法国间谍妻子，带着英国间谍情人

逃走了。

一日夫妻百日恩，法国女人或许不必死，只是这份电报分量实在太重，可以说身系一国的命运、千万人的头颅。

7月，包括法国军队在内的八国联军借口保卫在北京的公使馆与侨民免受义和团的进攻，于是攻陷天津。慈禧太后电召两广总督李鸿章火速进京，李鸿章到达上海后却逗留不走了，只是派人将一份奏折送进紫禁城。电报奏折究竟是主战还是主和，法国人急于知道。

打仗，法国人不惧；搞情报，贝当还真有些怵。时间太急，机会稍纵即逝，必须有内应才行。

贝当在六国饭店摆下酒席，让红花魁陪酒，请黄金荣吃饭。目的只有一个，请他出面搞电报。

紫禁城内搞电报，纯粹是吃了豹子胆，活腻了。再说这事就算是友情客串，一顿饭就想打发我老黄，那也太看不起我黄金荣。黄金荣一脸灿笑，一口推辞。

贝当还要再劝，石维一把拦住他。黄金荣眼中除了女人，便是银洋，多说无益。石维笑了笑，说："放心吧，办案经费由情报部支付，银洋500块。"

银洋500块！这还差不多，黄金荣胸脯拍得山响："这事包在我身上！"

桂生姐听了也是满心欢喜，两人随即密谋策划起来。

"第一要做的就是摸清李鸿章在上海的住所，只要那两样东西有副本，盗出来就不成问题。”黄金荣说。

“要是没副本呢？”

“这个……只有去京城大内了。”

“去京城大内，郑家木桥那些人能混进大内？只怕不到门口，脑袋就被砍了下来。”

“是这个理。”黄金荣想想说，“明天我去见福生哥，青帮里说不定就有手眼通天的人。”

“套签子福生？”桂生姐嗤嗤笑了，“靠套签子的那个福生？”

“别小看他，今朝上海滩不就是大字辈当家吗？福生不就差一辈么，后一辈的青帮弟子都买他的面子。”

黄金荣找到陈世昌，将事情一说，陈世昌当即笑道：“不就是找公公偷密电与奏折吗？这事容易。”

陈世昌的弟子李守信有个亲戚在大内当太监，一向来往密切。一周后，李守信带回情报。八国联军攻打北京城，慈禧太后带着光绪皇帝逃往河北，临走前任命奕劻和李鸿章为全权大臣，代表清政府与联军和谈。

情报既得，密电与奏折副本已然毫无作用。全权大臣李鸿章尚滞留上海，法国人正好拜会李鸿章，乘机在以后的谈判中占得先机。

黄金荣旋即将情报报告石维，由石维报告情报部贝当。黄金荣为法国人与清廷谈判争取了主动，为法国主子又立了一大功。

开山

天天有喜。

天天有喜未必，1901 年却着实让黄金荣神清气爽。

1901 年，黄金荣的儿子黄钧培出生了，34 岁的黄金荣做了父亲。黄钧培小名福宝，小福宝满月那天，满月席都开成了流水席。

儿子只有一个，义子却有不少。法国人看重，手底下弟兄众多，黄金荣成了许多流氓、瘪三、白相人仰视的一座高山。高峰不可征服，那就背靠高山挡风遮雨。许多人想拜黄金荣为老头子，可惜黄金荣不曾拜过山门，不能收徒。一时寻不出个名目，于是有人率先拜他为寄爹。

义子一个个地收着实麻烦，不收义子拉不起队伍撑不起场面。林桂生一琢磨，建议黄金荣收徒弟。

开香堂，黄金荣一直在想，可是无从下手。

开香堂不是开小店，想开就开。即使开小店，也得上香供财神敬关公。自己开香堂，香好上，神难供。自己倥子一个，想敬师尊，连个师尊都没有。上海滩青帮开香堂，师尊同门挤了一屋子，砍鸡头，喝鸡血，那可是隆重得很。

侄子又怎么地！青帮祖师开山之前不一样是侄子？他开得香堂，黄金荣照样可以，谁还能把你怎么样！林桂生却是极有魄力。

谁还真不能把黄金荣怎么样！黄金荣 17 岁就和青帮兄弟混在一起，虽说不是青帮人，泡妞、打架、吃肉喝酒向来都是同来同去，青帮不能折了自己面子；黄浦滩法兰西地界的那摩温，华人堆里天字第一号人物，谁还能敢说半个不字。

拜帮会中人为师再开香堂，黄金荣还真不想。凭空里掉个菩萨供着敬着，着实不爽。“蛮好！”黄金荣咧嘴一笑，“难怪人家说桂生姐撑起我黄金荣半个天，这话着实不假。”

“我可没你点子多。”桂生姐嘻嘻笑着说。

正如和尚不喜欢人家当面骂秃子，黄金荣最忌讳别人当面讲“点子”，只有桂生姐可以开这样的玩笑。别的人若是敢冒犯，白眼耳光早就过去了。

听说黄金荣要开香堂，黄金荣在巡捕房的心腹程子卿、丁顺华、金九龄、陈三林、丁永昌、鲁锦臣、骆振忠等人纷纷跪拜在地，请求做开山弟子，并捐献财物、出谋划策。

无规矩不成方圆，开香堂、收徒弟自然得有名分与规矩。黄金荣灵机一动，青帮历史渊长，规矩完善，自己又熟，借来用用既省事，又方便。

按照青帮惯例，香堂有小有大。小香堂分临时小香堂和正式小香堂。大香堂有正式大香堂、特别大香堂和满香堂。正式

大香堂和特别大香堂规模较大，而特别大香堂仪式更为繁琐。满香堂是最高级别的香堂，规模最大，仪式最全，也最为铺张豪华。

几人商议之后认为，初次开香堂规模不宜太小，也不宜过大、过于繁琐，于是决定开一个正式大香堂。

正式大香堂大在开山门弟子要多，赶香堂的爷叔辈要多，阵势要大，声威要大。黄金荣将这项差事交给金九龄、陈三林等人，让他们收纳门徒、邀请青帮的重量级人物参加。

至于开香堂的地点，既是另立门户，就要有别于青帮。黄金荣一锤定音：聚宝茶楼。开香堂之后可就地大摆筵席热闹一番。

十六铺的聚宝茶楼一直是黄金荣心中的痛。聚宝茶楼一楼一底，底楼是五开间的门面，规模够大，装潢够排场，屋宇高大，轩窗通透，四壁配以花鸟字画，很上档次。茶楼上专门辟有雅间与邃室，那是秘密策划各种勾当的最佳场所，从开业之日起黄金荣便对它垂涎三尺。

聚宝茶楼的史少卿左眼有块蓝色胎记，人送外号“蓝眼少卿”。黄金荣唆使手下喽啰假扮两伙流氓，到聚宝茶楼“吃讲茶”，故意一言不合，在店里砸桌子、摔板凳、扔茶壶，将茶楼砸得一片狼藉。

史少卿一个本分商人，哪里见过这种阵势，吓得赶紧派人请黄金荣。

黄金荣一到，闹事的流氓顿时就如中了定身法一般，大气也不敢出。

“这茶楼有我黄金荣的份，谁再敢来闹事，老子请他吃牢饭！滚！”黄金荣脸红脖子粗，怒视着闹事的流氓。

流氓灰溜溜地走出茶楼。史少卿方刚松了一口气，就愣在那里。“茶楼有我黄金荣的份！”什么时候有他黄金荣一份，开店的一万大洋可是自己求爷爷告奶奶借来的。

黄金荣走过来，伸手拿出一张1500元的庄票，笑道：“这茶馆我投资一半，咱俩合伙开，看哪个不长眼的敢来闹事？”

1500元一半股份，真是比流氓还流氓！史少卿眼前一晕，差点栽倒在地。

支票烫手，史少卿不敢接。黄金荣将支票往他手中一塞，径自走人。

半座茶馆归了别人，剜心割肉却毫无办法。史少卿有时也侥幸地想：自己不曾取出黄金荣的1500元股金，黄金荣自然心中有数，说不定参股之事会不了了之。

股东身份没有得到确认，黄金荣早就憋了一肚子火。如今这茶楼能派上用场了，这茶楼死活都得拿下。

天上飘雪，丁顺华与程子卿带着几个手下大摇大摆地走进聚宝茶楼。丁顺华将长袖一解，露出腰中的双刀，笑着对史少卿说：“黄金荣要在聚宝茶楼开香堂收徒，黄金荣说开香堂的费用记在他的账上，年关分红时扣除。”

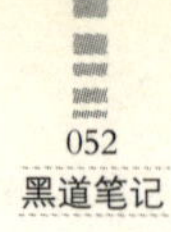

还是要分半座茶馆！史少卿刚要拒绝，一看来人腰中的双刀，又硬生生地打住。

“你勿发呆，今朝就给个透亮话。”程子卿逼牢史少卿，“你这阵子生意大好，还不是黄老板的金字招牌在那镇着，咱们兄弟明里暗里也当了你这茶馆抱台脚呢！”

“是，是，一切照黄老板的意思。”史少卿点头如小鸡啄米。丢掉半座茶馆固然掉了半条命，但要是不丢茶楼，只怕整条命都没了。

丁顺华与程子卿抬脚才走出楼外，史少卿就急冲冲地追了上来。一个大红包递了上来，史少卿一脸讪笑：“我也想拜黄老板为师，请二位给美言几句。”

史少卿也是脑瓜活络之人，向来不做赔本的买卖。白白送掉半座茶馆，怎么着也得图些什么。图钱，不可能。图势，黄金荣有。拜他为师，背靠大树好乘凉，日后也好有个照应。

二人一听，又是一个意外的收获，不但黄金荣多了一名门徒，往后这聚宝楼也就成为名副其实的自家茶馆了。于是，二人高高兴兴禀报黄金荣去了。

开香堂，供祖师爷。聚宝茶楼一楼，当中的关公神像威严耸立。黄金荣的先父黄炳泉一向崇拜关羽，家中堂屋一直四季敬奉关老爷。

时辰已到，聚宝茶楼内香雾氤氲。

黄金荣端坐在正中的太师椅上，贵客们也全都在两边坐定，拜香堂的徒弟们早已聚集在门外等候召唤。

司仪骆振忠一声高喊：“开香堂!”茶楼正厅大门打开，恭候在门外的徒弟们手持拜师帖鱼贯而入，“净口”上香磕头启问递门生帖。

“净口”即在堂上排齐队列，按次序在送过来的铜盆里呷一口水。净口之后给祖师爷上香，磕头，再给老头子黄金荣磕头，然后按赶香堂的各位师父及来宾座位顺序依次磕头。

“启问”的内容无外乎“是不是自愿入帮”“能否遵守帮规”等，并交代一些重要事项。

收帖子便是将徒弟拜师投的门生帖和贽敬一并收敛上来。拜师帖是一幅红纸，正面当中一行写着“敬拜黄金荣老师门下”，右边写着自家三代简历，个人姓名年龄籍贯等，左边应是引见师预先签押的地方，由于是黄门第一批门生，引见师签名就省略了。至于“贽敬”，也就是拜师礼金，每人根据自家情况包上 8 块、10 块或 20 块不等的银洋。

接下来是发折。这折子是“三帮九代”的密语传本，是青帮弟子内部使用的“海底”盘答方法，如同绿林土匪间的黑话，是青帮弟子行走江湖的法宝。

开香堂仪式结束后，接着大摆宴席庆贺。半个时辰不到，大厅里已觥筹交错，猜拳喝令，好不热闹。

黄金荣开香堂收徒后，便以“青帮大头目”自居，自诩“天”字辈，比“大”字辈多一划，高一辈。

当时上海滩青帮以“大”字辈为资格最老，当时“大”字辈仅有做了几十年通海镇守使的张镜湖在世。按帮会规定，像黄金荣这样不曾在青帮开香堂拜师的人，只能称为“倥子”，倥子是不可以开堂收徒的。但黄金荣在法租界权势熏天，青帮中人只能对他开香堂收徒睁只眼闭只眼。

锦军

封箱！

严守！

清朝载沣亲王一脸严肃地盯着身边的侍卫，吩咐道：“你们务必严加看守，丢了竹根罗汉，我拿你们的脑袋做夜壶！”

上海三眼古董店的马老板出价三万大洋，载沣亲王没有出手。马老板虽说是马老板，却从不相马，他只相古董文物。马老板姓李，只因他相古董文物就如识千里马的伯乐，所以人称马老板。

载沣亲王相信马老板的眼光，也相信上海滩奇人异手甚多。竹根罗汉既然在古董店现身，保不定就有盯上古董店的贼。

侍卫三班一倒，轮流值班。上眼皮和下眼皮打架，却不敢合一眼。当差的命苦，汗如雨下，却连口水都喝不上。侍卫李大卫看了身边的同伴王钱，心中嘀咕：“咱俩怎么这么倒霉，摊上这么个点！”

“大爷，您喝茶！”一个青衣女仆提着一个茶壶，轻盈地走了过来。

“站住，我怎么没见过你！”王钱冷喝一声，王爷随从中没有这个女仆。

青衣女仆嫣然一笑：“您见过我才怪！王爷昨天才住进知府大人家里，大哥又不曾去过厨房，又哪能见过小女子。”

好一朵鲜花，只可惜是命薄了些。李大卫一边叹息，手却已接过茶壶，“咕嘟、咕嘟”，半壶水下肚。

王钱一把抢过茶壶，嘴里叫道：“臭小子，给我留点。”知府家人多，没见过的丫鬟确实有可能。喉咙冒烟，再不喝水，人都得晕菜。

“扑通”“叮当”，人倒地，瓷片碎了一地。

这边载沣亲王背着手在房子里走来走去，那边黄金荣却是一动不动地躺在聚宝茶楼雅间的躺椅上，手中托着一尊罗汉。青衣女仆空手侍立一旁。

话说聚宝茶楼到手后，黄金荣除了去澡堂“水包皮”，便是到聚宝茶楼孵茶馆。喝喝茶，指挥门徒门生“三光码子”捉强

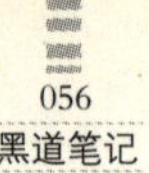

盗，逮小偷，抓捕要犯捞偏门。

青衣女仆名周雅芳，宁波一带有名的锦线。盗窃分为三类，黑线、白线和锦线。黑线惯于在夜间行窃，白线是指白天行窃之人，锦线则装神是神、装虎是虎，出入于各种社交场合，借着高明的技术取物于无痕。锦线向来以女人居多。

周雅芳在宁波一带纵横，前年却一不留神栽在黄金荣手中。

法租界雪弗利洋行老板太太的钻戒被偷，黄金荣的头就大了！法国人的东西再好，不得自己批准，黄门弟子不敢私自动手。雪弗利洋行老板和石维关系一向很铁，指定会急吼吼地压着自己破案。

三天，石维限期三天！黄门弟子青帮朋友出动，将上海滩翻了个底，却找不到任何线索。

黑道无策，巡捕房却传来消息：英租界汇中饭店的一名女客前两天还是十指光滑，昨天玉指上已有硕大钻戒一枚。今天和隔壁中年男子见面后，钻戒却已不见。

不明的钻戒，神秘的男子。黄金荣命令巡捕拿人，女子不在，那名中年男子倒在。

男子自称周尚义，宁波人。但无论黄金荣怎么审讯，周尚义都坚称与隔壁女子不认识。巡捕房手里除了女佣与饭店茶房描述的周雅芳相貌，其他再无任何线索，周尚义骨头又硬，还真拿他没办法。

程子卿气得直摔杯子，黄金荣却是一脸淡定。硬汉不可怕，只要拿住他的痛脚，硬汉也得变成“磕头虫”。周尚义一副烟容，十足的瘾君子，鸦片就是他的痛脚。

黄金荣押来一名烟鬼审讯，让他当着周尚义的面抽起鸦片烟来。周尚义被关着审了一天，早就呵欠连天，一闻烟味，鼻涕眼泪直流，倒豆子一般吐出真相。

周尚义盗钻戒，只是帮杭州青帮“大”字辈爷叔樊瑾成出口恶气。

樊瑾成这口恶气不怨别人，只怪黄金荣。樊瑾成与杭州“大”字辈李休堂两雄并立、争霸杭州。黄金荣与樊瑾成向来没有交际，开香堂时只请了相熟的李休堂。请李休堂，不请我樊瑾成，那就是打我樊瑾成的脸。一怒之下，樊瑾成派宁波有名的窃贼周尚义给黄金荣添乱。周雅芳是周尚义的养女，自幼跟随他学习这手绝活，如今也已达到出神入化的地步。

好身手！好女贼！黄金荣心中一动，女贼既然能为樊瑾成所用，自然也能替自己卖命。如果将干锦线的女人拉起一支队伍，那还不是囊中取物？自己捏住周尚义的把柄，不怕他父女俩不低头。

周尚义当即写信给樊瑾成，要求樊瑾成让周雅芳送回钻戒。

樊瑾成收到信后，自知不好收场，只好放下架子求李休堂替自己说情，并命弟子带着李休堂的亲笔信赴沪请罪，周雅芳也随之翩然来沪。

周雅芳年方 19 岁，身材亭亭玉立，凹凸有致，天生的美人胚子中透着一股与生俱来的高贵典雅，这在黄金荣所经历的无数女人中绝无仅有。直到周雅芳递上那只玲珑戒指盒，黄金荣方才回过神来。

“这是那枚钻戒，请您过目。”

黄金荣接过戒指盒，汲一口口水，在心里暗暗骂了一句：“触那娘，洋铟与女人若是选一种的话，那才叫难题！”

黄金荣带着钻戒面见巡捕房总监石维，汇报了破获经过，言明盗贼为异乡人流窜作案，虽托人讨回了戒指，却不便去异乡抓捕案犯。失主只求讨回丢失的东西，至于是否惩治案犯并不在乎。黄金荣破获此案有功，石维大加赞赏，洋行老板备厚礼向黄金荣致谢。

周尚义父女不敢远走，投在黄金荣门下，帮他打造锦军。周氏父女利用黄金荣的势力，连拐带骗带花钱收买，拼凑了几十名 13~17 岁的美貌女孩，在肇家浜与法华界汇合的湾子边选了一处院落，挂上一块“土山湾孤儿院”的牌子，以收养孤儿的名义对女孩们进行行窃培训。

半年后，这些女孩已将周氏父女的绝活学了八九不离十，其中较为出色的已成为“空空妙手”，可以独立行窃；稍逊色的，亦可以做一些“拆梢”“放白鸽”的差事，充当“眼线”。

这支锦军开市后，即刻横扫上海滩，她们散布在上海滩各个角落，穿梭往来于各种公共社交场所，包括饭店、旅馆、客栈、舞厅、跑马场等，运用高超的技艺加女色，窃得无数钱财珠宝，小到金银首饰，大到夜明珠乃至国宝，只要得到情报，无不马到功成。

此番竹根罗汉也就在劫难逃了。

代僵

掌声雷动！座无虚席。

“第一白相嫂”桂生姐看得目光闪动，仙凤舞台的徽州土戏人气真旺，一点不输给自家的老天宫戏院。

黄金荣一向认为搞休闲娱乐业就是在钱堆里打滚。从杭州一回到上海，他就在法租界最热闹的郑家木桥买地，办起老天宫戏院。演员是苏州老天宫戏院原班人马，名头远扬。黄金荣聘请各地名角挂头牌上演新剧目，一时间老天宫戏院轰动上海滩，风头无两。

老天宫戏馆为黄金荣赚回了大把的铜钿，仙凤舞台老板肯定也数钱数得手抽筋。仙凤舞台，老天宫戏馆的对手，桂生姐又爱又恨。

桂生姐天天泡在仙凤舞台看徽戏，戏好看，心中却是小有遗憾。晚上下雨竟然淋了一头雨，风吹在脸上生疼。

生意火爆，戏院漏雨，难道是老板抠门？

戏还未开场，桂生姐就已经守在仙凤舞台的大门口。门口人来人往，不停地有人和桂生姐打招呼，不认识上海有名的“第一白相嫂”，怎么在军警、捕房、黑道上混?

混饭吃的人多了，饭自然不够吃；看白戏的人多了，戏院自然不挣钱。仙凤舞台老板何宝庆一定是黑道混不开白道没人罩，结果落了个脸上光。

戏好看，人好欺，院子一盘过来，又是一棵摇钱树。桂生姐戏也不看，坐上黄包车就回黄公馆。

“蛮好!”黄金荣一拍大腿，“我们盘过来，放到我黄金荣手里，看他们哪个敢看白戏!”

“莫急，还不晓得人家老板愿不愿意转让呢。”

“怕啥，凡是我黄金荣看上的，没有弄不到手的!”

黄金荣着急，仙凤舞台的老板何宝庆却已是在火上烤。

看白戏的不掏钱，何宝庆得罪不起，只好请出当时在工商界与青洪帮会中均有较高威望的虞洽卿当门神。虞洽卿动静挺大，亲朋好友请了一堆人，帮助打理戏馆。

看白戏的再来，门神还是挡不住。好言恶语说了一大堆，看白戏的天天来，天天不买门票。

看白戏的多，门神和亲朋好友还得发薪水，何宝庆已是欠了一屁股债。

黄金荣目光闪动：欠了一屁股债，好事。

鸡蛋菜叶砸了何宝庆一身，一个无赖一刀捅进沙发，用力一绞，喝道："再不还钱，老子白刀子进去红刀子出来。"

何宝庆浑身一抖，差点瘫倒在地。借钱的是孙子，欠钱的是大爷，此话一向不假，可大爷也不是谁都有资格当。

债主们排着队讨债，将仙凤舞台的大门堵了个水泄不通。有的债主更是将票友拦在门外，叫道："戏院停业!"

鸡蛋，菜叶，红刀，何宝庆本来还想再支撑一段时间，最后的一丝希望也变成了绝望。何宝庆请虞洽卿帮忙物色买家，打算盘出戏馆还债。

黄金荣一拍桂生姐的肩膀，笑道："那鸡蛋还真管用!"

黄金荣在聚宝茶楼请何宝庆会面，询问债主情况和负债金额。

"钱倒不算太多，总的加起来有5000元左右。问题是债主天天催逼，一口咬死不肯宽期。"何宝庆无可奈何地说。

黄金荣笑道："我晓得了。你回去请人出盘契约，明日来这里当面画押过户。把债主叫到这里来，这些债务由我来承担。"

办理过户，核对欠款金额，出具欠条，债主们虽然等的时间长，心中却是欢喜，终于可以拿到钱了。

众人眼巴巴地看着黄金荣，黄金荣一拱手，对众人说："各位都晓得仙凤舞台已盘到我黄金荣名下。何老板欠的钱由我黄金荣偿还。大家暂且把欠条收好，戏院只要一赚钱，我亲自送钱上门。"

戏院赚钱？赚多少钱才是赚？诸位债主面面相觑，黄麻皮比不得何宝庆。大家尽可以向何宝庆逼债，鸡蛋菜叶可以使劲往他身上砸，瞪一眼黄麻皮试试。

众人低头出门，有人一把掏出一张纸条，“咔嚓、咔嚓”撕得粉碎。纸片随风飞起，落在地上屋顶上。

何宝庆没有走。戏院过完户，总得拿钱回去。黄金荣笑眯眯地看着他，说：“你债我还，还要我给你钱？你不还钱，就得挨刀。我替你消灾，是救你！”

一座戏院抵了5000元债务，何宝庆想死的心都有。

黄金荣却已经着手仙凤舞台的改造。黄金荣将仙凤舞台修葺一新，增设了包厢，舞台后台池座都较老天宫戏院高出一个档次，并更名为共舞台。

上海虽然是大都市，戏院演戏却依旧保守：男女演员从不同台演出。黄金荣做事向来胆大，还未开演，就放出风：共舞台男女同台公演，演出别样风采。男女同台，这可是新鲜事。徽州土戏向来有吸引力，黄金荣又聘请津京有名的剧团，这下更是一票难求。

第一天演出，包厢与戏台前十几排正厅头座早就被“按目”包售出去，可容纳700人的戏院座无虚席。那帮看惯白戏的流氓地痞，也只好望“门”兴叹。若想看戏，只有乖乖掏钱入场。

共舞台开业后，黄金荣派出最有做生意天赋的心腹干将金廷荪负责管理。金廷荪是较早进入黄公馆当差的书生辈角色，与黄金荣一样喜欢游艺事业。但他比黄金荣更进一步，不仅是京剧票友，还喜欢与京剧演员接近。当他发达后，凡北方来的角儿，多半借住在金老公馆，戏剧界人士尊称他三爷而不名，有事请他帮忙，绝对闲话一句。

金廷荪不愧是经营戏院的高手，不仅将共舞台管理得井井有条，剧目上也不断翻出新花样，使共舞台生意长盛不衰，黄金荣因此赚得盆满钵盈。

这之后，黄金荣又陆续开办了黄金大戏院、大舞台、老共舞台、荣记大舞台等。退休以后还开办了规模宏大的游乐场所“大世界”。

夺土

高风险，高收入，烟土赚钱，却是提着脑袋过日子的门路。鸦片烟由远洋轮运至吴淞口，再从吴淞口到货仓，抢烟土的各色人等数不胜数，手段防不胜防。

鸦片烟在吴淞口卸货时，利用黄浦江涨潮的江水将装满烟土的麻袋一只只推送到岸边。接货的人或者在舢板小船捞取货物，或者在岸边用竹竿挠钩将麻袋拖上岸来。抢土的流氓有样学样，驾着舢板躲在暗处，见烟土麻袋浮到身边，用挠钩钩上船，摇船就跑。这种劫土方式江湖上叫“挠钩”。

烟商接货后，把鸦片分装在煤油箱里送往在十六铺附近的新开河一带库房。抢土的流氓早就驾着藏着大木头箱子的马车在路上等，一看四下无人，将木箱往煤油箱上一套，搬上马车，大摇大摆地扬长而去。这种劫土方式，江湖上叫“套箱”。

烟土动人心，掌管法租界巡捕房“缉查股”的黄金荣也暗地里分一杯羹。明里黄金荣给巡捕房办公事，暗里将缉查股的信息透露给桂生姐，由桂生姐策划组织抢土。

黄公馆抢土，既有在码头上的挠钩，也有在货栈的套箱，但更多的时候，是在烟土批发运送过程中抢劫。烟土抢劫到手后，一律送往同孚里，从后门送进黄公馆，然后由桂生姐清点分割成小块出售。

抢到的烟土越来越多，黄金荣就成立三鑫公司，包揽了法租界烟土的全部零售与批发。三鑫公司业务做得红红火火，但要想拓展业务，却是极难。“大八股党”一手把控英租界的大土商，英租界的大土商们对其极为依赖，黄金荣根本没有插手的机会。

出手无门，黄金荣正在懊恼，就听到一则消息：国际社会宣布禁烟，禁烟会议即将在英租界召开。

一边开禁烟大会，一边卖烟土，那不是扇自己耳光？黄金荣不由得心中一动。英租界碍于国际影响，必然会宣布禁烟。英租界宣布禁烟，华人区明文禁烟，英租界内的土行商人只有一条路可走：迁居法租界。法国人只要有钱赚，对猖獗的烟土

向来睁一只眼闭一只眼。

财源滚滚，未必滚进自家大门。法租界势力众多，土行商人不一定向黄门寻求保护。

“办法只有一个，请“大八股党”做个顺水人情，把对潮州帮土行的保护权，转让给法租界的三鑫公司。”杜月笙说。

“转让？自家嘴边的肥肉，哪个舍得送人?”黄金荣还真不信。

“若在平日不送也就罢了，但今朝英租界禁烟，他不送也得送！”杜月笙笑着说。

有道理！黄金荣立即发请帖给“大八股党”头目沈杏山，请他到四马路会乐里口的倚红楼吃饭。

诚心请自己吃饭，黄金荣和自己没有那份交情，麻子一定是盯上了国际社会禁烟的事。断自己的财路，沈杏山不相信英国人能干出这种蠢事。即使英租界抵不住国际社会的呼声，自己可以带着大队人马到法租界避风头，或者就在法租界扎根，继续吃保护费。

话虽如此，沈杏山还是踱着方步到了倚红楼。倚红楼在自己地盘，量他黄麻子也不敢起什么坏心。黄金荣带着心腹“哼哈二将”杜月笙和金廷荪、保镖顾掌生与马祥生在门口恭迎。

酒过三巡，金廷荪首先开口：“听说英租界马上就要开国际禁烟会了，那些大小土行要想生存，只有搬家。要搬，就只有搬到法租界，华界是去不了的。”

沈杏山一听这话，冷笑一声：“笑话！英国人禁烟只是应

付差事，难道会断了自己的财路?”

“这次要是来真的呢?”金廷荪紧追一句。

“不可能!”沈杏山一口否定。

“看来你还真不相信?”杜月笙斜眼看着沈杏山，不动声色地问。

“相信怎样，不相信又怎样?开会的人还没来呢，你们急啥?”沈杏山急得要动肝火了。

“我们急着接管那些土商呢!”杜月笙依旧慢条斯理地说。

“接管?好大的口气!”沈杏山冷笑着，“天下是哪个打下来的，他们自会跟牢哪个，旁的人休想插手!”

“沈老板的意思，不会是跟着那些土商到法租界，继续吃保护费吧?”杜月笙的话软中带硬。

“没什么不会!”沈杏山被激火了，“局面是我姓沈的打下来的，财路是我姓沈的开通的，这个财香，别人接不过去!”

“那要看在谁的地盘上!”杜月笙的口气也硬起来。

顾掌生和马祥生早已怫然作色，虎视眈眈。房间里顿时剑拔弩张。

黄金荣一直半眯着眼睛没说话，一看双方顶了火，就睁开眼睛，笑着说：“杏山，咱们明人不说暗话，英租界这回动荡不小，几家大土行都在准备撤出，你不会一点儿不知道吧?你早点把保护权放手，我也好给他们安排场子。你我是老朋友，将来怎么样分账都好说。”

断根！绝命！沈杏山怒视着黄金荣。好大的胃口，抢些烟土也就罢了，居然敢要英租界土行商人的保护权。

“大八股党”从英租界的小混混到如今日进万金的江湖地位，靠的不是别的，就是收取土行的保护费。土行商人的保护权就是“大八股党”的生命树、聚宝盆。

“金荣哥，咱打开天窗说亮话，这个保护权我还没打算放呢！”沈杏山语气冰冷。

黄金荣一听心里也来了火，口气也跟着硬了起来，“难不成你真要到我的地盘上收保护费?”

沈杏山心里也清楚，在法租界，没有黄金荣点头，这个保护费他也收不顺当。火拼，他也未必是对手。可让他一手交出去，他压根没生过这个念头。联想以前，“小八股党”下手硬抢烟土，让自己在土商面前坍台；用抢来的“土”开公司，让他和土商无法操纵市场土价。真是越想越气愤，越想越窝火，再张嘴便有了十足的火药味。

“金荣哥，你吃着捕房的饭，做着无本生意，何必要什么保护权呢？你干脆弄个船队直接去吴淞口接货算了！”

沈杏山这几句话，可算是捅了马蜂窝。杜月笙和金廷荪勃然变色，顾掌生和马祥生霍然站起。只等黄金荣点一下头，几人立刻动手。

黄金荣铁青着脸，死死盯着沈杏山，一言不发。沈杏山被盯得心里直发毛，暗暗后悔没有带人手过来。

黄金荣慢慢地走近沈杏山，伸出巨掌，对准他的脸，“啪、啪!”就是两记耳光。速度之快，用力之猛，把所有人都惊得目瞪口呆。

沈杏山的脸上，一边一个大手掌印，迅速变红，凸起。

沈杏山吓傻了。

马祥生、顾掌生一见老板动了手，立刻就要扑过去。

“勿动手，勿动手，有话好说!”沈杏山吓得大叫。“大八股党”靠烟土赚得盆满钵满，舒坦的日子久了，争勇好斗之心早就不如当年，当年共患难的兄弟也已心有隔阂。而黄金荣手下的这帮弟兄，个个年轻气盛，充满锐气，势头正强劲。

杜月笙和金廷荪相视一笑，老板发火了，两巴掌便叫沈杏山服帖了，这是他们始料不及的意外收获。

英租界果然开始禁烟，大小土行纷纷迁入法租界。三鑫公司独揽了上海滩土行的保护权，经营状况突飞猛进。

退帖

金盒，红帖。

盒是黄金，贴是门生帖。黄金荣将门生帖看了又看、金盒摸了又摸。良久，交给虞洽卿说：“此事交给你了。”

一日为师，终生为父。帮会中人除非被逐出师门，否则做师傅的决不会退还门生帖。

人在租界，黄金荣虽是“当红炸子鸡”，与各派政治势力却小心翼翼地结交。人无百日好，花无百日红，黄金荣深明其理，于是多采取刀切豆腐的方式广结人脉，为自家留后路。

辛亥革命前夕，黄金荣就和革命党的重要人物杨虎、王伯龄结为挚友，并帮助王伯龄除掉徐宝山。1920 年孙中山回广州就任非常大总统后，黄金荣捐出 1000 块银洋支持革命。1924 年冬，孙中山北上北京途经上海，租界当局担心刺杀宋教仁案、陈其美案重演，拒绝孙中山一行人登岸。黄金荣闻讯后，主动提出负责孙中山一行的安全，率全体巡捕对孙中山一行提供全程保护。

种豆得豆，种瓜得瓜。豆熟，瓜成，其中有一颗居然是国民革命军总司令。总司令居然是黄金荣的门生！一入帮会，侍师为父。有这座大靠山，黄门弟子以后在上海滩还不得横着走。黄门上下顿时一阵沸腾，马祥生、顾掌生更是叫道：“师傅，派人叫蒋介石回来拜师敬祖。”

上海好进，有些人不好见，却不能不见。国民革命军总司令蒋介石靠在军舰的栏杆上，看着黄浦江的江面。江面平静如镜面，蒋介石心中却是潮起潮落：一入师门，终生为父，只是堂堂的国民革命军总司令怎能认黑帮头子为师为父。倘若翻脸不认人，青帮人多嘴杂，只怕对自己名声也不利。

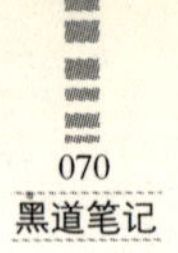

每个人都有一段悲伤，或者隐藏，或者神伤。20 世纪 20 年代初的蒋介石却怎么也找不到地方隐藏自己的悲伤。

股价大跌，交易停滞，大批交易所不得不停业清理，或解散，或归并。由于 1921 年上海交易所出现“信交风潮”，新建起的 100 多家交易所纷纷倒闭，蒋介石与陈果夫经营的恒泰号经纪行也因经营不善导致巨额亏空负债百万。

心急如焚的债主们纷纷请黑道人物帮自己要债。有钱还钱，没钱还命，道上的人做事极其干脆。

逃债，不可能，黑道人物贴身跟随；还债，死都不成，无钱可还，无人可借。命只有一条，蒋介石急得嘴角起泡，只得找浙江老乡虞洽卿出主意。

虞洽卿说：“办法倒是有一个，就是拜黄金荣为师。”

租界红人，黑帮老大，谁敢动他弟子一根毫毛。计是好计，蒋介石却是一肚子愁云：自己是连底裤都输得精光的大麻烦，黄金荣凭什么接自己这个烫手的山芋？

虞洽卿微微一笑，底气十足：“放心，凭我与黄金荣多年的交情，这点面子他还是会给的。”

欠债百万的逃命人！能借百万，说明有魄力、有能力：辛亥革命前便已追随孙中山，倒是有些资历。浙江老乡，虞洽卿的面子。黄金荣暗自一动，结人于危时来看待回报固然等待最长，效果却可能最好。

1922 年 5 月的一天，上海钧培里黄公馆。黄金荣端坐太师椅，蒋介石递上一张上书“黄老夫子台前，受业门生蒋志清”的大红帖子，然后一跪三叩首。

拜师仪式结束后，蒋介石向债主们发出请柬，请大家到虞洽卿府上赴宴。债主们不晓得蒋介石葫芦里卖的什么药，欠债还钱，请吃饭不知是何道理。待赶到虞公馆大厅，酒宴上在座的不仅有虞洽卿，还有权势熏天的黄金荣。

黄金荣的一番话，让大家彻底无语。黄金荣说：

“大家都晓得，志清是我和阿德哥的小老乡，但不知大家是不是晓得，志清还是我黄某人的门生。如今志清一时手头紧，调不开头寸，又急着去南方投奔孙大总统。志清欠各位的债，大家尽可以问我讨，尽可以到我府上去拿。”

完了，这笔账打水漂了！谁敢向黄金荣讨债？钱要不回事小，得罪了黄金荣事大。水滴在石头上能听到“滴答”的声，打水漂的钱总不能听不到一点响动。左右是打水漂，不如送个人情。债主纷纷脸上堆笑：“黄老板说笑了，您的高徒就是我们的朋友。朋友有通财之好，还什么还？”

债主退，黄金荣唤出蒋介石：出门在外无钱寸步难行，这些钱你拿着。6月，蒋介石赴穗参加护法运动。

豆熟，瓜成。豆在枝上，瓜在藤上，蒋介石人在江湖上。

蒋介石已经不是当年的蒋志清，而是统帅数十万大军的堂堂总司令。曾经参加帮会的事情，想必会有损他的形象。强扭的瓜不甜，强认的徒弟不亲，与其这样，不如做得光棍些，说

不定更有奇效。

打金盒，装红帖，黄金荣找出蒋介石当年拜师时那张门生帖，交给虞洽卿，说："薄礼一份，不成敬意，还请你转交蒋总司令。"

第二天一早，蒋介石便带上贴身警卫，轻车简从进入法租界，径直前往均培里黄公馆。

黄金荣闻讯等候在公馆门口。

蒋介石一身着黄呢戎装，一下汽车便毕恭毕敬地给黄金荣行了一个军礼，恭身问道："久未见面，先生身体可好?"

来到黄公馆大厅，蒋介石从怀里取出一只黄灿灿的金怀表，双手送到黄金荣面前：

"这是我送给先生的纪念品，聊表心意。"

黄金荣赶忙双手接过，连声称谢，从此将这只金怀表仔细收藏，甚至当作镇宅之宝，只有逢喜庆大事，才拿出来佩戴。

织网

黄府有客。

有客自远方来，黄金荣却是眉头微锁。

客人不多，只有两位：老朋友杨虎，现任北伐军总司令部特务处处长；新客陈群，时任北伐军东路军前敌总指挥部政治部主任。

杨虎与陈群带来蒋介石的密信，信中只有一个要求：帮会搅局，助自己清除上海的共产党势力。

北伐军逼近上海，蒋介石却是如临大敌。好大的一座国际大都市，竟然掌握在共产党手中。想夺取天下，上海怎么能落入他人手中？

为配合北伐进军，中国共产党在上海建立了工人武装纠察队，先后三次发动工人武装起义，解放了除租界以外的整个上海市区。1927 年 3 月 22 日，共产党更是宣布成立上海市特别临时政府，推选钮永建等 19 人担任临时市政府委员。

权已在工人手中。不夺，共产党势力越来越强，蒋介石寝食难安；强取，不是不可以，只是时机未到，出师无名。黄金荣退帖，蒋介石怦然心动：青帮门徒众多，黄金荣与自己颇有渊源，倒是搅局的利器。一旦混乱，自己乘乱出手，一举除掉 3000 名工人纠察队、捣毁共产党领导的上海总工会还不是水到渠成？

信在手，客在旁，黄金荣没有急着表态。共产党提出的口号和主张深受广大市民的拥护，蒋介石吃不吃得下共产党还真不好说。水深，混浊，下水可能就丢了性命。

不给点甜头就想要马儿跑，张啸林一脸漠视。

黄、张不表态，杜月笙却跃跃欲试。黑道混得再如日中天，

毕竟上不得台面。共产党当政，别说不许卖烟土地，就是卖烟土赚得上好家产，只怕也得共产了；蒋介石统治上海，自己这班人才能烟土照卖、横财照发。搅局就能攀上蒋介石这个高枝，更何况是蒋介石特意邀请，这样的好事哪里去找。

杜月笙起身，当下便表示了决心："只要是陈先生和啸天哥的事体，即使赴汤蹈火，我们也乐于从命!"

杜月笙在不经意间，用一个"我们"代表黄金荣与张啸林表了态。黄金荣与张啸林心里颇有些不满，但当着杨虎、陈群的面也不方便说什么。

桃李不言，下自成蹊。杨虎、陈群将三个人的表现看在眼里，顿时有了结论：黄金荣碍于督察长的身份，不便公开露面；年纪老迈，仅可暗中助力；张啸林利字当先，不见兔子不撒鹰，只能以利诱之；唯有杜月笙"时刻不忘奋发向上，谦冲自抑，且时值年富力强"，正可以为党国效力。

箭在弦上，不得不发，黄金荣却是有选择性地保护自己。他退居幕后，筹建"共进会"，策划"四一二"清党行动方案等会议。其他时候就躲在自家公馆里，关注着华格臬路杜公馆的清党准备工作的进展。

幕后固然不及台前风光，却有一览风光的自如。杜月笙出自黄门，功劳大小都与他黄金荣不无关系。事成之后，蒋介石那边少不了自己的好处；暗中操作，倘使"清党"失败，本人也不至于直接得罪共产党。

网已结，只待出手。黄金荣谨慎对待"清党"，门下的弟子却差不多倾力全出。在参加"四一二"反革命政变的16000名"共进会"会员中，黄门徒众数量最多，足有五六千之多，涵盖了整个黄浦滩头的戏馆、旅社、酒店、餐厅、浴池与妓院等行业。

4月12日凌晨，16000名流氓打手兵分四路，分别攻打设在商务印书馆的工人纠察队总指挥处、驻有100多名工人纠察队员的商务印刷厂、位于闸北湖州会馆的上海总工会会所以及位于南市华商电车公司工人纠察队聚集点。

他们冒充工人纠察队向真正的工人纠察队进攻，在双方对打之际，正规军以貌似公正的姿态出面调解，以"工人弟兄不要自相残杀"为由，要求双方放下武器。"共进会"会员率先放下武器接受蒋介石的军队调解，而真正的工人纠察队则被蒋介石的军队轻而易举地解除了武装。

不久，蒋介石为表彰"三大亨"在上海清共之役中所建功勋，特地委任"三大亨"为"军事委员会少将参议""行政院参议"和"海陆空军总司令部顾问"。

当年农历十一月初一，黄金荣六十大寿，蒋介石亲自到黄公馆给黄金荣拜寿，为黄金荣挣足了面子。

老姜

宴席风光，贵宾尊崇。只是再风光的宴席总有散宴的时候，再尊崇的贵宾都有归去的那天。

宴散，宾归，黄金荣去法租界巡捕房递交辞呈。按照法租界当局规定，工作人员如果没有非常特殊理由，最晚 60 岁退休。

有人退休，自然得有人上位。黄金荣推荐自己的弟子金九龄继任督察长、程子卿任巡捕房弄事科政治组探长。肥水不流外人田，只要自家人掌了这片天，巡捕房还是姓黄的说了算。

新督察长上任，不是金九龄，而是黄金荣的死对头沈德福。新官上任三把火，沈德福却只做一件事：换血。所有有职务的黄门弟子悉数拿下，换上他自己的亲信。

人走茶凉本来是正常的事，但这茶凉得也太快。金九龄、程子卿、鲁锦臣等人，一个个怒火中烧、骂骂咧咧。

肥水被截，弟子被欺，黄金荣却是出奇地冷静。法国人之所以拒绝自己的安排，当然是以为沈德福可以替代自己。骂骂咧咧只能出一时之气，却不能解心中之恨。沈德福敢拿黄门弟子开刀，必定以为自己可以坐得下督察长这把交椅。只是租界大乱，却不知道法国人还有没有心情让沈德福坐这把交椅。

闹事，黄门弟子向来就擅长。偷抢砸，法租界顿时乱成一锅粥。巡捕房巡捕鸣哨出警询问受害人，忙成熊猫眼，却是找不到半点线索。

老虎凳、辣椒水、钳子，苏州警察局看守所的狱警一样接一样地招呼太湖贼“水上飞”。水上飞，原名胡老七，太湖边上的洞庭东山人，从小练就一身轻功，飞檐走壁身轻如燕，与当时的著名飞贼“燕子飞”“草上飞”等人并称“四大飞贼”。“水上飞”入室盗窃如探囊取物，日偷百家，夜盗千户。要不是受人算计，苏州警察根本碰不着他一根毛。

狱警们一直没对“水上飞”用刑。惹谁，都别惹财神。水上飞偷功厉害，做人也极有一手。一进牢房，已经吐出好几个藏宝物的地方。这样的主供着都要花心思，哪还舍得动刑。

狱警不想动刑，苏州警察局侦缉队长曹安昌不得不动刑。师父黄金荣昨天上门来访，指定自己想法收伏水上飞。

水上飞，曹安昌还真不陌生。多年的老对手，知道此人极其固执，他自己不愿做的事，别人勉强他也不会做。

辣椒呛鼻，四肢酸痛，水上飞死狗一般躺在地上，心中暗骂：狗娘养的！拿了老子的东西，下手还这么狠！

牢房里脚步声响起，水上飞心中不由得一惊：狗日的又来了，莫不成又想动手。

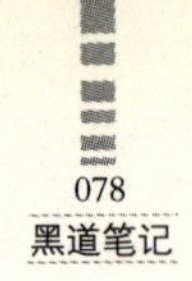

“这里关的是什么人？” 水上飞听出是老对手苏州警察局侦缉队长曹安昌的声音，不由得恨意横生：他娘的，老子只要出去，偷你个短裤都不剩。

“是个重犯，太湖贼水上飞。”看守所所长回道。

铁门晃动，“哐当”作响，一个一脸麻子的老头子摇着铁门，对看守所所长说：“在西牢里，这种单面弹子锁已经不用了，太容易打开了。”

“黄督察长说的是。”曹安昌赶紧接道。

黄督察！上海滩的黄金荣。水上飞吃惊不小，自己手脚被铐，看守所再换铁锁，只怕这辈子都得老死在这。

路已到尽头，看守所所长带头往回走。

黄金荣对着水上飞一笑，一个小纸团不偏不倚地扔在水上飞左脚旁的草堆上。水上飞虽然吃惊，却是抬起脚，巧妙地踩住纸团。

纸团里包着一串钥匙，纸上写着一行字：“明日午后，木渎镇石家饭店后楼相见。”

当天夜里，水上飞便悄悄逃出了牢房。

翌日下午，在木渎镇石家饭店，水上飞一见到黄金荣，立刻双腿跪地连磕三个响头：“恩人在上，请受老七一拜！”

黄金荣一把扶起水上飞，口中连称：“不必客气。”

素不相识，出手相救，水上飞知道天下没有白吃的馅饼，双手一抱拳：“恩人有什么吩咐，尽管说来，我当赴汤蹈火，

万死不辞。”

“道上的朋友就是讲义气！”黄金荣等的就是这句话，当下也不客气，随即给水上飞布置任务，要他到上海法租界做几桩大案，并详细告知每桩大案的具体地点和任务，并称事成之后必有重谢。

救命之恩，重金酬谢，水上飞当即领命而去。

黄金荣依然留在苏州，在苏州的戏馆赌场妓院白相。上有天堂，下有苏杭。苏州风景好，更是隔岸观火的好地方。

巡捕房新晋督察长如坐火山口。案子越积越多，重案层出不穷。法华探长、督察长，巡捕房总巡、副总巡、总监、副总监，哪家都遭贼，珠宝现金被洗劫一空。法国驻沪总领事范尔迪家更是重灾区。范尔迪家里一只价值5000法郎的白色波斯猫被偷，没有了这只猫相伴，领事夫人茶不思饭不想，连觉都睡不好。而范尔迪连身上的短裤都被偷走了。

今天能偷短裤，明天就敢要自己的脑袋。猫可以再养，脑袋不能再生。范尔迪急了，亲自赶到巡捕房，把总监、总巡、督察长等人一通斥责，并责令限期破案。

期限一推再推，旧案还没破，新案却已经再出。沈德福本来破案水平有限得很，所掌握的“三光码子”连水上飞的踪影都寻不到；巡捕房的华人侦探大多数是黄金荣的弟子，出工不出力不说，还暗中传消息、送情报。

性命关天，夫人哭泣，范尔迪暴跳如雷：再不破案，老子

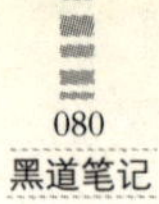

撤你的职。

撤职，巡捕房总巡费沃里一时间压力山大。巡捕房总巡虽然不好听，却是捞金捞银的好地方。这番遇偷，自己家也受害不浅。费沃里本人被盗走了一箱拿破仑金币、一只三克拉钻戒和两件貂皮大衣。

想破案，只能请黄金荣出山。费沃里的头皮一阵发麻。黄麻子辞职时，自己不仅没有聘请他为高等顾问，还一口否认了他推荐的人选。送神容易请神难，却不知道黄麻子肯不肯出山。

黄金荣人在苏州，费沃里只好赶到苏州，聘请黄金荣为巡捕房高等顾问，敦请他再度出山、主持破案。

黄金荣如老僧入定，一言不发，存心给他一个冷脸。日你娘的，用老子时笑脸相迎，弃老子时冷水泼面，真当老子是酒店小二，唤之则来，呼之则去。

黄金荣迟迟不肯表态，巡捕房总巡费沃里心中已是焦急万分，自管自地说："这些案子再不侦破，整个巡捕房都是极不光彩的，对总领事也无法交代。"

"沈督察长有没有找到一些线索，或者有没有一些破案的办法?"黄金荣终于开口。费沃里再怎么说也是巡捕房总巡，得罪太深，黄门弟子以后想在巡捕房混都难。

"他要有办法，就不会积压这么多案子了。" 费沃里一脸愁容。

"好吧，我先摸摸情况看。"

黄金荣松口，却没有一个明确答复。费沃里心里着急，离开黄公馆后，便直接去了总领事馆。总领事听完报告，立刻聘请黄金荣出任巡捕房高等顾问，并敦请他即刻着手破案。

总领事的面子总是要给的，黄金荣终于笃定地答复了范尔迪，随即投入破案工作之中。

案子都是自己人做的，心中当然有底。黄金荣每天和弟子金九龄、程子卿、丁顺华等人打打麻将、喝喝茶，高兴时就打几个电话给总巡费沃里，说金九龄他们找到了什么线索、案情有了什么新突破等，最后一个电话是抓到了案犯。

听说案子已破，费沃里心中的石头落地，马上命令在自己的办公室提审案犯。参加审讯的除了费沃里和督察长沈德福，还有参加破案的黄金荣与金九龄。

不用上刑，案犯水上飞招得挺快。不仅将被盗人与所盗物品一一报上，还说督察长沈德福家有上等的印度大土几箱鸦片，自己还没出手。

烟土有害健康，法国人表面文章肯定得做。督察长贩烟私藏大土，这个督察长也就做到头了。不说你会死啊，沈德福恼羞成怒，抄起茶杯照准水上飞的脑袋砸去。

水上飞眼疾手快，脑袋轻轻一闪。茶杯“哐”的一声撞在墙上，碎了一地。

沈德福心碎了一地，要命的烟土。

金九龄荣升法捕房督察长，随着巡捕房政治性事件不断增

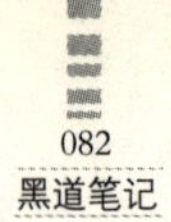

多，巡捕房政治组扩大为政治部，程子卿担任政治部主任。黄金荣成为法租界巡捕房名副其实的“太上皇”。

剥皮

日夜银行门前人潮涌动。

存钱，银行的经理笑脸如花。客户排着长龙的队伍取钱呢？银行老板头大如斗，想放声大哭都只敢背着人哭。

日夜银行面临倒闭，经理黄楚九身患绝症？日夜银行经理黄楚九恨不得将制造流言的人打倒在地，再踩上一万脚。自己投资地产失败，银行资金周转困难，却没到倒闭的份儿上；身有重病不假，可再活几年却不成问题。

黄楚九顾不上踩一万脚，银行门口有千百双手挥舞着要求取钱。呐喊的人群嘴里只有两个字：退钱！退钱，银行就此垮了，更别说一时间没有这么多钱；不退钱，银行也垮了，愤怒的人群肯定把银行拆了，谁还敢往里面存钱？

黄金荣闲坐太师椅，一脸笑意：黄楚九一旦过不了这关，大世界游乐场虽然不用改姓，主人却已不是黄楚九了。

大世界游乐场创办于 1917 年，十几年来创办人黄楚九凭着它数钱数得手抽筋。

手再累，却累得高兴。黄楚九钱多，有名望，还有银行，不是想硬抢就能硬抢的。黄金荣将大世界的一些管事人招致黄门，等着手抽筋的机会。

新收的门徒来报，黄楚九投资地产失败，银行资金周转困难。

“机会终于来了！”听完弟子报来的这一情况，黄金荣哈哈大笑。黄楚九既然缺钱，也就有了致命点。

黄公馆有名的铁算盘金廷荪笑着说：“恭喜老板！日夜银行没有多少储备金，只要储户大量提现，黄楚九想不借钱都难。老板此时出手成为它的最大债权人，大世界还不是手到擒来。”

谣言四起，怒海如潮，黄楚九不怒反笑。谣言固然煽动群众，却也能迷惑群众。

运钞车，冰冷的枪。押运的巡捕如临大敌，有的“哗哗”地拉着枪栓，有的则费力地搬着沉甸甸的铁皮箱子、帆布袋。

四只大号铁皮箱子，八只鼓鼓囊囊的帆布袋，黄楚九满脸笑意：“人多，大家排队！一个个来！”

银行有钱！排老长的队来取不急用的钱，这不是找贱？长龙顿时散了，坚持取钱的人都不用排队。

长龙散去，黄楚九出了一身冷汗：好险！长龙不散，就凭一只铁皮箱子的钱，这场还真不好收。

报纸！砖头！黄金荣暴跳如雷，一把揪住大世界游乐场管事阿二的耳朵：“要你何用，连个消息都打听不到！”

消息不灵害死人！如果当天识破日夜银行运钞的假象，黄

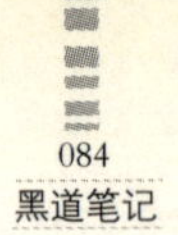

楚九便是有九条命，也得死在乱拳之下。

“这主要是由于我们没有及时弄到情报。”黄金荣对身边几名弟子说，“你们几个想想看，有什么办法能打入黄楚九的核心圈？”

黄金荣收徒，这一回收的是女徒弟。女徒弟姓柳，是名秘书。黄金荣从来不把秘书放在眼里，这一次黄金荣却是笑着送她出门。柳女士一向是黄楚九最信任的人。

空城计空城，黄楚九却也虚脱。气喘病复发，入冬后愈发严重，只得去杭州休养。

黄楚九人还没起程，黄金荣就已决定出手。黄楚九一离开上海，上海的报纸就有新闻称黄楚九病入膏肓、日夜银行即将破产。流言毕竟是流言，用一次都嫌多，但报纸那可是政府办的，政府说话，不信的人还真不多。

日夜银行门前人头涌动，谩骂的声音此起彼落。

日夜银行襄理阿祥平常最恨狐狸精，此时却恨不得自己就是一只狐狸精，随口一吹，变出许多钞票。阿祥不是狐狸精，老板黄楚九不在上海，想来想去上海滩只有一人能够救场。

黄金荣死活不开口，阿祥一番苦求之后，黄金荣才调集 20 万现金买下储户手里的存单，随即成为黄楚九的最大债权人。

日夜银行有变，黄楚九火急火燎地抱病赶回上海。打球、跑步、游泳，黄楚九在大世界高调亮相，释放健康的信号。

退款潮来得快，去得更快。黄金荣一把扯过桌上最心爱的茶壶，狠劲地摔在地上。

潮起潮落，连日劳顿的黄楚九身体衰落到了谷底。两个月后，59岁的黄楚九撒手人寰。

黄楚九一死，黄金荣浑浊的眼神立时明亮，看谁还有本事阻挡我姓黄的。

黄金荣以日夜银行最大债权人身份组织善后委员会，宣布日夜银行进行存款清理。消息传出，上门讨债的债权人多达千人之多，旋即组成债权团，向法租界当局申请有关偿还债务的事宜。欠债还钱，租界当局与债权团决定拍卖黄楚九的资产以偿还债务。

黄金荣以最大债权人的身份，以50万元盘下大世界。

黄金荣的戏院、澡堂子、赌台，以及房产物业颇多，每月收入可观，但黄金荣对洋钿欲望极高，没有大的进项心里便不踏实。对外，盘剥不止；对内，黄金荣将目光瞄向门下众多弟子。

黄金荣60大寿时，弟子们送贺礼谢师恩，少则几十块，多则数千块。事后一算账，发现除去开销，净赚数万块钱。黄金荣顿时来了劲：倘若每年搞一次寿宴，不就等于有了一份固定的俸禄？

黄金荣年年做寿，甚至向弟子们暗示：今年寿礼不收礼，收礼只收袁大头。如此一来，每年除去寿宴开销，可净得2万余元。

除了做寿向弟子们收取礼金外，每年的春节、中秋节、端

午节弟子们也要奉送孝敬钱，少则几十元多则几百元。一年三个节日下来，黄金荣能收获三四万元，又是一笔可观的收入。

遇到大事，弟子们也要出钱。所谓的大事，一是指黄家婚丧嫁娶的大事，黄金荣虽亲生儿子无几，养子却有两个，加上两个孙子，每一个的大婚都办得轰轰烈烈；二是黄家大兴土木搞工程建筑，也是要向弟子们“集资”的，其中尤以漕河泾黄家花园为最。

黄金荣的父母死后合葬在上海南郊漕河泾镇，黄金荣发迹后在此处建造了一座黄家祠堂。因平时无人打理，祠堂周围长满野草。

看到父母安息在荒草丛中，黄金荣的心里很不是滋味。想修葺，大把的银子扔出去，实在肉疼。经常跟随他去黄家祠堂的弟子私人秘书龚天健劝他将祠堂做一下修葺。

黄金荣早就有此打算，只是他不想仅仅整修一下了事，既然要修，索性大动土木，建造一个规模宏大的花园。只是工程浩大，需要的银洋断乎不是小数。这正是一个向众弟子敛财的好机会。

主意已定，黄金荣旋即喊来杜月笙、金廷荪等“亨”字辈弟子商议，因为主要资金要由这些亨字辈弟子支付。

建造方案定下之后，筹款与指挥建造的具体事宜由黄金荣的心腹弟子唐嘉鹏等人负责。首先在黄门弟子中募捐，弟子们少则出三四十元，多则数千元，其中唐嘉鹏自己出了 1000 元，杜月笙和金廷荪各出资4000元，数千名弟子捐的钱，加上一大笔工商界的礼金，总数高达353万元。

由于黄金荣的敛财与吝啬，使得许多弟子渐渐与他疏远。

借刀

日本投降，欢呼一片。

黄金荣一声怒骂："触那娘！今朝成气候了，连老子的财路也敢挡了！"

成气候的是杜月笙。抗战八年中，杜月笙坚持抗日，杜门弟子配合军统上海锄奸，胜利后回归上海的杜月笙一时光芒四射，手下社团"恒社"更是如日中天。

羡慕，妒忌，恨，黄金荣胸中五味翻滚已久。这一次，杜月笙一到上海便率先给了自己一个"下马威"。

黄金荣人虽老，但胃口却一点也不小。交通银行董事长钱新之一回到上海，黄金荣就派了几个人，找他"借"了2亿元。借，肯定不还，钱新之不敢不借，有黄楚九第一，当然就有黄楚九第二。

见钱新之胆小，黄金荣胆子便更大了，派手下人开口就向重庆商业银行"借"款4亿元。

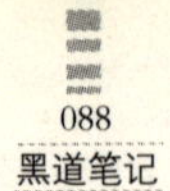

重庆商业银行董事不敢借，又不敢不借，急得团团转，于是找杜月笙商议。杜月笙不急，慢条斯理地说："给黄金荣打电话，说有几个人自称是黄门的人向银行敲竹杠，量他顾及影响，不会承认是自己指使的。"

十拿九稳的钞票放了空，胆小如鼠的董事吃了狗胆也不敢拒绝自己，多疑的黄金荣一查，得知杜月笙从中作梗。

"触那娘！今朝成气候了，连老子的财路也敢挡了！"此时的黄金荣已 78 岁高龄，虽然气喘吁吁，仍喋喋不休、怒骂不止。

外人看来，黄杜一体，亦师亦友，实际上两人之间早就潮流涌动、火花四溅。

"四一二"清党之后，蒋介石论功行赏，黄金荣、杜月笙、张啸林三人同时被委任为"军事委员会少将参议""行政院参议""海陆空军总司令部顾问"。

升官晋爵，黄金荣笑得合不拢嘴。笑了不久，他的嘴里就像被人塞了十七八个包子，脸色更是青得瘆人。蒋介石要在南京单独召见杜月笙！一手提拔的小弟，"三大亨"中的老幺，居然一步登天，爬到自己的头上。黄金荣实在是心有千千结，手有根根青筋。

师有青筋，却还勉强无事，黄杜两门弟子则直接发生冲突。

"四一二"清党之后，黄门弟子陈培德与杜门弟子陆京士是上海工会主席竞争强有力的候选人。

杜月笙（左），张啸林（中），黄金荣（右）

胜负难分，势均力敌，陆京士先发制人，指控陈培德有共产党嫌疑，将其扣押起来。

共产党，不死也得脱层皮。命都没有，还谈什么工会主席。黄金荣暴跳如雷，在电话中对着杜月笙就是一顿臭骂。

黄金荣臭骂，杜月笙一头雾水，急忙赶到黄公馆大烟间。大烟间里客人不少，都是黄金荣打完电话请来的。

杜月笙请安，黄金荣自顾自地靠在烟榻上吸食阿芙蓉。烟雾缭绕，四下无声。

三筒鸦片抽足，几口酽茶进肚，黄金荣“呼”的翻身坐起，冷笑着说：“好啦！我现在已经告老退休，你也不再是住灶披间的小团，要打要杀，但凭你高兴！”

杜月笙虽然被晾在一边，还是赔着笑脸说：“金荣哥有什

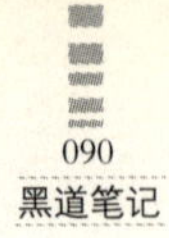

么事，只管交代下来，说气话会伤了身子。”

“分明是你们在跟我过不去，要我黄金荣的好看！”黄金荣又是一声咆哮。火气发尽了，这才问，“你给我说清楚，陈培德犯了什么案子?”

陈培德犯案？杜月笙一惊，赶紧给淞沪警备司令杨虎打电话，这才晓得出了什么事，要求立刻释放陈培德。

其实论起私人关系，黄金荣与杨虎比杜月笙更近一层，但黄金荣自己偏不打电话，他就是要出一口恶气，让大家伙看看，杜月笙在他面前与其他黄门弟子没什么两样。

“这桩事体不给我办好，我就上南京见蒋总司令！”看着唯唯诺诺的杜月笙，黄金荣又狠狠甩出一句话。

陈培德很快被释放，但工会主席之争并未结束。为了给自家弟子撑门面，黄金荣亲自向蒋介石告状。蒋介石指示杨虎从中调解。

杨虎两不得罪，判陆京士和陈培德轮流做上海工会主席，一年一换。不偏不倚，此番纷争才得以告终。

1932年，杜月笙成立恒社。随着杜月笙的社会地位大大提高，杜门弟子在社会上自然说话有人听、做事有面子，很是威风。

社团够威风，陈培德等黄门弟子看得眼红面赤，再不疯狂，我们都老了。陈培德等人在黄金荣耳边煽风，杜门弟子称上海人只知上海有杜月笙，不知有黄金荣。

这还了得！黄金荣将手中烟枪一扔，霍然起身，喝道：

"他娘的！招人，成立社团。"

1936年夏，忠信社成立，宗旨就是搞垮恒社。杜月笙风头上扬，恒社势头猛烈，忠信社无还手之力。黄金荣当即和杨虎的兴中社结盟，定下抵制恒社的方案：诱惑"恒社"的活跃分子脱离杜党，削弱"恒社"的实力；搜集杜月笙在政治上的劣迹，由黄金荣呈交蒋介石。

不知是"恒社"的活跃分子心坚如铁，还是杜月笙保密工作做得太好，忠信社使出各种手段，却是一无所获。不久，"八一三"淞沪之战爆发，忠信社便无疾而终了。

前有宿怨，近有新仇。4亿元的钞票，黄金荣心如刀割。此仇不报，此恨难消。

1948年，国民党军队在战场上节节败退，国统区物价飞涨。8月，国民政府又实行"币制改革"，发行金圆券，强令民众将金银外币乃至珠宝首饰交出换成金圆券。为了强迫民众交出手中金银兑换金圆券，蒋经国以经济督导副专员的身份，亲赴上海组建"戡乱建国大队"，进行"打虎"运动。

蒋经国到达上海的第二天，便被李志清请到黄公馆赴宴。席间，蒋经国一直谈论"打虎"之事，并向李志清询问上海囤积居奇投机倒把以及证券交易所的情况，决心打倒几只大的"老虎"。

李志清的养子黄起予便是证券交易所的经纪人，他本人更是后台老板，对交易所的情况了如指掌。为了打击杜门势力，

他借此机会，无中生有地告了杜月笙一状，他说：

“交易所是杜家叔叔负责的，由他的三公子杜维屏少爷管理，我儿子想申请执照当经纪人，要花十根金条，向杜家叔叔再三求情，还是花了五根金条。”

蒋经国听了十分生气，离开黄家花园后，旋即派亲信暗中调查杜维屏，并以“投机倒把”的罪名将杜维屏投进大狱。

事实上，杜维屏不过是抛出永安纱厂空头股票2800股，说起来根本不算一回事，而小蒋醉翁之意不在酒，他就是要找杜月笙这样的大“老虎”杀一儆百。堂堂海上名人杜月笙的儿子下了大牢，此消息即刻轰动整个上海滩。

归西

上海解放后，在很长一段时间里，黄金荣依旧躲在黄公馆里，一方面沉湎于阿芙蓉，一方面在上午“皮包水”、下午“水包皮”的日子里纳福。黄公馆里早就存有上好的大土，足以让他吸到死。

日子如此美好，黄金荣不想死但很多市民却想让他死。黑道老大活得比国家主人更有滋有味，主人还像什么主人？

听到这个信息，黄金荣顿时心中一紧：倘若军管会顶不住

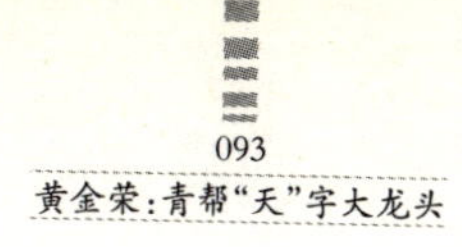

市民的压力，自己的命只有一个惨。

一天下午，黄金荣正在大烟间里泡烟，就听下人通报有军代表登门。政府来了，黄金荣丢掉烟枪，叫龚天健搀扶着迎出来。

十多个解放军站在大厅，步枪上的刺刀发出冷冷的光芒。解放军来抓人啦！黄金荣顿时面如土色，哆哆嗦嗦，身子一个劲地向前倒。龚天健眼疾手快，一把拉住他。

军代表杜宣扶了扶鼻间的眼镜，一脸严峻：“我们的政策是坦白从宽，抗拒从严，立功受奖。只要你老老实实不再做不利于人民的事，过去的罪恶，我们可以从宽处理！”

“保证不再做坏事，保证！”黄金荣嘀嘀咕咕说了一大串话，“我黄金荣在黄浦滩几十年，给帝国主义当走狗，做尽坏事，贵军没有杀我，是贵军的宽大……”

由于年事已高，牙齿残缺，口齿不清，加上心里害怕，说话抖抖索索，黄金荣的话旁人根本听不懂，只好由龚天健做翻译。

黄金荣说完，掏出那块曾经引以为自豪的金怀表，双手哆嗦着交给军代表，表示自己已与蒋介石一刀两断。而在此前，黄金荣已命弟子将黄家花园四教厅旁边六角亭里写有蒋介石题字“文行忠信”的石板与“四教厅”匾额砸碎。

到 1951 年春夏之交，正值镇压反革命运动高潮之际，黄金荣又遭遇了一回有惊无险的经历。那天午后，黄金荣正在二楼

卧室里小憩，下人悄悄来报，说来了一帮军人，正在楼上楼下四处搜查。

“莫不是搜查烟片?”

黄金荣的心陡地提了起来。他晓得共产党禁烟，但他活到今朝倘若绝了阿芙蓉，那是一天都活不下去的。

“老太爷，他们好像不是找鸦片烟。”

“那是找啥？银洋珠宝是没有了，古玩倒是尚有几件……”

正猜测着，龚天健请黄金荣下楼。来到楼下一看，数支长枪短枪放在大厅中央。黄金荣晓得这下闯了大祸，这一吓非同小可，腿一软就瘫倒下去了。幸亏龚天健与一同搀扶黄金荣的佣人手快，一把将他架住，扶到太师椅上坐下。

私藏枪支，这个罪过有多大，黄金荣想都不敢想。可他实在不晓得这些枪是从哪里来的。

“这个事体我实在不晓得。我儿子黄源焘早前当过稽查大队长，莫不是他放在家里的?”

但查抄的人并不难为黄金荣，只吩咐他听候处理，接着取走了查抄出来的枪支。

原来，公安机关是得到举报后来黄公馆查抄的。由于枪支不多且大多为烂枪，看上去其目的不像在搞反革命武装暴动，认为黄金荣有可能并不知情。对此，市委主要领导批示：如此多的革命群众检举揭发黄金荣的罪行，应责令其写悔过书并见诸报端，由人民裁判。

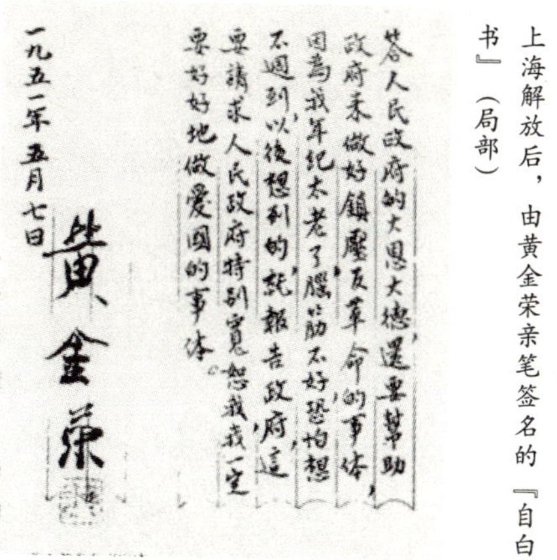
答人民政府的大恩大德還要幫助
政府來做好鎮壓反革命的事体，
因為我年紀太老了腰腳不好恐怕想
不週到以後想到的就報告政府這
要請求人民政府特別寬恕我我一定
要好好地做愛國的事体。
黄金荣
一九五一年五月七日

上海解放后，由黄金荣亲笔签名的『自白书』（局部）

1951年5月20日，由黄金荣口述、龚天健执笔的《黄金荣的自白书》刊登在上海《文汇报》的醒目位置。

由于这个自白书是公开见报的，不可能详细地涉及一些人和事。而自白书中所涉及的，也只能是众所周知的重大事件和已不在世的张啸林。而黄金荣个人真正详细的坦白交代，自然应该另有材料。

1953年，镇压反革命运动即将结束的时候，黄金荣携带进一步的坦白材料，在舟山同乡会会长陈翊庭的陪同下，来到外滩中央银行大楼军管会所在地，向上海市军事管制委员会主任粟裕和上海市副市长盛丕华递交了自白书，并详细交代了自己的历史罪恶。

然后，黄金荣与陈翊庭一道离去。但刚到楼下，陈翊庭发现自己有东西忘在办公室，便请黄金荣在门口稍等，自己去去便回。当陈翊庭取了东西来到楼下时，黄金荣却不见了踪影。

一位86岁的高龄老人，在如此短暂的时间里能去哪里呢？

原来，黄金荣交代罪恶之后，唯恐罪大恶极，共产党或许不给宽待。倘若待在军管会门口，说不定会马上被逮捕入狱。早年在淞沪护军使署的大牢里他已吃够了苦头，如若今朝再下大牢，定然会成为回不得家的孤魂野鬼，因而迫不及待地独自回到黄公馆。

交代罪行之后，黄金荣闭门不出，常常独自一人沉思冥想。由于整日处于惊恐焦虑之中，不久便发热病倒了，在病情日趋严重的日子里，黄金荣拒绝去医院就诊，他唯一的愿望就是在生活了半个世纪、有着他大部分荣耀的钧培里黄公馆谢幕人生。

1953年6月20日，黄金荣停止了呼吸，终年85岁。

陈其美：黑道刺杀第一哥

陈其美可以说是民国时代黑道最令人胆寒的一哥。典当铺学徒出身，陈其美却结交黑道人物，翻云覆雨，杀人越货，大手摸乢，一跃成为上海青帮的大头目。纵然投身革命，陈其美干的只有一件事：不合吾意者，死！

丈夫不怕死，怕在事不成。

——陈其美

小档案

姓名字号：陈其美，字英士，号无为，曾用化名朱志新、高野英等。

籍　　贯：浙江省湖州府吴兴县（今湖州市）。

生卒年月：1878 年 1 月 17 日—1916 年 5 月 18 日，卒年 38 岁。

家　　人：

父亲——陈延祐，字眷仓，秀才出身，屡试不第后，弃儒从商。

妻子——姚文英，字子舍，工诗画。

长子——陈惠夫，早年就读黄埔军校，去台湾后曾任新闻出版公司总经理等职。

次子——陈先夫。

侄子——陈果夫、陈立夫（长兄陈其业之子）。

简 历

1878 年——1 月 17 日生于浙江省湖州府吴兴县五昌里，幼入私塾读书，后在当铺丝业当学徒。

1903 年——春赴上海同康泰丝栈任助理会计。

1906 年——赴日本入东斌警监学校，同年加入中国同盟会。

1908 年——从日本回国，在北京、天津、上海、杭州等地联络会党，并加入青帮成为大头目。

1909 年——夏拟策动浙江起义，因被告密未成。后接办上海天宝栈，作为江浙的革命机关，并创办《中国公报》《民声丛报》，宣传革命。

1911 年——7 月参加谭人凤、宋教仁等在上海成立的同盟会中部总会，被推为庶务部部长，以推动长江流域的革命运动。武昌起义后，发动上海商团青帮及部分青年与江浙革命党人 11 月 3 日在上海起义。上海光复后，被推为沪军都督。旋发起组织江浙镇沪联军，攻克南京。

1912 年——为权力之争，令蒋介石派人刺杀在江浙一带影

响较大的革命党人陶成章。3月调任为唐绍仪内阁的工商部部长，未到职，仍滞留上海。7 月被解除沪军都督职。唐绍仪内阁倒台后，参加孙中山领导的反袁斗争。

1913 年——袁世凯派人暗杀宋教仁，二次革命爆发，被推举为上海讨袁军总司令。11 月失败后赴日本，坚决支持孙中山另组中华革命党。

1914 年——7 月被推举为中华革命党总务部部长。

1915 年——因袁世凯复辟帝制，2 月回国在上海参加策动讨袁，主持上海党务，并任淞沪长官司令，负责主持长江下游的军事行动。12 月与杨虎发动肇和兵舰起义，炮轰制造局，并分别派人进攻电报局、电话局、巡警总局、工程总局等，因袁军反扑后援无济而失败。云南蔡锷组织护国军起兵讨伐袁军后，陈其美受聘为云南都督府顾问，继续在江浙一带策动反袁军事行动，屡次起事均遭失败，深遭袁世凯忌恨。

1916 年——5 月 18 日，被袁世凯收买的张宗昌派人暗杀于上海法租界萨坡赛路 14 号日本侨民山田纯三郎的寓所之内，年仅 38 岁。

结盟

上海是一个五方杂处的大都市，聚在这里的游民为数众多，帮会有着很大势力。

为有利革命，陈其美把注意力放在青帮上。青帮势力很大，成员广泛，上至豪绅地主，下至挑夫贩卒，甚至乞丐流氓，都有青帮的弟子。陈其美在青帮中活动，无疑给他进行秘密革命活动带来不少方便。

与陈其美相识最早的是王金发，王金发原名逸，性豪侠，爱习武。早年曾与同县文秀才竺邵康组织平阳党组织，号称万人。留日期间，已经是光复会会员的王金发与陈其美相识。

1908 年陈其美回国后，派人去浙东将王金发找来上海，王即加入同盟会。他们在公共租界开了一家外国木器店作掩护，随后以王金发母亲徐珍梅变卖家产所得钱财在上海建立江浙革命党人秘密联络机关——天保客栈。

王金发是清廷通缉犯，不能出头露面，却担当了惩恶除奸的任务。奉命处决内奸汪公权，惩戒叛徒刘师培。此后两年，奔走于中国香港、新加坡、中国广州等地，联络同志，募集捐款，制造炸弹，设计除奸，追回被动摇分子吞没的大笔革命经

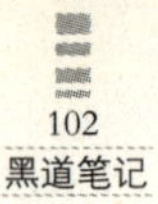

费，深得同盟会领导人的赞赏。

应桂馨，浙江宁波人。生性挥霍，好接纳豪客，家资耗去十余万。后在上海开设桂仙茶园。所有浙江及太湖亡命之徒，多乐就之。早些年，唐才常图谋在长江举行起义，由张尧卿介绍，与应桂馨相结识。

应桂馨曾在家乡宁波办教育，有一个忠义学堂，因为校产纠纷，涉讼很久，学校被封，与当地士绅发生冲突。应桂馨求助于陈其美，答应事后重金酬谢，陈其美欣然允诺，与徐剑秋等亲自去宁波调查调解。

事前陈其美曾打电话给浙江督学学台，学台大人心虚，问计于某师爷。师爷说："留学生大多年少气盛，并且好名，须说他因受酬而替人奔走，使他不敢管此闲事。"学台认为有道理。

第二天，陈其美等进见。寒暄之后，学台先发制人，居高临下地说："听你的话，可知你们很热心为学堂奔走；但外面不知道，居然有人说你们受了应氏的钱，不得不为之奔走。"

徐剑秋听了，面红耳赤，十分尴尬。

可陈其美却神色自若，畅谈其他事情。停了一下，反问道："外间也有人说此案之所以拖了那么多年，是因为大宗师得到某方面贿赂数万元，不知可有此事，学台！"

学台突然变了色，急急地问："你从什么地方听来？"

陈其美笑道："同为无稽之谈，大宗师也不必去追究了。"

学台没有办法，把北京浙籍京官的来信取给陈其美看。并说：“朝廷叫我与学，我反阻止，实因京官之意，不得不然。”

于是和陈其美开诚商讨解决的办法。不久，这一悬案遂告了结，应家学堂得以维持。

对此，应桂馨对陈其美一直感激不尽。陈其美也因此认识了应桂馨在上海的父亲应文生。

当时同盟会发动武装起义，主要依靠的社会力量除了新军，就是秘密帮会。江浙的秘密帮会势力最大的就是青帮，陈其美为了取得他们的信任和支持，主动要求加入青帮。由于陈其美行事颇有江湖之色，又留过学，有学问，不是一般混迹青帮的下层人士可比的，因此，青帮中人也乐意与他结交。所以，陈其美在很多方面得到青帮上下的帮助。

刘福彪本来就很仰慕陈其美，一听陈其美要与自己结为兄弟，欣然允诺。于是，杀雄鸡，喝血酒，歃血为盟，结为金兰之交。刘福彪表示，“共同生死，驱逐满奴，复兴汉业，以敢死之志，抱必死之念，以报国家。”

陈其美在上海的帮会势力很大，当时上海的戏院里、茶馆澡堂里、酒楼妓院里，无论哪个角落里都有他的党羽。因此，陈其美即便是隐匿在家中，对外界发生的事也了如指掌。以致同盟会在上海有什么活动，都要以他为核心。

同盟会无论有什么活动，都要拉他入伙，尤其是辛亥年中部同盟会之成立，大家都要依靠他作“台柱子”。

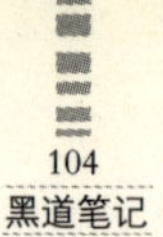

他在租界里设革命机关，在妓院里联络革命党人，赁居租界马霍路德福里，之后有人回忆说陈：“阳为纵情声色，以掩饰侦者耳目，外间仅知德福里为游宴之场，而不知为发纵革命决定大计之所在也。”

经过几番活动，陈其美终成上海滩上一呼百应的大佬，上海的戏院、茶馆、澡堂、酒楼、妓院，无论哪个角落都有他的耳目。

陈其美利用这种广泛的社会关系，团结一切可以团结的力量，在革命党人中发挥独特的作用。这时的陈其美在上海可谓如鱼得水，活得十分自如，也十分潇洒。

在辛亥革命时期，陈其美驾驭会党领导得心应手。后来，蔡元培夸奖他是“民国第一豪侠”。

起事

战事吃紧，望沪速响应！

汉口已失，盼宁、皖响应！

陈其美捏着手中的两封电报，手心已是全湿。电报是宋教仁、黄兴所发，黄兴一向有大将之风，此时却已经有些乱了阵脚。

黄兴心乱，由于革命党人在武昌的形势极其不利。

1911 年 10 月 10 日晚，武昌新军工程第八营率先发难，革命党人迅速拿下武汉三镇，随即组织军政府，推定都督。

武昌起义震惊了清廷的文武百官，摄政王载沣急派袁世凯的北洋军与萨镇冰的海军合攻汉口。起义军兵力单薄，缺乏大炮，虽然血战多天，还是寡不敌众，死伤惨重。汉口眼看就要失陷，援兵却不见一兵一卒。

武汉外无援兵，北洋军却是外援不断。清军的五艘军舰赶到吴淞口，准备装运江南制造局的枪支弹药接济冯国璋所统率的北洋军，用来进攻汉阳。

武汉危在旦夕，枪支弹药再落在北洋军手中，武昌的起义军必败无疑。陈其美一擦手心的汗，喝道："此时不反，更待何时！"

革命党人为这一天，准备了很长时间。革命党人不仅成立了由同盟会、光复会志士及帮会成员组成的敢死队，掌握了商团公会所办的地方武装，还得到了淞沪地区部分军警的支援。

"起义，我看行。"光复会领袖李燮和一听完计划，立即同意起义。陈其美负责领导进攻上海县城，李燮和负责组织进攻吴淞闸北，然后双方会师后联合进击江南制造局。

11 月 3 日上午，上海起义全面爆发。

闸北民军迅速占领巡警总局，率先得手。

张承樵、刘福彪率领敢死队抵达城门，守城的警察臂缠白

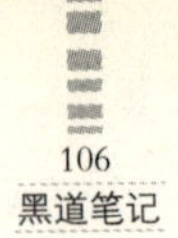

布迎接他们进入城门。敢死队直赴道台衙门，烧毁道台衙门，上海道台刘襄孙、知县田宝荣听到枪声后逃入租界避难。

陈其美亲自率领手缠白布的200名敢死队员直取制造局。敢死队带着向商团公会借来的40支步枪以及自制的土炸弹数枚，陈其美自己则拿了一面白旗。

江南制造局位于南门外高昌庙地区的黄浦江畔，创建于1865年，局内设有机器火药炼钢等分厂，是当时清政府主要的军火供应基地。武昌起义发生后，制造局奉命日夜开工，赶造军火，以接济武汉清军。能否及时占取制造局这个据点，不仅关系到上海安危，而且直接影响到武汉战局。

闸北炮声如雷，制造局总办张士珩顿时如临大敌。乱党作乱，肯定不会放过江南制造局这样的军事重地。制造局总办张士珩是安徽合肥人，系李鸿章的外甥，对朝廷一向忠诚得很。

张士珩急调巡防二营、四营，分驻高昌庙及斜桥等处，并在黄浦江边置备六尊排炮，守住通往江南制造局的要道。

乱党一枪不发到了江南制造局的大门，张士珩又惊又怒：他娘的！一群吃饭不干活的家伙，居然敢响应乱党！乱党一败，看老子到时怎么收拾你们。

敢死队员用手榴弹开路，边掷边冲。守卫制造局的清军先是放空枪示警，后来一看敢死队玩真的，立即实弹射击，当场打死打伤冲在前面的几个人。

死人，流血，敢死队阵营有点乱了，有些人停住冲锋的脚

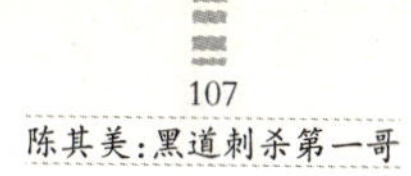

步，有的人撒开腿就想开溜。

打铁须趁热，陈其美对着天空就是“砰砰”两枪，怒喝道：“谁敢后退半步，老子要他的狗命!”

开溜的脚步收了回来，陈其美拿出两枚手榴弹交给身边的敢死队员，命令他炸开大门。

就在这时，大门突然打开，数十名守军冲了出来，抬手的抬手，抬脚的抬脚，把陈其美捉进了江南制造局。

只身被擒，陈其美不慌不忙，反而劝张士珩缴枪投降。

疯子！张士珩将陈其美五花大绑，骂道：“不知死活的乱党，死到临头还敢胡言乱语！张杏村，把他拉出去砍了!”

制造局内士兵张杏村是革命军的内应，见要动手，就对张士珩说：“秀才造反，十年不成，杀了也就杀了。但乱党人很多，又是些亡命之徒，只怕他们专来找总办您报复，那可真不好防。”

张士珩冷笑一声：“敢来，老子的枪可不是吃素的。”张杏村将头一点，一脸担忧地说：“总办您不怕，少爷小姐可不是玩枪的人。乱党不除，总有后患，不如等到平定乱党再杀他。量他也跑不了。”

迟早都是自己的菜，张士珩一拍张杏村的肩膀，命人将陈其美捆绑在柱上。

听说陈其美被俘，李平书顿时倒吸一口气。张士珩是出了名的心狠手辣，陈其美落在他手中只怕是凶多吉少，做过江南

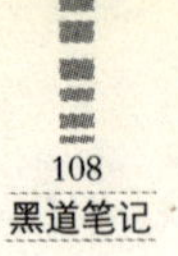

制造局提调的李平书对此深信不疑。

强攻，一时间攻不进去；即使攻进去，救回来的不定是活人。别无他法，只能求他放人，李平书一咬牙，抬脚就进了江南制造局的大门。

《民立报》记者？记者了不起？敢造反，就得死！张士珩脸都变了形。没有老鼠，猫吃什么？没有乱党，老子砍谁的头。

再强求，只怕自己都得搭进去。李平书也不多说，倒退着出来。

深夜，李平书与沪上名绅王一亭再次来到制造局，以上海城自治公所上海县商会名义保释陈其美。

张士珩口气有些松动，声称既然是《民立报》记者，那就要报馆出具担保书，保证以后不再来滋扰。

李平书拿不出担保书，只得退了回来。李平书、王一亭回到商团公会商议对策，李平书的好友上海道署总账房朱葆三送来一封信，称南京督署清军从南京松江两路进攻，无论是乱党，还是商团，都就地正法。

商团顿时一片愁云，王一亭大怒："进也是死，退也是死，不如调集全部商团，杀出一条活路！"

李燮和听到民军第一次攻打制造局失利，大惊，马上命令闸北起义军警前来助攻。

商团敢死队与士兵数千人把制造局团团围住。守军紧闭大门，将机枪架在高处，据墙固守，封锁民军通路。

敢死队挥动着白旗，不停地向局内扔着炸弹，想借此炸出一条路来。清军极其狡猾，一见炸弹飞来，立时将头缩在墙后。

强攻不行，敢死队一部绕到制造局后方，想打清军一个措手不及。张士珩早就防到敢死队要抄自己的后路，在后面也布下重兵。敢死队拼死向前，却是不能前进半步。

正在这时，枪厂方面杀出一支队伍，对着清军的背影就是一通乱枪。清军“扑通”、“扑通”倒地，惨叫声迭起，清军大惊，急忙分兵抵御。

这时攻入局内的起义队伍乘机打开军火库，乘机夺取准备运往武昌的枪支弹药。京剧界艺人潘月樵、夏月珊、夏月润人手一支火把，到处点火，办公大楼顿时被烈火吞没。

总办张士珩见大势已去，三步并作二步，逃进停泊在江边的小火轮，就往租界逃去。清军无心再战，或者狼狈逃窜，或者弃械投降。

起义军冲进制造局后，到处找不到陈其美，最后才在厕所旁一间储存废铁的小房间里发现了他。陈其美脚上镣、手上铐，被粗麻绳绑在一张木凳上，头紧紧贴着墙壁，头发被钉在墙上，全身动弹不得。

至 4 日上午 9 时，制造局被起义军占领，至此，上海完全光复。

这次胜利李燮和功不可没，由于这一战功，上海起义诸军公推李燮和为临时总司令，指挥军事，司令部设于制造局内。

夺位

拔枪！

拔枪！

同盟会会员黄郛拔枪，枪口直指商团军官。

有枪了不起？商团军官纷纷拔枪，老子人多，不信你身上打不出三洞六口。

上海光复，清军败退，上海旧海防厅却是杀气腾腾。

数小时前，并肩作战；数小时后，枪口相向。

并肩，有共同的敌人；相持，却只有一个理由：争上海都督！

上海光复后，革命党人与上海地方各界人士都认为上海地方重要，必须推举一个统领军政的人担任都督。

都督不是白菜，那可是一跺脚地都要动三分的人物。谁先拔得头筹，以后在上海滩就能有莫大的好处。

都督职位只有一个，候选人却有四个：同盟会、帮会、报界和留日学生方面竭力推举的陈其美；光复会方面拥戴淞沪一带起义军警支持的李燮和；上海地方绅商则推举钮永建或李英石。

商团方面代表认为李英石“军事学识渊博，指挥上海光复任重功高”，主张由他担任都督。李英石是上海商团总司令，又是上海工商界领袖李平书的族侄。此次起义，李英石指挥起义军攻下江南制造局，功劳是众所周知。

李燮和在华兴会、同盟会、光复会三会革命多年，光复上海之役中出其不意地立了首功，拿下吴淞闸北。要不是有族侄参选，上海工商界领袖李平书打心里就选他。

光复上海，陈其美无功不说，反而做了阶下囚。资望和功绩，陈其美略逊于李燮和。

都督不是白菜，陈其美不肯轻易就拱手相让。资望和功绩，自己有欠缺，但自己绝不缺少支持力度。党派相争激烈，只要是派别之间有利益冲突，纵然对方才华惊艳，也会被看作是一块豆腐渣。李燮和初到上海，根本没什么人气，又是竞争对手光复会的首领，同盟会无论如何都不会容忍都督落入他的手中。

陈其美找到李平书商量，为了公平，不如11月6日在旧海防厅召开选举都督大会。

三强并立，既然不能比武，当然只能投票选举。李平书头一点，行，就这样办。

同盟会和会党代表如约入席，商团代表纷纷就座，光复会方面却是无人出席。主持人李平书心中一动：陈其美亲口承诺召集相关人员开会的。莫非李燮和没有接到会议通知？

李平书刚要叫人去请李燮和，却又停住。李燮和若来，上

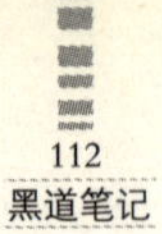

海都督极可能姓李，却未必是自己族侄，不如装作不知情。即使事后李燮和怪罪，却也怪不到我姓李的头上。

李平书装傻，陈其美看得好笑，心中却不时现过一丝惋惜。李燮和出局，李平书和自己心知肚明地玩了个默契。本想将商团代表一并瞒过，却又怕不能服众，只得作罢。

李英石！李英石！商团代表纷纷发言，称李英石“军事学识渊博，指挥上海光复任重功高”。李英石是自家人，不选他，脑门肯定是被驴子踢了。

陈其美！同盟会和会党等代表振臂狂呼。同志、兄弟是都督，上海滩的风光还能少了自己一份。

喊声震天，耳朵震聋，却是喊不出一个结果。

同盟会会员黄郛拔出手枪，站起来说：“陈其美第一个进入制造局，立下第一功。”

在场的商团军官拔出手枪，满脸冷笑说：“被清军活捉进去，也算功劳？要不是李英石指挥起义军和商团攻下制造局，陈其美脑袋还不知长在什么地方？”

打脸，纯粹的打脸！黄郛一愣，怒喝道：“放屁！他要不是冲在前头，弟兄们能顺利攻下制造局！”

“哄”的一声，商团军官们全都笑了，有人叫道：“当个俘虏就能做都督，有这样的好事，我也去。”

正当众说纷纭、争持不下之时，帮会成员刘福彪突然举起一颗手榴弹，大叫：“攻打制造局，陈先生吃了这么大的苦头。

他要当不上都督，我刘福彪现在就不活了!”

商团军官们又气又怒，却是不敢走动半步。刘福彪这明摆着是逼大家伙选陈其美当都督！想抢手榴弹，却又不敢，炸了谁都活不了。

刘福彪原是上海滩的一名洪帮头目，他与孙绍武、王小弟是上海洪门的当家三爷，手下多为镇扬帮剃头匠。刘号称手下有 3000 人。攻打制造局时，刘福彪率数百人便衣敢死队冲锋在前，杀出一条血路，颇得好评。刘福彪对陈其美十分钦佩，自称“盖我与都督同时起义，唯都督能知我爱我容我用我，截我之短，取我之长，所谓‘生我者父母，知我者鲍叔也。’我是以畦步不可相离。”

刘福彪想死，商团代表却还想活。李英石再好，还不值得搭上自己一条命。

重新投票，大家同意由陈其美出任沪军都督。

第二天的《民立报》上刊载了陈其美的就职通告，清政府末代道台刘燕翼被迫下台。与此同时，街头也出现了安民布告，上面赫然盖着沪军都督的大印，行动之迅速，陈其美“四捷”之名果然不虚。

欺人太甚！选举都督直接出局，临时总司令一职被削，李燮和气得直摔茶杯。奉李燮和之命光复吴淞的黄汉湘等人对陈其美的做法十分不满，张口就说：“陈其美算个屁！咱就不能在吴淞当都督?”

陈其美沪军都督任上坐姿照

李燮和不肯就任吴淞都督，而是自称“吴淞军政分府总司令”，组建“光复军”，自任光复军总司令。光复军数量不多，但极善战。独立后的上海一时出现了两个军政府。

他山之石，可以攻玉；卧榻之侧，却只能是自留地。陈其美不愿一山二虎，派出杀手刺杀李燮和。

活捉杀手，李燮和却退意顿生：陈其美做事向来不择手段。自己防得了一时，不一定防得了一世。做个枪口下的都督，倒不如不做。

正在此时，流亡海外的光复会会长章太炎回到中国。听说李燮和和陈其美发生冲突、光复会与同盟会的关系重新紧张，认为不利于推翻清王朝，于是劝李燮和率兵去参加光复南京战役。

李燮和听从了章太炎的劝告，率兵离沪，赴宁作战，从而避免了一场龙争虎斗。

诱杀

南京攻下，清军败退，江浙联军直入南京。

南京城百姓张灯结彩，江浙联军总司令徐绍祯却是一拍桌子：“操！这受气的孙子司令老子不当了，老子不耐烦看你林庆述的脸色！”

江浙联军总司令名头很响，但如果是一个有名无实、仰人鼻息的总司令呢？

江浙联军成立时，上海都督陈其美、苏浙都督程德全、汤寿潜等纷纷赞成徐绍祯出任总司令，镇军都督林庆述和镇军参谋长陶骏保却是死活不同意。

林庆述心中不服。联军中镇军枪多人最多，我姓林的就当不了总司令？徐绍桢旧部第九镇早就归在老子门下，难道要我吐出来给他？手无寸兵，还想当司令，天下哪有这么便宜的事？

枪杆底下出威风，只是有时候还得看资望说话。林庆述的资望远不如徐绍桢，镇军内不少人劝他服从徐绍祯的领导。同盟会会员林之夏扯着林庆述的手，不停地做思想工作：老徐在

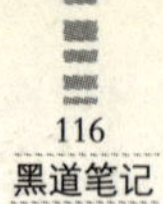

军中威望很高，有他出面，军心定会大振！

林庆述将手一挣，打马就要走人。总司令爱谁是谁，镇军老子也不想待了。

林庆述一走，镇军肯定得散伙。柏文蔚急忙拉住他：“你这一走，总得和上海都督陈其美、苏浙都督程德全、汤寿潜等人打个招呼。”

林庆述停住脚步。陈其美不是吃素的主，手底下玩命的人不少，驳了他的面子，后患无穷。林庆述同意徐绍祯出任总司令，镇军参谋长陶骏保依然不肯轻易认输，企图抵制和削弱中部同盟会的领导，在镇江搞独立王国。每次召开军事会议，陶骏保都从中挑拨，搞得徐绍祯差点拍桌子走人。

联军进入南京城后，江浙联军总司令徐绍祯率领司令部人员刚到两江督署门口，守在门口的镇军士兵纷纷拉动枪栓，平举手中的步枪，高喝道：“军事重地，闲杂人等不得靠近！”

徐绍祯气得脸都黄了，怒喝道：“放你娘的屁！老子是闲人？”

打头的镇军士兵一个立正，回道：“回总司令，林都督有令，没有他的命令，任何人不得随意出入！”

徐绍祯本来想将司令部设在两江督署，一看这架势，悻悻地退了回来。

占了两江督署不说，林庆述又在镇军参谋长陶骏保的教唆下自称宁军都督。在攻克南京后，将写有“苏军都督林”字样

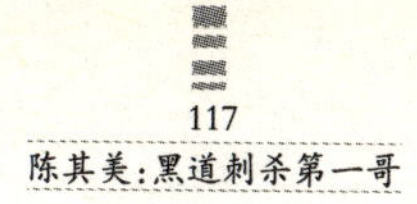

的通告贴遍大街小巷。

两江督署再大，终究只是个地方，让了也就让了；出个都督骑在自己头上，自己还有什么脸面再混？联军总司令徐绍祯带兵抢了半边都督府驻兵，并自称江宁都督，和林庆述对抗。

林庆述原本是徐绍桢部下的管带，资望及功勋根本不能和徐绍祯相提并论。联军中的其他部队看不过眼，纷纷出来和林庆述作对。浙军发电报邀请浙江都督汤寿潜派重兵来南京，很多镇军军官带着部下投奔徐绍祯。炮标直接用炮说话，在北极阁设立炮位，准备轰击林庆述。

墙倒众人推，徐绍祯却觉得人还不够多，还得添上一把火。于是致电各省军政府各报馆请辞。

南京城内刀出鞘、枪上膛，沪军都督陈其美也是担心不已：联军内讧，万一清军杀个回马枪，联军怎么死都不知道。

陈其美和黄兴、宋教仁一商量，南京局面混乱，不如推程德全为江苏都督，移驻江宁，并推林庆述为临淮总司令。

林庆述还未说话，陶骏保就拍着桌子说："陈其美既然知道江苏一省都督太多，自己为什么不辞去沪军都督一职？"

只许州官放火，不许百姓点灯，哪有这么好的事？林庆述听着在理，对陈其美的提议不理不睬。陶骏保则四处散布谣言，攻击陈其美。

12 月 3 日，同盟会宋教仁、于右任等人来到南京。宋教仁面见林庆述，劝道："倘程公督宁，一切军需上补充，必能极

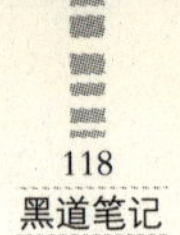

力担任，不使君丝毫掣肘。”

众怒难犯，一省不可三都督，林庆述迫于南京情势，只得点头答应。

12 月 6 日，程德全从上海乘专车到达南京，随即就任江苏都督。

都督好当，总督衙门却不好进。江苏都督程德全才到总督衙门门口，镇军守军黑洞洞的枪口已将来人逼住。

堂堂的江苏都督居然进不了总督衙门，程德全又气又怒，却毫无办法，于是找到陈其美诉苦。

前事未了，又生新事！陈其美大怒，说：“林庆述胡作非为，祸根全在陶骏保身上，必杀此人，南京才得太平。”

陈其美早就看陶骏保不顺眼。逼徐绍祯也就算了，居然还骑到我姓陈的头上。我可以容你一次、两次，难道还能容你三次、四次？

江浙联军攻南京时，陈其美将支援联军的枪弹炮弹源源不断地从江南制造局运往镇江，再由镇军参谋长陶骏保运往南京城下。

枪弹炮弹到手，陶骏保却打起了小九九：谁先杀入南京城，谁就是头功。镇军虽然势大，先入城的军队却可能是别的队伍。

想抢头功，没那么好的事。陶骏保将大量的弹药分给镇军，只分给浙军淞沪军极少量的弹药。

弹药少得可怜，这仗怎么打？浙军淞沪军的长官纷纷给陈

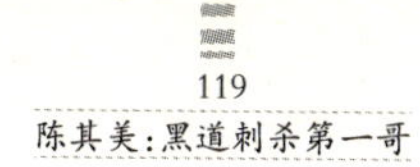

其美打电话、拍电报，埋怨他运送的弹药太少。

陈其美被劈头盖脸的一顿埋怨弄晕了头，回过神，派人一查，才知道弹药在陶骏保手中出了纰漏。平白无故背了黑锅，陈其美对着林庆述就是一顿臭骂。林庆述无奈，只好令陶骏保将枪炮子弹如数发给联军。

发怒归发怒，陈其美还是沉住了气。镇军势大，真要在镇军营中杀了陶骏保，还不捅破天。陈其美请林庆述与陶骏保来上海商量进军北京的事项。

军国大事，都督相请，陶骏保不敢不来。

1911 年 12 月 13 日下午，陶骏保穿着新狐坎皮袍、乘坐马车来拜会陈其美。

陈其美不在，副官请陶骏保在客厅坐下，随手递上一杯香茶。

香茶，隆雪，景色宜人，陶骏保不急。

正在此时，只听“哐”的一声，都督府的大门关上了。

林庆述还没到，大门怎么就关上了？陶骏保还在纳闷，执法处的军官就拿着一张纸出来，高声念道：“陶骏保私自截留由沪运往南京的械弹，致使联军遭受极大损失。罪大恶极，证据确凿，现处以死刑！”

“叮当”一声，茶杯跌落在地，陶骏保嘴唇发白，连连叫道：“冤枉！我要见陈都督！”

沪军都督府卫士队兼侦缉队队长郭汉章大手一挥，几个卫

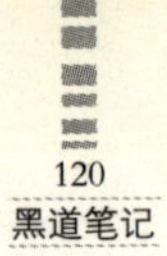

兵一拥而上，将陶骏保捆成一团。

陶骏保拼命挣扎，几个卫兵推推搡搡地把他拖到沪军都督府大堂。

“啪啪……”，郭汉章连开十三枪，新制的新狐坎皮袍被打出一个又一个洞，血顺着洞口不停地流了出来。

来不及处理尸体，郭汉章率领便衣卫士前往跑马厅三泰旅馆 21 号房间。斩草不除根，春风吹又生，陈其美还真不放心。

林庆述不在。郭汉章急忙指派卫士前往沪宁车站和各轮船码头分头缉捕，一面回府报告。

事后得知，陶骏保的马车夫看到陶骏保被枪决，奔回旅社报告，林庆述带着贴身卫兵就跑了。

陶骏保被杀后，陈其美以稳定军心民心为名，联合浙江都督汤寿潜、江苏都督程德全告示军民，说陶骏保破坏联军会攻南京，南京攻克后“冒功揽权，几酿大变”，后到上海“广布谣言，煽惑人心”，等等。但未公布具体材料。最后宣布陶骏保私自扣留弹药坑陷联军的罪状，称为保联军团结，故三都督合议将陶骏保正法。

林庆述得知消息，吃惊之余，气焰顿敛，只得接受联军的调停斡旋，取消了宁军都督的称号。

拘押

一文钱难死英雄。

陈其美缺的不仅是一文钱。新政府成立，陈其美想尽办法，财政还是入不敷出。

手中没钱，日子还得过。政府不是土匪，既不能抢，又不能偷。想筹钱，只能另想办法。新政府没有，清政府倒是有一笔库银款放在上海各钱庄。上海枪声刚响，上海道台刘襄孙已逃入租界，把存款的存折、移交清单等送交到比利时驻沪领事馆。

政府都能接手，更何况是库银。陈其美找到各钱庄的老板，要求提取清政府在上海的库银。

取钱，可以。只要拿存折来，什么时候到，我们什么时候给钱。各钱庄的老板不敢得罪新政府，却也不放心就此拱手交出钱来。万一清军杀了回来，钱又交给革命党，自家有十个脑袋都不够砍的。

陈其美也不勉强，不就几个存折，到比利时驻沪领事馆拿回来就是。陈其美在比利时驻沪领事馆坐了半天，比利时驻沪领事一口拒绝，新政府不是西方承认的合法政府，存折不能归还。

陈其美一口气闷在肚里，很是受伤：唐朝没有西方承认，不照样活得有滋有味。受伤归受伤，还真不能把比利时驻沪领事馆怎么样，惹恼了西方列强，新政府只怕就得毁了。

陈其美再次派人去钱庄提钱，钱庄的老板们死活不肯拿钱出来。存折都没有就想取钱，世上没有这样的理。

钱在人手里，不低头不行。陈其美找到上海钱业公会会长朱五楼，希望能找到一个通融的办法。

朱方淦，字五楼，浙江湖州人。朱五楼幼年贫困，少年时代进入上海苏州程家钱庄当学徒，曾被老板称为“赤脚财神”。

程家拥有福康、顺康、福源三大钱庄，为北市钱庄业的首领。朱五楼在程家钱庄中练就了精通业务的本领，并有双手快速打算盘的技能，时人称为“飞朱”。1917 年，上海钱业会商处改组为上海钱业公会，朱五楼当选为首任会长。

朱五楼不是外人，和陈其美可以说是渊源颇深。陈其美的侄子陈果夫是朱五楼的女婿，陈其美的哥哥是朱五楼在湖州的账房先生，双方关系一直很好。亲帮亲，邻帮邻，自己又是上海都督，陈其美有信心拿到白花花的银子。

朱五楼抬手一指挂在钱庄墙上的上海钱庄章程，双手一拱，说道：“陈都督，不是我朱五楼不看您的金面，只是国有国法，行有行规。钱庄向来认票不认人，必须凭折付款。”

陈其美脸上的笑容一逝而去，沉着脸问道：“你我通家合

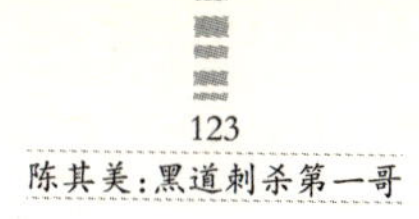

好，先生也不行个方便？”

朱五楼脸上堆笑，嘴里却不放松：“我若破了规矩，只怕再无脸面在上海钱庄界混。还是那句话，您拿存折来，钱庄给钱。”

话不投机半句多，陈其美拂袖，走人，对卫兵说道：“朱老板想在这静养几天，不得放任何人出入！”

朱五楼被关了禁闭，朱五楼的老婆、女儿顿时乱作一团，急忙催陈果夫想办法救人。

岳父被关，陈果夫卖力地四处奔走，最后提出一个方案：由中国银行出具借据，向福康等存有库银的钱庄借款，待存折归还都督府后，都督府再凭存折取回中国银行的借据。

关系复杂，钱可是真金白银，陈其美马上拍板：放人。

库银到手，窟窿却是太大、太深。钱庄有钱，老板却极不好说话，不像中国银行财多气粗。

陈其美找到中国银行上海分行经理宋汉章，多次要求宋汉章与新政府通力合作，在财政上给予沪军都督府大力支持，为新政府筹饷。

和政府合作？宋汉章就如被蛇咬了一口。宋汉章曾经一腔热血地参加过维新变法，变法未成，却成了通缉犯。四处流窜，以地为床，以天为被，那滋味没有经历过的人说不出其中的酸楚。上海依旧是政治中心，宋汉章已没有当年的热血，只想专心搞自己的金融事业。

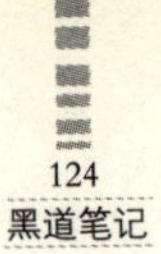

政府不是谁都能得罪的，宋汉章婉言谢绝：“中国银行系官商合股，宋某不能做主。”

钱没到手，倒是碰了不少软钉子，再怎么说咱也是政府的人。陈其美的手下又气又怒，不停地给宋汉章“上眼药”，说宋汉章口出狂言、目无政府。

目无政府，亲戚我都敢折腾，何况是你一个外人。陈其美当即命令手下把宋汉章扣押起来，什么时候想通了，什么时候放人。

先关朱五楼，再扣宋汉章，金融界的头面人物都是想关就关，更何况是普通的金融界人士。上海滩金融界人人自危，再一次处在恐慌之中。上海各界人士纷纷指责陈其美，要求陈其美迅速放人。伍廷芳、马相伯等人亲自到都督府为宋汉章说情，力劝陈其美以大局为重，不要损害新政府形象。

宋汉章虽说不敢得罪政府，却也决不放弃自己的立场：中国银行系官商合股，宋某不能做主。陈其美和手下轮流劝说，宋汉章就是不松口，一副要钱没有、要命有一条的模样。

陈其美恨得牙痒痒，却又不敢动粗。一旦动粗，政府面子不好看。放人，却又舍不得，这可是财神爷啊！

正在为难之际，陈其美的弟弟陈其采赶到上海。陈其采与上海金融界素有来往，和宋汉章私交甚密，这次来上海就是来为宋汉章说情的。陈其采要求陈其美以大局为重，不要加害上海金融界的实力派宋汉章，否则伤害的不仅仅是金融界。

党国要人的面子可以不给，自家亲弟弟的面子却不能不给。宋汉章又是一副要钱不要命的样，别说关他两星期，只怕关上十年八年，都关不出一分钱。

僵局不是个事儿，陈其美下令放人。

刺陶

贤能者均可，唯陈其美不可当浙江都督。

我姓陈的挖了你家祖坟，还是和你有杀父之仇？陈其美恶从胆边生：陶成章，不是你死，就是我亡。你若不死，我姓陈的没有好日子过。

1912 年 1 月 7 日，浙江都督汤寿潜被调任交通总长。浙江都督一职空缺，陈其美派蒋介石等人四处活动，欲继任浙江都督。浙江都督之职，汤寿潜推荐章太炎、陶成章、陈其美三人中选择一人继任。

章太炎闻讯，立即致电汤寿潜和浙江军政人士，称自己“天性耿介，惟愿处于民党地位”。章太炎虽然自己不想当都督，却极力推荐陶成章代理浙江都督，指出“下江光复，实惟焕卿数年经营之力，其功非独在浙江一省。代理浙事，唯斯人谁与归？”

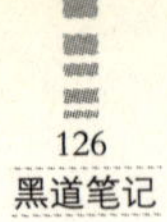

多年来，光复会在江浙惨淡经营，在和同盟会明争暗斗中始终处于下风。倘若夺得浙江都督一职，不仅可以挽回些颜面，还可以借势将南京纳入囊中。

光复会和同盟会明争暗斗由来已久。光复会与同盟会决裂的直接因素是章太炎主编的《民报》没有资金运作，而资金却是由孙中山把持的，所以他们对孙中山不满。

李燮和在南洋槟港设立同盟会支部后，陶成章到槟港煽动李燮和纠合江、浙、湘、楚、闽、粤、蜀七省在南洋的部分华侨，列举孙中山的“罪状”，上书东京同盟会本部，要求罢免孙中山的总理职务。

武昌起义后，孙中山当选临时大总统。陶成章就给他写信，称孙中山当年在南洋吃喝拐骗，不配当总统。

两党明争暗斗，陈其美和陶成章之间也结怨颇深。

陶成章曾经在孙中山面前劝陈其美戒嫖戒赌。领袖面前打小报告，这分明是坏自己前程。陈其美虽然没有当场和陶成章翻脸，却已是满脸青紫。

陈其美任上海都督后，陶成章从南洋募款回到上海。陈其美当即要求陶成章拿钱出来作为军饷，陶成章不仅不给，反而笑着说：“你好嫖妓，上海尽有够你用的钱，我的钱要给浙江革命同志用，不能供你嫖妓之用。”

此处不借钱，爷到别的地方去借。陈其美向浙江都督汤寿潜要 25 万元的军饷，汤寿潜大笔一挥，给。陈其美恨不得拿着麻袋去装钱，等来等去，一分钱都没有到位。找人一问，居然是总参谋陶成章不发放银子。

冤家对头，现在又是绊脚石。陈其美给远在日本的盟弟蒋介石发电报，催他回国。陈英士、蒋介石、黄郛三人曾经互换兰帖，结为异姓兄弟，自称“桃园三结义”，他们立下誓言：“安危他日终须仗，甘苦来时要共尝。”陈英士最大，为老大；黄郛次之，为老二；蒋介石最小，为三弟。蒋介石为表达对两位兄长的敬意，把三人的誓言刻在两把宝剑的剑柄上，作为礼物送给两位盟兄。

听说要刺杀陶成章，蒋介石一口答应：“兄长的事，就是我的事。不取陶成章的性命，决不回来见兄长。”

一人太孤单，需得找个帮手。蒋介石很快就想到自己的旧友光复会叛徒王竹卿。

王竹卿原为太湖强盗，枪法精湛，可飞檐走壁。加入光复

陈其美

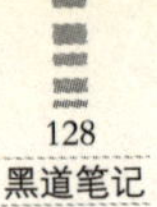

会以后，王竹卿对陶成章有私见，因为经济问题两人矛盾不浅。陶成章提倡节俭，对光复会经费卡得很紧，恨不得一分钱掰成两半花。

王竹卿强盗出身，挥金如土惯了，哪里受得了这种约束，于是向陶成章提议放宽经费预算。陶成章脸色铁青，说：“我的钱来之不易，要用在刀口上，岂能随便支挪！”既想马儿跑，还要马儿不吃草，天下哪有这样的事？不给草吃也就算了，还吹胡子瞪眼睛，王竹卿将门一甩，扬长而去。

陶成章“唯陈其美不可当浙江都督”的话一出口，就知道这下将陈其美得罪不浅。朱五楼只是婉拒，就已被关了禁闭，自己这还不得被他用手枪惦记？

为防不测，陶成章深居简出，甚至不在同一个地方住两晚上。防刺可以，却不可以防病。病来如山倒，他只好住在法租界金神父路广慈医院。

蒋介石不停地通过乡党打听陶成章的行踪，却是毫无进展，上海却已经谣传陈其美想派人刺杀陶成章。

蒋介石顿时眼睛一亮，要想刺杀成功，还得靠这谣言。蒋介石对陶成章的部下张伟文、曹锡爵说，他和陶先生没有意见，想对陶说明，以解除误会。下午 4 点，陶成章约见了蒋介石，二人谈论得非常投机。谈完后，蒋介石询问陶成章的住址，陶成章便写了一个纸条给他。

1 月 14 日凌晨，两个头戴齐眉毡帽的人，鬼鬼祟祟来到广慈医院二楼的205号病房。

这两人便是蒋介石和王竹卿。其中一人学着护士的腔调，轻轻叩门道："陶先生，吃药的时间到了。"

陶成章酣睡正甜，听见有人呼唤便拉开门，向外看时，凶手立即拔出手枪射向陶成章。子弹从陶成章的左颈喉管旁边穿入脑部，陶成章当场被打死。

陶成章被害后，举国震惊，革命党纷纷要求捉拿凶手。

案发后第二天，孙中山立即发电给沪军都督陈其美，对陶成章被暗杀，表示"不胜骇异"。要他"严速究缉，务令凶徒就获，明正其罪，以慰陶君之灵，泄天下之愤"。

黄兴也致电陈其美严查凶手，并"设法保护章太炎"。

陈其美复电黄兴："陶焕卿君被刺事现已由敝处派全部暗探严密查拿外，并饬交涉司转饬会审公廨委员及函请租界捕房一体协缉矣。"

光复会的敢死队成员日夜侦查。不久，王竹卿则被光复会方面追杀。蒋介石得知后惊恐万状，最后在陈其美的安排帮助下，潜逃日本。

袭郑

袁世凯称帝的图谋遭到各界强烈地反对，革命党人认为起义讨袁的时机已趋于成熟。陈其美根据辛亥革命和二次革命成败的经验，认为要获得起义成功，首先要在黄浦江上袭取停泊的海军军舰，然后使用海军炮火同地面兵力配合，协同进攻制造局，这样才能获得首义的成功。然后再夺取吴淞要塞，控制整个上海地区，进而发动浙江起义，攻取南京，奠定起义军在东南半壁的基础。

时任上海镇守使的郑汝成精明强干、足智多谋，且对袁世凯忠心耿耿，不断镇压抓捕革命党人，陈其美决定先除掉这只“拦路虎”。

郑汝成号称拥有“精兵十万”，唯袁世凯马首是瞻。郑汝成疯狂追杀革命党人，到处张贴告示宣布“留藏匪类者，处死”，命令军警在南市闸北等地挨家挨户搜查。他对于藏身租界的一些上海讨袁军官兵，或与密探联手伪造函件诱捕，或收买刺客下毒手，后来又按照袁世凯的电令以“划分警权”名义满足租界当局的扩张要求，换取其帮助捉拿“国事犯”。

郑汝成坐镇上海期间，上海流传这样的顺口溜:“镇守使署是鬼门关，党人一去不复还。”

1915年1月20日夜，郑汝成的几个密探在上海租界外活捉同盟会会员张大卓，并在他的衣袋里搜出几枚炸弹和陈其美的信件。郑汝成对张大卓用尽酷刑，将他的手指骨全部砸碎，但张大卓始终没有吐出一个字。

信件，炸弹，死士，再笨的人都能想出是怎么回事，更何况是郑汝成这样的老狐狸。郑汝成平时深居简出，出行则戒备甚严。

戒备甚严，刺杀还得执行，只是得选择一个一击必中的机会。

不久，陈其美得到一个消息：日本天皇将在11月10日举行登基典礼，日本驻沪总领事署将邀请各界名流庆祝。

好机会！陈其美眉毛上扬！上海镇守使，上海头面人物，郑汝成要不到场致贺，那真是没有道理。

深居简出，刺杀极难。出行戒严，只要人在路上，再严的防备都会有空当。有一丝空当，就会有机会。同盟会一向不缺少精于刺杀的死士。

陈其美召集部下杨虎、孙祥夫开会，详细制定了在龙华至日领事馆郑汝成必经的路线上进行分路狙击的方案。其具体部署是：第一卡设十六铺，由吴忠信领安徽同志负责；第二卡设跑马厅，由江浙同志担任；第三卡设黄浦滩，由谢宝轩等人负责；第四卡设海军码头，由广东马伯麟、徐立福等人担任；第

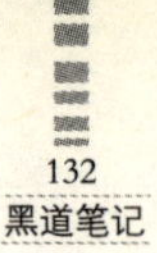

五卡即最关键一关，设外白渡桥，由孙祥夫等率领，狙击手由两名刚从东北南下的党人王晓峰、王明山担任。王晓锋和王明山是好朋友，二人冷静，枪法精准，果敢重诺。

陈其美专门找王晓峰、王明山谈话："袁世凯称帝倒行逆施，郑汝成助纣为虐。我想请二位杀郑汝成这民贼，不知二位是否愿意？"

王明山、王晓峰一抱拳，说道："愿听先生吩咐！火里来水中去，我们不敢推辞。"

陈其美大笑一声，将早就准备好的两把驳壳枪、数枚炸弹，以及若干银元递给他们，一击掌，大喝道："若不死，得意楼挑灯醉酒看剑！"

去，还是拒绝？郑汝成看着手中的日本驻沪领事馆请帖，心中一时拿不定主意。乱党猖狂，刺杀不断，公开亮相的机会越多，中枪的机会就越大；如果推辞，既违背袁世凯的旨意，又挫了自己的面子，几个乱党就怕成这样。

郑汝成沉默不语，一边的副官见状，出了个主意："黄浦近在咫尺，大人何不先走水道，然后乘车从外白渡桥直入日本驻沪领事馆？"

郑汝成一拍桌子，震得桌上的茶杯跳了起来，笑道："此举出其不意，看乱党能奈吾何！"

11月10日，这一天阳光明媚，天空晴朗。

冷汗！刺杀小组前五个狙击哨位的成员一身冷汗。已快十

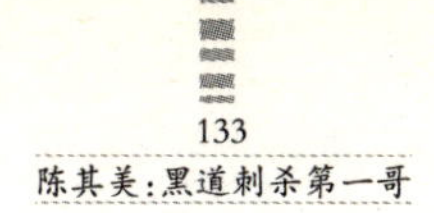

点，郑汝成却仍然不见踪影？这家伙到底玩的是哪一出？

王晓峰、王明山分别揣着枪支炸弹，和孙祥夫来到外白渡桥侧，在离桥约三四丈远的地方预伏。外白渡桥是郑汝成前往日本领事馆的必经之路，除非他是空降。

十时过后，一辆黑色汽车疾驶而来，一名官员端坐中间。

来了，王晓峰、王明山心中一喜，端起手枪，一眼不眨地瞄着那名官员。

孙祥夫一把扯住他们的手，暂停计划。

王晓峰、王明山一脸惊奇，再不刺杀，郑汝成就进入租界了。

孙祥夫低声说道："事情有些不对。郑汝成既是海军上将，又是地方军政长官，参加这样隆重的庆贺大典为什么不穿佩戴勋章的军礼服，反而穿文官燕尾大礼服呢？莫非这是来受死的？"

外白渡桥一带毫无动静，郑汝成和副官对视一笑，一切正常。郑汝成头戴白羽金帽、身佩勋章，带着总务处长舒锦绣和二个保镖上了座车，急奔外白渡桥而来。

车多人挤，座车缓缓地开上外白渡桥。

正点子来了！王晓峰、王明山精神大振。王晓峰右手一扬，一枚炸弹不偏不倚地落在座车。爆炸声起，车后轮顿时被炸飞，座车瘫在地上。王明山扣动扳机，对着车内连连开枪。

有刺客！郑汝成大为吃惊，掀开车门，就想夺路而逃。

等的就是你！还想跑？王晓峰冲上前去，左手一把扯住郑

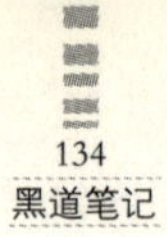

汝成的肩膀，右手中的手枪连开数枪，打得郑汝成脑袋血花四溅。

郑汝成身中 16 枪，脑浆迸裂，当场殒命。舒锦绣亦受重伤。

二王见郑汝成已死，放声大笑，然后从容而去。

正巧嘉兴路捕房六号捕头和杨树浦二号捕头同乘电车欲赴福州路总巡捕房，听到枪声后，二人赶紧跳下电车。见有两人从汽车方向走来，断定为凶手，当即上前抓捕，从二王身上搜出手枪和子弹 100 多粒，随即带入虹口老巡捕房。

巡捕将舒锦绣送进同仁医院。终因伤势过重，医治无效，舒锦绣也于下午 4 时死亡。

在刑讯中，王晓峰、王明山镇定自若，慷慨陈词:“郑汝成助袁世凯叛反民国，余等为民除贼，使天下咸知吾人讨贼之义，且知民贼之不可为。”

当法官追问主使者及同伙时，两人守口守瓶，自豪地说:“吾为祖国立一大功，虽死无憾。”

身死

陈其美矢志于革命与反袁世凯，袁世凯自然对陈其美十分忌恨，立意要除掉他。当了解到陈其美经费极其困难，袁世凯便想从这方面着手设计来引诱他上钩。

被派遣出来具体负责这件事的人叫张宗昌，张宗昌在辛亥革命时从东北率一支胡匪组成的马队到上海参加革命，归属在陈其美的部下。后来程德全把这支马队调到了徐州。二次革命时，张宗昌在徐州叛变革命投向北军，战争结束后，部队被逼散，张宗昌就跟随北洋大将冯国璋充当间谍四处活动。

张宗昌知道革命党人中有个叫韩恢的会党领袖和陈其美不大和睦，就趁机收买韩的部下程子安。程子安见到白花花的银洋，毫不犹豫地答应了。他们日夜密谋，策划暗杀陈其美。

其时正好中华革命党有个叫李海秋的小头目在北京被捕，他是陈其美的熟人，被捕后，供出了中华革命党不少机密。袁世凯得知此事，心想张宗昌行刺陈其美到现在还没有成功，何不让这个李海秋前去协助。趁着陈其美还不知道李海秋被捕叛变，一举铲除陈其美这个心腹大患。

程子安又找到了朱光明、许国霖等人，假装组织了一个“鸿丰煤矿公司”。为使陈其美相信真有这么回事，“鸿丰煤矿公司”还煞有介事地在报上登出启事，寻找抵押贷款伙伴。

李海秋在革命党里大小也算个头目，认得不少经常跟陈其美接触的人，他通过陈其美的胞弟陈其采和陈其美取得了联系。

陈其美回信说自己马上要去一个地方开会，让李海秋次日去老城隍庙春风得意楼等候，他会派自己的代表去跟李海秋

见面。

第二天一大早，李海秋就到了春风得意楼，他招呼跑堂的沏了一壶太湖碧螺春，慢慢地等着。好在没等太久，陈其美便独自赶来了。原来，他先前说代表什么的，只是为了蒙蔽他人，隐其行踪。

李海秋见到陈其美，大为高兴，连忙招呼跑堂的沏茶。陈其美也不客套，他坐下瞅着李海秋问："你有什么急事？"

"哦！英公，是这样的，我的几个朋友合伙开了一家鸿丰煤矿公司，煤矿就在安徽淮南，前几年情况还好，近来很不景气，眼看就要维持不下去了。最近他们准备从日本购买新式设备，加大产出，但苦于缺乏经费，只好将公司作为抵押向日本实业界人士贷款，但一时又找不着介绍的人……"李海秋把话打住，掏出一张报纸放到陈其美面前，"您看，他们已经在报纸登过启事了。"

陈其美浏览了一下，饶有兴趣地问道："他们准备给介绍人多少回扣呢？"

李海秋说："他们那公司注册固定资产为三百万元，准备抵押出去贷款一百万元，言明谁若是从中介绍签约，愿以贷款的百分之三十相酬。我想英公曾留学日本，在日本待过几年，定然有不少日本商界朋友，若能介绍签约成功，英公也能给咱们革命党弄点经费，因此特来报个信。"

这时正是1916年5月间，孙中山已从日本回国，住在上海环龙路六十三号。他多次催促陈其美，要借西南护国军不断取胜的大好时机，再次在上海发动反袁起义。陈其美这几个月联络了不少仁人志士，也想尽快举行起义，只是苦于经费无着落而终日忧愁。听李海秋这样一说，陈其美不禁心动了：一百万元的百分之三十，就是三十万元，这倒是一笔巨款；再说事情并不难办，他在日本有不少企业界的朋友，只要居中介绍牵个线就行。

陈其美一边想着，一边问道："对方现在在淮南，还是在上海?"

"他们已经来上海了，正急着找门路哩!"

"此事我可以一试，两天之内听回音。你给我留下个电话号码，到时候我打电话通知你。"

"好的。"李海秋见陈其美果真上钩了，不禁心花怒放。

陈其美终是求款心切，对李海秋所言之事未经详察就相信了。第二天，他就去虹口一家日本洋行，那经理是他的好友，听说这事，也热心为其撮合，向国内总公司拍发电报，述说情由。总经理跟陈其美也是熟识，当即复电同意向鸿丰煤矿公司贷款一百万元，并委托陈其美担任总公司代理人，代表日方跟鸿丰煤矿公司签约。

陈其美于是给李海秋打电话，约定5月18日下午3时带贷款意向书底稿来萨坡赛路14号寓所签约。李海秋闻讯大喜，马上报告张宗昌，张宗昌立即集合部下做好了准备。

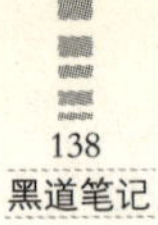

死亡已经悄悄地临近了，但陈其美一无所知，纵使得到风闻的朋友提醒他注意安全，习惯了冒险的陈其美也毫不在意。

1916 年 5 月 18 日下午，李海秋带着程子安、朱光明、许国霖、王介凡等人来到萨坡赛路 14 号附近，程子安叫王殿章等四人各持手枪、石灰包分布在路旁，并让宿振芳在弄堂口望风，又派杜福生负责租赁汽车马车，以作逃跑时之用。

陈其美这天下午是 2 时左右来到萨坡赛路 14 号的，李海秋见他来了，忙上前说："英公，客人已经等了很久啦！"

陈其美把李海秋一行带到饭厅里，朗声笑道："哈哈，诸位请坐吧。"

李海秋装模作样地在一旁给双方介绍："英公，他们是煤矿老扳。诸位，这就是光复大上海的陈其美都督。"

程子安、朱光明、许国霖、王介凡这群心怀鬼胎的家伙连忙拱手作揖："久仰陈都督大名。"

陈其美一边招呼女仆奉上烟茶，一边打量来人："四位老板，抵押贷款一事李先生已经跟我说过了。我和日本朋友联系过了，他们委托我作为代表，先和贵公司签意向书，之后，总公司将派人和我一起去淮南核查贵公司固定资产。如确认无误，就可签正式协议，然后汇款。另外，我根据李先生所转达的贵公司愿向介绍人支付百分之三十报酬的意思，起草了一份合同草稿，诸位也可以过目一下。"说着他把几张纸放在桌子上。

李海秋冲程子安等人示意："你们把意向书拿出来，请陈都督过目。”

许国霖连连点头：“好的，好的。”遂从皮包里取出意向书交给陈其美。

李海秋站起身，说：“你们先坐，我出去买包烟。”说着就走了。

陈其美低头看意向书，程子安掏出手枪，对着陈其美就连开三枪。第一颗子弹击中了陈其美的右颊下部口边，第二颗子弹在其右颊上一寸之处，第三颗子弹击中右脸近眉端之处。血如箭注，陈其美来不及出声，就一头栽倒在地。

正在客厅里等待与陈其美谈话的革命党人吴忠信、邵元冲、余建光、曹叔实、丁景梁等人听到枪声，急忙拔枪冲了出来，见程子安等人正往外逃，双方立即不停开枪对射。

凶手王介凡跑在最后，当即被打死。程子安、朱光明很快逃走，许国霖跳上门前一辆黄包车，让车夫快跑时，却被车夫

西湖边上的陈其美铜像

当场掀翻在地，旋被捕获。不一会儿，在弄堂口望风的宿振芳也被捕获。

余建光冲进饭厅，把陈其美从地上扶起来时，只见他脸上血流如注，嘴唇微动，已不能说话。几分钟后，他的心脏停止了跳动，但双目却始终睁着，仿佛不愿告别这个世界。这一年，陈其美才38岁。

得知这个不幸消息后，蒋介石急忙从新民里11号寓所赶来，抚尸痛哭。不一会儿，孙中山也闻讯赶来，见陈其美仍不瞑目，不禁泪流不止说："英士，你安心去吧，一切责任，由我负责。"并当场手书"失我长城"四字以志其哀。

杜月笙：三百年帮会第一人

杜月笙是“三百年帮会第一人”，也是中国近代史上最富传奇性的人物之一。他文质彬彬，却心狠手辣，杀人如麻；他为虎作伥，却又铁血除奸；他狡猾奸诈，却很讲义气；他称雄黑道，却又逐步洗白，向社会名流与地方领袖转型。

钞票再多只不过是金山银山，人情用起来好比天地。

——杜月笙

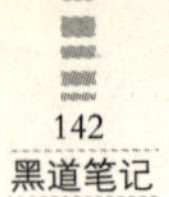

小档案

姓名字号：杜月笙，原名月生，后更名为镛，号月笙。

籍　　贯：上海县高桥镇（今上海浦东新区）。

生卒年月：1888 年 8 月 22 日（农历七月十五）——1951 年 8 月 16 日，卒年 63 岁。

家　　人：

父亲——杜文卿，与朋友合开一家小米店。

母亲——朱氏，生下杜月笙的妹妹后，身亡。

继母——张氏，后失踪。

弱妹——被黄姓宁波商人领养，杜月笙发迹后，寻找未果。

大太太——沈月英，生长子杜维藩。

二太太——陈帼英，生次子杜维垣、五子杜维翰、六子杜维宁。

三太太——孙佩豪，生三子杜维屏、四子杜维新。

四太太——姚玉兰，生长女杜美如、次女杜美霞，七子杜维善、八子杜维嵩。

五太太——孟小冬，养女杜美娟。

简 历

1888 年——出生于上海县高桥镇杜家花园。

1890 年——母亲朱氏去世。

1892 年——父亲杜文卿去世。

1893 年——入私塾，四个月后辍学。

1895 年——继母张氏失踪，寄养于娘舅家。

1902 年——初到上海滩，在鸿元盛水果店当学徒。

1906 年——拜陈世昌为师。

1907 年——入黄公馆当差。

1915 年——娶沈月英为妻。

1916 年——长子杜维藩出生。

1918 年——组建小八股党。

1918 年——开办三鑫公司。

1918 年——娶二太太陈氏、三太太孙氏。

1925 年——搬进华格臬路新居。

1925 年——被北洋政府任命为“财政部参议”。

1927 年——“四一二”反革命政变充当帮凶。

1927 年——被蒋介石任命为“军事委员会少将参议”“海

陆空军总司令部顾问”“行政院参议”；当选华人纳税会委员。

1929 年——创办国民银行。

1929 年——荣任法租界公董局华董。

1929 年——任上海纱布交易所理事长。

1930 年——迎娶姚玉兰。

1931 年——举行杜氏祠堂开祠盛典。

1931 年——任上海面粉交易所理事长。

1931 年——组织成立“上海市抗敌后援会”，任副会长。

1933 年——任第三届上海船联会理事长。

1933 年——成立恒社，任名誉理事长。

1934 年——任上海银行公会理事。

1934 年——任“上海地方协会”会长。

1935 年——任全国船联会理事长。

1937 年——组建“抗敌后援会”，主持筹募委员会。

1937 年——筹建“苏浙行动委员会”，任委员。

1937 年——赴中国香港。

1938 年——任中央赈济委员会常务委员，兼港澳救济区特派员，分管第九救济区事务。

1938 年——在港成立“赈济委员会第九区赈济事务所”，任主任。

1939 年——任上海统一委员会主任委员。

1941 年——赴重庆。

1945 年——返回上海。

1946 年——当选参议会参议长，让位于潘公展。

1949 年——离沪赴港。

1951 年——在中国香港坚尼地台杜公馆病逝，卒年 63 岁。

烟来香

“砰！”

老板娘手中的茶杯砸在地上，碎片四溅。接应的人都回来了，黑吃黑搞来的一麻袋大土竟然还没有回来。

大厅里的人低着头，生怕桂生姐点自己的名。一麻袋大土，黄公馆黄金荣的面子，敢在太岁头上动土的人不是吃了豹子胆，就是心狠手辣。即使是运烟土的刘斌私吞，他那双踢断过水泥柱的腿也不是吃素的。

废物！桂生姐的胸脯不断起伏，老黄不在家，能打的几个心腹偏偏都派了出去。厅里的人倒是挺多，却一个个练得都是缩头功。

沉默！沉默！锦上添花不如雪中送炭，杜月笙低着头，出头的机会来了，火候却没到，还得再等等。

啪！桂生姐抡起拳头就往桌子上砸，恨死老娘了！

“老板娘，让我试试！”

桂生姐硬生生地收回拳头，看着单瘦的杜月笙。杜月笙以前卖过水果，削得一手好梨，人称“水果月笙”，赌场输过短裤，小东门拜过“套签子福生”陈世昌老头子，十六铺一带混过，混得脸面无光。几个月前，经人推荐才投在黄金荣的门下，平时就做些杂活。

水果削得再好，水果刀仍然只是水果刀，桂生姐拳头松开，无力地摊在桌上。

杜月笙看出桂生姐心中疑惑，朝前跨了一步，沉稳地说：“老板娘，再不下手，贼人带着货就走远了！”

桂生姐看着一脸镇定的杜月笙，不禁有些惊讶：自己都乱了方寸，这家伙居然还沉得住气。遇大事不乱，就这份胆识都算难得。

枪在手，刀在腰，杜月笙一头扎进雨夜，跳上同孚里弄堂口的黄包车，喝令车夫直奔洋泾浜。

一麻袋的烟土，拿在手里是财，也是祸害。法租界是黄金荣的地盘，有个风吹草动都逃不出他的眼线；华界鱼龙混杂，带着这个祸害，只怕手心都没焐热就被人做了；英租界远是远点，可只要进了英租界，就等于进了保险箱。

车夫汗如雨下，杜月笙大声催促：“快！快！到洋泾浜，老子再加三块大洋！”洋泾浜是英法两租界的界河，河南是法租界，河北属于英租界。抢烟土的要想进英租界，洋泾浜是必经之路。

车夫接过大洋，一屁股坐在地上。杜月笙守在洋泾浜北岸，将黄包车拉到身边，死死地盯着来路，汗如泉涌。生死难料，是祸是福，就看这一次了。

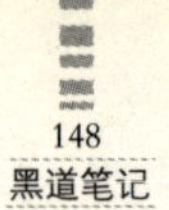

夜深，灯光迷蒙，再无路人，凉人的雨夜实在不适合外出。车夫站了起来，想拉回车，杜月笙的眼睛一瞪，喝道："一边待着！老子待会还得用车！"

车夫愣了愣，嘴里直嘟囔："靠，还让不让人睡觉?"嘟囔归嘟囔，车夫还是慢腾腾地挪到旁边。

脚步声，杜月笙瞳孔睁大，莫非是那主来了？脚步声越来越近，杜月笙紧紧地攥住黄包车的扶手。

一辆车，一个人。车是黄包车，车上拉着一个麻袋；人是弓形人，杜月笙都可以听到他如牛一般的喘气声。

杜月笙将手中的黄包车奋力一甩，对着弓形人就甩了过去。深夜，大雨，谁会没事拉着一麻袋往租界跑？麻袋里装的是黄金，还是什么见不得人的东西？错了，那就错了，一个拉黄包车的人也不敢把黄公馆怎么样！万一运气好，以后在黄公馆就能混出一条路来。

弓形人一见有车撞来，双手松开，就往旁边躲闪。手中的黄包车向后一仰，"嘭"的一声摔在地上。

杜月笙将手枪一指，喝道："别动！动，老子打爆你的头！"

弓形人身形一顿，向四周看了看。

杜月笙一步一步地逼过去，口中喊道："老三，你守东边；老四，你守桥头。你，把手举起来！转过身！"

弓形人转过身，高举双手，浑身如筛糠一般抖个不停，嘴里嚷着："大爷，我只是个拉黄包车的，车上装的就是些砖头!"

杜月笙将手枪往脖子上一捅，喝道："老实点，砖头老子不要，钱都给老子!"

弓形人身形一稳，也不筛糠了。

杜月笙左手一伸，将他全身摸了个遍。刀枪都没有，除了几块大洋。心中大宽，杜月笙用力一扯，将他的腰带解开，抽了出来，说道："腰带不错，爷我要了!"

弓形人头一点，连连说道："爷，您喜欢，您拿去!"

杜月笙往他的膝盖弯处狠命一踩，口中说道："爷今天心情不好，揍你一顿出出恶气!"

弓形人"扑通"一声磕在地上，身子一动，却又停了下来，喊道"爷，您轻点。我家里就靠着我拉车混口饭吃!"

杜月笙将手枪顶住他的头，叫黄包车夫用腰带将弓形人的双手、双脚捆得结结实实。

弓形人身子抖动，口中直嚷："爷，钱也给了，打也打了，您放了我吧！家里房子还漏水呢!"

"啪嗒"，杜月笙甩给他一个大耳光，问道："拉车的能用这么好的腰带？当爷脑子进水？刘斌人呢？黄公馆的货你都敢动，吃豹子胆了?"

弓形人的身子抖动得更厉害，头不停地往地上碰，语不成声："爷！亲爷！我一时糊涂，您就把我当屁放了吧!"

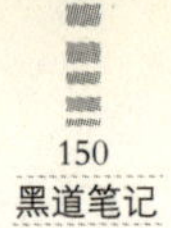

弓形人是刘斌的朋友，一听说刘斌今晚要运一麻袋鸦片到黄公馆，顿时就动了邪念。运土车眼看着就进了黄公馆门前的巷子，守候多时的弓形人上前搭话，一棍将刘斌打晕在地。

刘斌是死是活，杜月笙还真不在意，他在意的是如何处理弓形人：租界附近，出人命也不是件小事；拉回去，一路上也不知道这家伙有没有同党。

杜月笙呵呵一笑，说："爷在黄老板面前说得上话，只要你一路消停，爷给你说话!"

弓形人将信将疑，却也不敢乱动。杜月笙也不理他，将他往麻袋上一扔，心中嘀咕：进了黄公馆，就得看你小子的造化了。

推门，搬烟，黄公馆里就如开了水的锅，有人更是喜滋滋地跑去给桂生姐报喜。杜月笙站在一旁，就如和自己无关。

下楼，落座，桂生姐很平静。

"老板娘，托您的福，东西找回来了。抢土的人在厨房，请您发落。"杜月笙说。

桂生姐看着他，等他说详细情况。杜月笙一言不发，脸色如常。

"没遇到什么麻烦？"桂生姐有点好奇，一袋烟土可是大事。

杜月笙头一点："托老板娘的福，还算顺利。"

桂生姐不再多说，手一扬："行啦！你下去吧。"

杜月笙心中一震，随即回过神，这娘们是在考察老子。他不动声色，自然地走向自己的住处。

是个人才！居功不傲，失宠不惊，桂生姐看着他的背影，眼睛中不由得多了几分欣赏。

黄金荣回，宣布杜月笙加入黄公馆的抢烟土的行列。

卖人数钱

“驾、驾！”

一个黑衣人不停地挥着皮鞭，抽打着四蹄如飞的白马。雪儿，委屈你了！只要马车一进家，我好草好料地伺候你。

白马长啸，在无人的深夜更是清脆。马蹄翻飞，徐家汇、漕河泾、周家渡已在眼前，黑衣人心中一喜，只要一过周家渡，白花花的银元就到手了。

“嘶——”白马猛的停住，前蹄扬起，差点将黑衣人摔落在地。马车更是一个打横，几乎翻倒在地，车内传出几声惊呼。

黑衣人看着横在地上的几根烂木头，停住马，伸长脖子不停地向四周张望。树大招风，露财招劫，别在家门口翻了船。

杜月笙看得仔细，手一抖，一个绳圈飞了出去。“抛顶宫”，杜月笙一向有自信。跟“套签子福生”混了一阵，虽说没

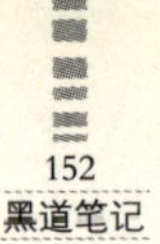

有混出什么名堂，倒是练出了“抢帽子”的本事。绳圈一出，“抢帽子”还从没有失过手。

黑衣人只觉脖子一紧，想喊人却喊不出声来，就被一股大力扯下马来，发出“扑通”巨响。

马车里的人知道不好，正想出去，就觉车身一仰，马车翻了。马车不停地翻转，摔得马车里的人头晕目眩，一阵恶心。

“歪脖子阿广”一声口哨，指挥杜月笙等人将黑衣人等人捆成粽子，几个大汉扛着车上的麻袋就跑。

折袋，点烟，“歪脖子阿广”一边兴奋，一边暗叹：黄老板果然消息灵通，说有十袋大烟就有十袋大烟。烟土虽好，可惜自己分不了多少。

正在暗叹，塌鼻子阿三一声惊呼：“广哥，有12袋！”

点烟的大汉们纷纷围了过来，眼睛一眨不眨地看着阿广。兄弟多年，阿广不用他们开口就知道他们想唱哪出戏。

人无横财不发，马无夜草不肥，再说这又是意外之财。“嚓”“嚓”，阿广几刀就将两袋烟土分成作八份，说道：“一人一份，自己拿！嘴巴收紧点，谁要吐出半个字，老子杀他全家！”

大汉们拿着大烟，脸上全是花。

杜月笙犹豫了下，没有张口，伸手拿过大烟。光棍不挡人财路，要是不拿，只怕明天黄浦江里就会泡着自己的尸体。

点烟，喝酒，林桂生挑出一包烟土，叫杜月笙切成八份，笑着说："这趟买卖干得漂亮！阿广三份，其他人拿一份。你们接着喝，我上楼休息了！"

杜月笙不停劝酒，阿广几个人烂醉如泥。杜月笙眼睛明亮，蹑手蹑脚地上了楼！

敢私吞，林桂生一拍桌子，立马要传歪脖子问罪。杜月笙一把扯住她，而后又在她的耳朵边嘀咕了一阵子。

第二天晚上，黄金荣坐在大餐间里，周围站着金九龄、顾掌生、金廷荪、马祥生等几个徒弟。

黄金荣一抬下巴："叫昨晚办事的人过来。"

顾掌生跑到门口一招手，歪脖子和杜月笙等人小跑着进去，低头、垂手恭敬地站在黄金荣夫妇面前。

黄金荣虎起麻脸，说："歪脖子，你这欺师骗祖的杀坯，敢在老子跟前掉花枪！巡捕房报案说有 12 包大烟，你做手脚做到我的头上来了！"

"扑通"一声，歪脖子和杜月笙等人全都跪下，歪脖子更是浑身发抖。

"砰"的一声，黄金荣一巴掌拍在茶几上，吼道："家有家法，帮有帮规。拖出去宰了！"

分烟土的大汉连连叫冤，喊："不关我事，都是歪脖子要分的烟土！"歪脖子气得鼻孔冒烟，顾不上和他们理论，爬到林桂生跟前，拖住她的双腿，一个劲地磕头喊："桂生姐救命啊！小的下次不敢了。"

桂生姐腿一蹬，沉着脸问道："这两包烟土，你独吞了呢，还是私分了？"

"分给他们每人一份，我独得三份。"

"这主意是你出的，还是别人？"

"是我一时鬼迷心窍。我对不起师父。"

林桂生冷笑一声："念你跟师父多年，放你一马，免了三刀六洞。滚！一人做事一人当，其他人都起来。"

歪脖子灰溜溜地走了，抢烟土的大汉如蒙大赦，汗都不敢出。

黄金荣猛吸了几口吕宋雪茄，然后缓缓地说："掌生，以后你就负责主管这事。"

顾掌生的头一低，应道："是！那歪脖子呢？"

黄金荣将手往桌子上狠命一拍，说："歪脖子？这个天杀的！死罪可免，活罪难逃。月笙，你去一趟，砍下他的一根手指。"

分烟土的大汉们齐齐地打了一个冷战，用同情的眼光看着杜月笙：歪脖子一脚可是踢死过两只恶狗，再说让他一个人背了黑锅，再砍他的手指就怎么也说不过去。

"这个……"

"不去，老子砍断你的手！"黄金荣怒喝道！

杜月笙倒退着出来，心中却是一阵佩服：老板果然是老板，演的一出好戏！

歪脖子躺在床上，一脸愁容：人倒霉了，喝凉水都塞牙！掌生这狗娘养的，居然在背后捅刀子。歪脖子不敢逃，师父的手段他是知道的，今天拿不到手指，明天肯定得要自己的命。

门开，歪脖子的心一紧，要来的还是来了，阿三的信还真准。

杜月笙进屋，左手一只烧鸡、一堆熟食，右手两瓶高粱烧酒。

歪脖子跳下床，探出头在门外张望了一会儿，再无别人。歪脖子心一宽，闩上门，搬条板凳在杜月笙对面坐下。

几杯白干落肚，歪脖子的眼珠子都布上了红筋。杜月笙知道火候到了，从腰间摸出白花花的八块银圆，放到猪舌头边上，说："广哥，一向蒙你照顾。小弟没有什么好相送的，这几块大洋送给大哥做盘缠。"

"这不行，怎么好意思啊……"阿广动了情。

"广哥，兄弟一场。你在路上买碗酒喝。"说着，杜月笙拿起大洋，塞进歪脖子的上衣口袋。

歪脖子感动极了，半晌说不出话来。

杜月笙端起酒杯，口一张，倒了进去，说："广哥，兄弟再敬你一杯！江湖险恶，你自己小心，兄弟就不送你了！"

大家分的烟土，一出乱子，除了阿杜，都往我歪脖子头上扣屎盆子。歪脖子一阵心酸，一把扯住他："月笙，没有别的事？"

杜月笙醉眼蒙眬，头一摇："没……没事，我过来就是送送你！"

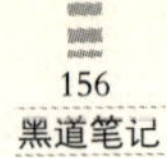

杜月笙踉踉跄跄地往外走，歪脖子心中一热：大家往我身上扔黑锅，你不语；师父要你砍我手指，你来了。你以为我不知道师父下的命令。

“嗖”的一声，歪脖子拔出短刀，一刀就斩了下来。杜月笙一个踉跄，摔倒在地，脸上迅速闪过一丝笑意。

血“滴答、滴答”地往下滴，歪脖子扶起他，笑着说：“出来混，凭的就是一个义字！兄弟你够义气，我歪脖子不能不够兄弟！这个你拿着，以后有什么事用得着兄弟我，上刀山，下火海，打个楞就是狗娘养的！”

看着歪脖子的无名指和毫发未损的杜月笙，黄金荣倒是吃了一惊：歪脖子能打可是出了名，这小子居然能砍下他的手指，是个人才。

桂生姐十分好奇，问：“月笙，这手指怎么弄到手的？”

杜月笙本来站得如一杆枪，一听桂生姐问话，低着头回道：“歪脖子一听说是老板的意思，自己就砍了下来！”

黄金荣大笑，一拍桌子：“算他小子识相！这事干得好，以后你就去公兴记抱台脚。”

公兴记是法租界的三大赌场之一。以黄金荣的名头，去那“抱台脚”明摆着就是挂个保镖名白拿钱，杜月笙这次可是小赚了。

老板娘的床

杜月笙不动。

公兴记的康老板也不动，仰面躺在靠椅上，两只眼睛死死地盯住杜月笙。身材单薄，双手纤细，看不出有练过武功的迹象。黄公馆的人派这样的一个书生来能镇场子吗？

心中怀疑，康老板却是一言不发。赌场龙蛇混杂，自己的这双眼睛也算是阅人无数，就不信看不出这书生是什么变的。

康老板不动，杜月笙却动了，撕衣襟，拔短刀。

康老板依然不动，两旁站立的大汉脸色一变，伸手就向腰间摸去。

刀入肉，慢慢地搅动，如螺丝一般深入肉中。大汉们的手停在腰间，脸却已白了。

康老板瞳孔收缩，割肉斗狠见过很多，这样的主却还是第一次见。

杜月笙满脸笑意，不急不慢地问：“康老板如嫌不够，还可换柄刀来！”

康老板脸色如常，手一拱：“兄弟说哪里话！黄老板的面子，兄弟这样的人物，康某早就仰慕很久。来，来，摆酒，上

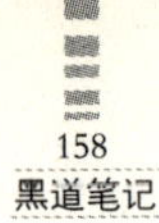

菜，给杜老弟接风!”

杜月笙肉痛得紧，却笑意如春，暗忖道：还好，没有砸桂生姐的台。杜月笙投入黄金荣门下虽然不久，却已看出一些门道：黄公馆一明一暗两条线。老板带着一批兄弟混白道办公事，老板娘指挥一批人抢烟土开赌场。

砸桂生姐的台，就是绝自己的前程。桂生姐虽然是女流之辈，老板黄金荣能有今天的地位却大半拜她出谋划策得来的。白道，杜月笙自知没有希望，一时间和老板也说不上话；混黑道，自己有手段，够狠，女人耳根子软，说不定能混出来。

杜月笙肉痛，回到黄公馆却是半字不提。桂生姐耳目众多，赌场的事应该早就有人报了上去。

桂生姐没有任何反应，她已经病得不轻。杜月笙不由得暗叹手气背，好端端的一件功劳打了水漂。

杜月笙叹气，黄公馆内的猪头三和别的年轻小伙却只想痛揍张道士一顿。小伙子头上三把火，镇邪驱妖的绝佳法门，那还要臭道士干吗？病人本来就很难侍候，伺候桂生姐这样的主更是难上加难。稍不如意，挨几个耳光是小事，三刀六洞那可就惨了。

猪头三他们低着头，一言不发，打死也不碰这事。

“操你老母，吃肉吃大的，做事装孙子!”黄金荣等不及了，嘴里怒骂，两只铜铃眼不停地在人群中转来转去。

忍一时海阔天空，总好过以后成千刀杀的，猪头三他们的

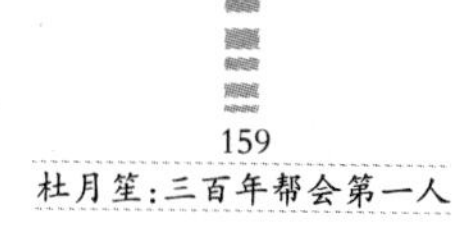

头埋得更低。

黄金荣的脸都绿了，他娘的，借你头上的三把火怎么了。老子要是年轻，还用得着你们这群青皮？

请将不如点将，黄金荣眉毛一抬。

杜月笙看得真切，蔫蔫地从人群中站了出来，轻轻地说："老板，我来伺候老板娘吧！"

低垂的头一下子都抬了起来，终于有人顶锅了。黄金荣的眉毛舒展开来，月笙这伢子还是有几分孝心。

杜月笙蔫蔫地站着，心里却是一阵地得意：锦上添花不如雪中送炭！送炭这种事实在划算。既讨到老板的好感，又解了猪头阿三他们的围，更重要的是没有人说自己巴结老板娘。

桂生姐，喝汤；桂生姐，吃水果；桂生姐，吃药！……桂生姐的伺候丫头小红乐得不行，月笙这一插手，自己都可以当起甩手掌柜。

书生气，会伺候人，比黄麻子强多了，桂生姐心中一阵感慨。黄麻子混黑道是把好手，怜香惜玉却是个雏。

杜月笙守在床边，看着熟睡的桂生姐，轻轻地揉着酸麻的手。这日子过得，整半个月都耗在这上面。

累归累，杜月笙却是累得心甘情愿。只要连上桂生姐这条线，以后闯祸有人罩着、上墙有人递梯子。杜月笙也算是阅女无数，像桂生姐这样的女人却还是第一次碰到。长相平平，处事却干练爽快；娇小玲珑，却有呼风唤雨、高高在上的强势。

杜月笙盯着熟睡的桂生姐，看得出神，这是怎么样的一个女人，竟然给人如此强的反差感。

“月笙，想啥呢?”桂生姐睁开眼睛就看见杜月笙盯着自己看，心中又是慌张，又是喜欢。一个女人如果有男人盯着看，只有一种可能：女人在他心中，无论是厌恶，还是喜欢。

“没，没想啥。”杜月笙惊慌失措。做贼被捉了个现行，杜月笙吓得不轻，眼睛闪烁。

“看把你吓的。”桂生姐笑了，又喟然一声长叹，“老了，一晃都快四十啦!”

桂生姐不怒反笑，杜月笙定下神，嘴皮子又利索起来：“四十岁，不可能？桂生姐您要不说，我还以为您就是三十左右。”

三十岁左右的人！桂生姐不由得将前额的刘海往后梳了又梳。

杜月笙心中暗笑，这一把赌对了。江湖上能叫桂生姐的人可能很多，但杜月笙绝不是其中的一个。按规矩和按辈分，他只能叫“师母”或者“娘娘”。“师母”固然尊敬，却不能亲近。“桂生姐”有不敬的成分，却能很快拉拢彼此间的距离。

十个女人九个喜欢被人夸年轻，还有一个自称是天山童姥。桂生姐手一招，笑着说：“过来，陪老姐说说话。”

老姐！杜月笙不由得一喜，这可是好的开始。心中高兴，头却埋得更低，喃喃地说：“小的知道错了！小的见娘娘这么年轻，就像自家姐姐，不由得喊桂生姐。”

“黄公馆底下这么多，还没有像你这么大胆的!”桂生姐绷着脸，眼睛一眨不眨地盯着杜月笙，像是要看到他的骨子里。

“是，小的冒犯了老板娘，甘愿受罚。”杜月笙暗叫不好，搞不清楚这个女人玩的是哪出戏，急忙请罪。

“看把你吓的！你这小囝！”桂生姐嗔骂道，似笑非笑地说：“说就说了，做就做了，敢做敢当，那才是条汉子！”

杜月笙惊得抬起头，看着桂生姐，揣摩着她这句话的意思：说就说了，做就做了？自己别的什么没做，也就盯着看了几眼、喊了她几声桂生姐，莫非……？

桂生姐病愈，时不时地在家人和朋友面前说起杜月笙：“莫看月笙是个孤小人，可面相不俗，那对大大的招风耳运道邪好。”

混江湖，除了义气，运道更是纵横江湖的必备良器。运道好，财运、桃花运门板都挡不住。和运道好的人搭配，即使吃不上骨头，汤还是能喝上几口。桂生姐力挺杜月笙，黄公馆上上下下都是明眼人，一向不把杜月笙放在眼里的猪头三悔得肠子都青了，碰着他都是笑呵呵的。

公兴记的康老板脸都白了：前阵子跑到赌场切肉的小伙子居然陪着桂生姐进了赌场的大门。桂生姐给切肉哥找场子来了！

桂生姐落座，开始玩牌九“一掀两瞪眼”，输赢立见。桂生姐极少玩这东西，手气却是极好。十几把下来，她面前已经堆起一摞高的筹码。康老板苍白的脸开始红润，泼出去的票子送出的情，明白人不用多说。

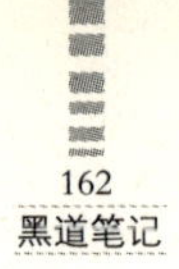

“月笙，你接我的手，我要先走一步。”桂生姐起身，招呼杜月笙。

康老板屁颠屁颠地拉开车门，将桂生姐送到车上。

赌钱，杜月笙一向很熟，来得多，赢得却极少。进入黄公馆以后，杜月笙更是好久没有摸牌。一摞高的筹码在手，他却是放不开手脚，钱不是自己的，输了怎么向桂生姐交代。

桂生姐离场，康老板却不敢大意：切肉哥输钱，就是折了桂生姐的面子！

下注！收钱！杜月笙都有点不敢相信自己的眼睛，今天也不知道撞着哪路财神，怎么下注怎么有，要大来大，要小有小。不到三个时辰，他已经赢了足有2400元之多。

杜月笙扫了赌场一眼，康老板笑吟吟地坐在柜台后。康老板的人情？杜月笙不由得心中一动。

人情留一线，日后好相见。杜月笙起身，结账。

回到黄公馆，杜月笙径直上了二楼。桂生姐正倚在沙发上吃茶点，杜月笙把一大包大票递了过去。

桂生姐愣了一下，随后莞尔一笑：“月笙，这是你手气好，铜钿自然归你。”

杜月笙手不动，轻声说：“赌本是你的，我只是借了你的手气，这钱我不能要。”

桂生姐有些不耐烦，脸一沉，道：“叫你拿你就拿！”

覆手为云，翻手为雨，女人的脸说变就变，但怎么变，女人就是女人。杜月笙不理她，右手一把扯住桂生姐的手腕，口中说道："钱不是我的！我说不收就不收！"

桂生姐心中不由得一阵酥麻，这个死冤家！蛮横与霸道，黄金荣一向不缺，他少的是那种秀气与体贴。秀气与体贴，杜月笙一向有。病中半月，自己一睁开眼睛就能看到他的身影，却想不到他居然还有霸道的一面。温柔而不失霸道，体贴却不失强悍，这可能不是天下女人的佳偶，却是桂生姐的心结。

桂生姐不动，杜月笙却动了。杜月笙赌场输家，情场却是老手。女人既然肯让你牵她的手，纵然不是极其喜欢，却也有几分喜欢。杜月笙轻轻一拉，就将娇小的桂生姐拥入怀抱。

炙热，云端，桂生姐醉眼迷离。

钱散了一地，无人去拾，人已在床上。杜月笙以最强有力的忍耐，让自己的力量在桂生姐快乐的呻吟中持续迸发……

看着被压在身下的女人，杜月笙在心里恨恨地咬牙：哼，看你还敢不敢给我摆出一副晚娘脸！

果然，从床上爬起来，桂生姐那张"晚娘脸"就有了那么些小女人的味道。

"400 块我留下，2000 块是你赢的，你拿去。"

拿就拿！杜月笙忽然间觉得，拿这个钱很是理直气壮了。

关门大吉

关门！

关门！

有开门，自然有关门。关门的人有很多种，有老头，有女人，有小孩，但这一次关门的却是严九龄严老九！

严老九英租界的赌场一向不关门，即使是大年三十，赌场也是人头涌动。人头涌动，赌场向来却是太平。租界斜眼看人的英国人、街上挥刀乱砍的混混即使在这里输得只剩短裤、裸奔而出，都不敢说半个“不”字。严老九是青帮“通”字辈的大佬，徒弟众多，得罪他纯粹是嫌自己命长。

嫌命长的不多，输红眼的人却只有一个：“宣统皇帝”江肇铭。江肇铭瘦猴脸，骆驼背，罗圈腿，在上海十六铺一带却是很有名头。十六铺的鱼贩与水果贩为争山东门的地盘翻脸，双方逮着机会就砸对手的店铺。一时间，鱼虾乱跳，水果满地滚，人头破血流。

水果行“鸿元盛”的何老板急得直跺脚，神仙打架，小鬼遭殃。江肇铭那时还只是个赌棍，正输得猴急，当时就一拍胸口：“只要你们肯把赌本给我，‘鸿元盛’的事包在我身上！”

江肇铭人长得不怎么样，说话却算话。凭他一张嘴，鱼贩与水果贩的老大坐下来茶杯一端，居然就此言和，并把他当成座上客。十六铺的青皮当时就送了他“宣统皇帝”的外号。黄公馆的杜月笙正想扩张势力，当时就收他做了自己的开山大弟子。

严老九英租界的赌场有轮盘、牌九、摇摊多种玩法，江肇铭却独爱摇摊。摇摊俗称掷骰子，庄家掷骰子，赌客下注猜点子，赌法简单，开缸见颜色，直截了当。

庄家连出十五把大，江肇铭却是连猜十五把小！桌上的筹码越来越少，江肇铭的火气却是越来越多：“他娘的！邪了门，骰子有问题！”

骰子有问题，明摆着是指着和尚骂秃子。庄家眼一瞪：“说啥呢？不赌，一边去！”说罢，手一伸，庄家就盖摇缸盖子。

走人，江肇铭不想，不捞点本回去怎么对得起自己？江肇铭将面前的筹码气呼呼地往前一推：“下三点，一百块大洋。”

一担大米才8元，一注100大洋实在是笔大数目。庄家的瞳孔立时紧缩，不下注的赌客纷纷围了过来，死死地盯着庄家手中的摇缸。

“哐、哐……”骰子不停地撞击摇缸，摇缸则在空中划出一个又一个的圆圈。良久，庄家沉声喊道：“开！”

三颗骰子，两个四，一颗二点——“二”，坐庄的统吃。江肇铭一下子跌坐在椅子上，庄家一擦脸上的汗，盖摇缸，摇摇缸，拢筹码。

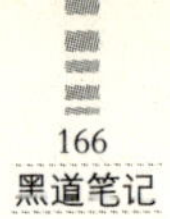

江肇铭霍然起身，大喝一声：“慢！我要的是三点，你摇的是三点，拿钱来！”

庄家的汗立马出来，一时高兴，竟然犯了“洗缸”的规矩。一局揭晓，只有钱银两清，方可盖缸。随后摇几下，换掉旧的，这叫做“洗缸”。然后庄家再请赌客重新下注。

摇缸一洗，死无对证，旁观的赌客纷纷起哄：“三点！摇出来的就是三点！”赌客虽然来自五湖四海，共同的敌人却只有一个：赌场。

听到争吵，严九龄从里间出来，看了一眼瘦猴似的江肇铭，双手一拱：“贵帮多少船？”

江肇铭先是一愣，猛记起这是青帮内的暗语，忙答：“1991只。”

严九龄在桌面上一字摆开三只茶杯，一连斟了三个半杯，查问江肇铭在青帮的辈分。

前辈出面，江肇铭伸出大拇指在桌上点了三下，表示晚辈的自谦。

刚入堂的起码货竟敢在老虎头上动土！严九龄猛喝一声，“来人，关门，收档！”

关门，收档，那就是要火拼！严九龄更狠，他要把在场的赌徒们全部吃掉！赌场内顿时炸了锅！神仙打架，殃及小鬼，赌客纷纷夺门而出。

江肇铭汗如雨下，举手打着四方揖，边喊边往门外退：

“前辈高抬贵手，放小的一马。”

严九龄将桌上的一袋大洋往门外一扔，喝道：“愿赌服输！钱，不少你一分！”

江肇铭哪里敢拾，踉踉跄跄地就往师父杜月笙家里跑。

“啪哒”“啪哒”，杜月笙一连抽了江肇铭十几耳光！徒不教，师之过，严老九肯定得把这笔账算到自己头上。严老九是什么人？说他是英租界的黄金荣都不为过，不到万不得已，黄金荣都不敢轻易触他的霉头。桂生姐虽然欣赏自己，黄金荣却绝不会为了一个小小的江肇铭拼命，袖手旁观那是一定的。

火拼，只有死路一条！与其被人追杀，不如送上门去。杜月笙抬脚就给江肇铭一脚，跟我找严老九去！

黑衣，冷脸。赌场外十几条大汉一字排开，手中无刀，腰中却是突出一块。江肇铭是见过场面的人，阳光刺眼，他却是一身冷汗。

搜身，进门。厅中十几条大汉站得笔直如枪，严老九却是懒懒地躺在椅上，手中捏着一只茶杯。

江肇铭的心一紧，茶杯固然可以用来喝茶，却也可以摔杯为号。

杜月笙长身而立，双手一拱：“严老板，小徒失礼，杜某上门来负荆请罪。”不等严老九回话，杜月笙对江肇铭一招手，厉声喝道：“畜生，还不跪下给严老板赔礼！”

江肇铭“扑通”一声跪在地上，叩头如捣蒜：“前辈，小

的有眼不识泰山，请老人家高抬贵手。”

严老九一脸寒霜，孙子辈的人，你说放手就放手。

杜月笙一使眼色，江肇铭将手中的布袋往前一递：“前辈，小的知罪，一点心意，给前辈买杯水酒喝。”

严老九面色一缓，沉默不语。

杜月笙上前一步，朗声说道：“徒不教，师之过。月笙教徒不严，竟然犯了严老板的虎威！月笙在望月楼摆了一桌谢罪酒，还请严老板大人大量，放过我这不成器的徒弟！”

严老九面色难了又难：自己如果死揪着江肇铭不放，倒是落了个以大欺小、心胸狭窄的名声；如果放手，一个打黄金荣耳光的机会就此错过，实在是心有不甘。

两旁站立的严老九小徒弟跨步而出，怒喝道：“放肆！竟敢在我师父面前胡说八道！”

杜月笙不理他，继续说道：“严老板海量，整个上海滩那是无人不知、无人不晓。到时我约朋友到这里来为严老板捧场！”

严老九原是摆下鸿门宴，想让杜月笙尝尝他的威势。不料，杜月笙从容自在，以守为攻，虽是上门请罪，却又不卑不亢、不失黄门身份，不由得暗暗佩服。

严老九一仰首，哈哈大笑起来：“不愧是黄老板的门下，好说，好说。”他回头招呼当差的，“看茶。”

杜月笙落座，严老九起身，大拇指一竖：“月笙义气，我

严老九也不含糊，这笔账咱们一笔勾销。”

回到同孚里，江肇铭不仅对杜月笙感激不尽，而且把这件事添枝加叶，吹得天花乱坠。凭着一张巧嘴，杜月笙在英法租界声名鹊起。他既能单枪匹马地和严老九去较量，他也已经有资格和黄老板、严老九一辈人物相提并论了。“杜月笙”三个字开始在白相地界不胫而走。

赌场乐

杜月笙声名鹊起，上海滩的赌场老板却是眉头紧锁。十里洋场，花花世界，赌场一向是销金窟、进钱窝，赌场老板常常数钱数到手抽筋，可最近却是手闲得紧。赌场还是那个赌场，赌客却是一只手指头数得清。

赌客少，不是赌客戒赌，而是怕赌。输钱，赌客不怕，愿赌服输，说不定哪天时来运转，一下子就赚个盆满钵满。赌客怕的是“剥猪猡”和“大闸蟹”。

去赌场，当然得揣上赌本，上海滩的一些小混混盯上赌客的钱包。板砖一拍，闷棍一敲，抄起钱物、衣服、短裤，呼哨一声，就跑进了英法租界中的小胡同里。至于赌客是死是活，“裸奔”还是“裸走”，他们毫不介意，爱咋地咋地。

混混当道，法租界当局也不安分。赌场老板对当局上下、对捕房没的说，逢年过节大孝敬，隔三差五小意思。洋人暗中拿钱做婊子，却又想立牌坊，给法捕房下命令：要严厉抓赌。赌徒一律用绳子捆成“大闸蟹”，然后押到马路上去游街。

混混当道，租界生事，赌客顿时寒了心：赌瘾再大，能大得过命和脸？武功再高，也怕菜刀。板砖不是菜刀，自己却也没练过金钟罩。即使不死，被洋捕房的人牵着游街也不是光彩照人的事。

赌场冷清，老板挖空心思，捉混混、托关系忙得不亦乐乎。混混不是树桩，一看有人来捉，立马闪人，游击战玩得贼熟；洋捕房的捕快笑得灿烂，下手却更重，嘴里一脸无奈：“洋人发话，兄弟只有得罪！”

太阳当空，赌场老板们却是浑身寒意：家业再大，也伤不起啊。黄金荣更是憋得紧，带着巡捕在自家的赌场窜来窜去捉人，简直就是搬起石头砸自己的脚！

赌场无客，黄金荣心痛，杜月笙意识到自己的机会来了。只要赌客能够安稳地赌钱，黄老板肯定得高看自己一眼。

面对“剥猪猡”和“大闸蟹”，赌瘾再大的赌徒都不可能淡定。徒弟江肇铭一脸不信：“混混难抓，巡捕难防，难道还能在他们脖子上挂个铃铛？”

杜月笙手指一点，笑着说：“系铃铛我不会，解铃铛却很容易！”

解铃铛的办法有很多种，最好的办法当然是系铃人自己解。杜月笙将手一扬，叫过江肇铭：“你用我的帖子请顾爷顾嘉棠。”

顾嘉棠家住上海赵家桥，原来在哈同花园做花匠，人送外号“花园阿根”。阿根种得一手好花，打得一手好拳，曾经在十来个混混手中救过杜月笙。阿根一脸憨厚，却是张飞火暴性格，在混混中很有威信，杜月笙一直将他当作心腹朋友。

顾嘉棠来访，杜月笙和他开门见山，问他想不想有财大家一起赚。

出来混，不是求财，就是求个面子。顾嘉棠顿时来了兴趣：“想！昨晚都梦到抢银行数票子！”

抢银行未必，抢赌客那是一定。杜月笙明知顾嘉棠是那些抢赌客混混的头，也不点破，笑了笑，说：“银行不好抢，赌客的钱也不好赚。赌客不来赌场，赌场要关门，赌场外的也得喝西北风！”

鸡都没了，鸡蛋肯定也不会再有。不抢赌客，兄弟没法活；抢赌客，兄弟们还是得喝西北风。顾嘉棠挠了挠头，看了看身旁的几个弟兄，兄弟几个大眼瞪小眼，半点办法都没有。

杜月笙顿了顿，接着说：“兄弟在‘公兴记’当事，想和道上的弟兄一起发财！只要赌客平安无事，兄弟们可以在赌台抽红利一成！只是兄弟和道上的兄弟说不上话。”

红利一成，顾嘉棠等人眼睛顿时亮了起来，这个价码太可

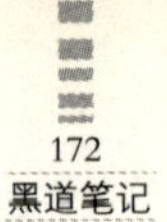

观了。顾嘉棠一拍胸脯，说道：“月笙哥，兄弟在道上还有几分薄面。听你的，以后谁再动赌客半个指头，兄弟我活剥他的皮！”

阿根一脸憨厚，心中却是一片明亮：“剥猪猡”挣的可是卖命钱，不是别人的命，就是自己的命。按红利抽成，价码可观，不用拎着脑袋过日子，又能送个顺水人情，这样的好事如果错过，那就是“十三点”。

杜月笙一击掌，笑道：“根哥果然是条好汉！”两虎相争，必有一伤，倒不如强强联手。舍小头，换大头，有些吃亏，但还是值。

话虽如此，杜月笙心里却没有多少底气。红利抽成的事情虽然不一定要黄老板点头，却得和另外两个赌台的金廷荪、顾掌生通气。他们要是不点头，这事就算砸了。

送走了顾嘉棠兄弟，杜月笙立刻去找大师兄金廷荪。金廷荪是黄金荣的第一门生，“八大门生”中他是第一个出道自立门户。金廷荪做事素来稳当，不喜欢冒风险，但只要他点头，这事就成了大半。

事情巧得很，顾掌生正和金廷荪商量赌徒的事，两个人都是一脸愁容。

杜月笙定了定神，将自己的计划讲了出来。

一听要抽红利，金廷荪的眉头顿时成了一个“川”字。老板钱多出名，一个铜板捏出水的名声那也是无人不知、无人不晓。

金廷荪不说话，顾掌生倒是直言直语："月笙，一成红利实在太多了。"

杜月笙一屁股瘫在椅子上，师兄这一关都过不了，更别提老板了。突然，他灵机一动："羊毛再多，只要剪的不是自己的毛，手肯定不会发抖。红利可以由赌台老板掏腰包！"

金廷荪望了望顾掌生，说："这只能先探探赌台老板的口气，掌生你看呢？"

顾掌生一脸轻松："只要他们给，我不反对。"

事不宜迟，杜月笙找到"公兴记"康老板，称只要抽一成利给道上的混混，赌场就能买平安赚大头。

不提成，赌场死！康老板一拍桌子：赌一把！先试一个星期！

开门见红，杜月笙连夜拉上金廷荪、顾掌生找两家赌场的老板谈判。黄老板的面子，不给那是不想在上海混，再说一个星期也亏不到哪里。

赌场同意，金廷荪却极是谨慎，再三叮嘱杜月笙和顾掌生："提成的事万不可传到老板耳朵里。一旦风声不对，马上收摊！"

报童的报纸被抢个精光，新闻不多，他们只是喊了一句话："公兴记"外碰上"剥猪猡"，赌场一赔十。

报纸在手，赌场却依然人气惨淡。钱财无忧，面子呢？大闸蟹好吃，被人捆成"大闸蟹"游街的滋味可不好受。面子这

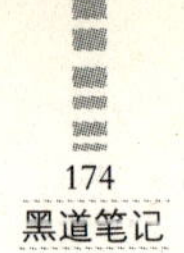

东西虽然不能吃，却是一定要的。

赌场康老板虽然不说话，却是一脸狐疑地看着杜月笙，写满了三个字：行不行？

杜月笙不慌，找到顾嘉棠。一番咬耳朵后，顾嘉棠兴冲冲地走了。

赌场人山人海，法租界巡捕房的巡捕将铐子一亮：聚众赌博，反了天！赌场内一片骚动，不是说没有“大闸蟹”游街这回事了吗？

杜月笙踱着方步走了过来，伸手就递了个红包，笑呵呵地说：“兄弟们辛苦，先找个地方喝杯茶！”

巡捕接过红包，手铐却不肯收回：“杜先生客气！只是洋人那边不好说话！”

杜月笙一笑，回头叫道：“交人，好说！”双手一拍，顾嘉棠带着几个人就走了过来，头一点：“杜先生，人来了！”

巡捕绳索一晃，将几个人捆成粽子，收队。

赌场内骰子的声音再起，顾嘉棠看着闲步走入内室的杜月笙，不由得暗赞：好一招狸猫换太子！叫花子晒太阳也是晒了，替人游街还能换口饭吃。赌客可以安心，巡捕也能交差。这棵大树得跟紧了。

夜幕刚刚降临，法租界便车水马龙，挤满了门前的大小马路。华界、英租界的赌客听说法租界的赌势好，纷纷转来法租界狂赌，“公兴记”由杜月笙执档，更是生意兴隆，行情日日跳高，喜得“公兴记”老板合不拢嘴来，只要逢人便夸：“杜先生有一套，有本事!”

三个台子夜夜宾客满座，金廷荪、顾掌生不由得对小兄弟杜月笙刮目相看。

林桂生因自己扶起了一个门生而心中暗暗自鸣得意，黄金荣更是拍着杜月笙的肩膀说：“干得好!”

赌场大好，杜月笙却也收获不小。乘着包赌台，他悄悄收罗了一批亡命徒，建立了自己的亲信班底。他们行动周密，动如猛虎，静如处子。

赌业得了手，杜月笙略放宽了心。他领悟了“大盗不操戈”的道理。做大生意不必亲自上街叫卖，捞大钱并不需本人动手。

小八股

赌场满座，黄金荣却心有不甘。赌场赚钱不假，但如果非要和烟土相比，只能一头撞死在电线杆上。

卖烟土，这玩意儿一般人玩不起。白道没人罩，黑道没有刀，死了都不知道怎么回事。在上海滩，控制烟土生意的只有一家，那就是以沈杏山为首的“大八股党”。

老虎吃人有时候还吐骨头，沈杏山连骨头渣都不吐。鸦片

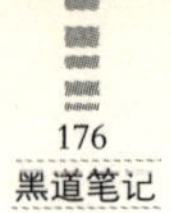

走私，“大八股党”做得滴水不漏。鸦片走私从波斯口岸运送到上海英租界，海上由轮船上的全副武装押解，岸上请军警开路。

烟土一箱箱地从码头搬往英租界，烟土是个好东西，可惜是别人的。黄金荣门下馋得牙痒痒，却不敢乱动。惹什么别惹大兵，黑道碰上兵，比秀才强不了多少。和枪杆子过不去，不是嫌命长，就是脑袋被门撞坏了。

财路被断，黄金荣沉默，桂生姐的笑声不再爽朗。杜月笙笑着走了进来，说：“老板，桂生姐。军警再多，抢些烟土却也不是什么难事!”

虎口夺食，黄金荣的头摇得如拨浪鼓，抢不到烟土也就算了，只怕连命都丢在那里。

桂生姐看了下杜月笙，笑着说：“月笙，你说来听听!”

杜月笙一躬身，说：“军警成群，是优势，也是破绽，人多未必上心；烟土一箱一箱从码头运往英租界的库房，少则几百吨，多则上千吨，军警却不是苦力。”

人多就有混乱，乱就有机会。黄金荣一向是浑水摸鱼的好手。

打仗亲兄弟，上阵父子兵。杜月笙是孤儿、独子，却有几个铁血兄弟。顾嘉棠，精通拳术，身强体壮，性格火暴，拼命三郎；叶焯山，快枪手，随手就能打中高空中要落未落的铜板；高宝鑫，机灵鬼，装神像神，装鬼像鬼，真假难辨；芮庆荣，铁匠世家出身，绰号“火老鸦”，曾经将发狂的牛掀翻在地。

杜月笙和他们出则同行，食则同席。虽说没有同床，却是将大把的钞票塞到他们手中，美女自己挑，别替兄弟我省钱。

黑夜，虎入山，鸟归林，“大八股党”首领英租界巡捕房探目沈杏山仍然站在吴淞口的码头。

波涛拍岸，风刀刮在脸上，沈杏山却是眼睛一眨不眨地盯着公海海面。海上武装押送，身边军警围绕，沈杏山不敢有丝毫大意：夜路走多了难免碰到鬼，到手的烟土才是自己的。

灯光，海上有灯光向这边晃来，三明三暗。

沈杏山心中大安，大拇指不停地拨动。手电亮了又灭，灭了又亮。岸上手电三明三亮，公海上的手电光笔直射向空中。

一路畅通，沈杏山急促有力地说：“放船!”

话音刚落，几艘小轮船、几十只小舢板从港口驶出，直逼公海。

公海上的手电光熄灭，沈杏山的嘴角不经意地浮出一丝笑意，烟土到自己人手中了。

小火轮上烟囱中闪出的火花离江岸越来越近，把后头舢板映得朦胧而又神秘。突然，从船队的左前方传来一声凄厉的呼叫：“救命呀，救命呀……”

敢在太岁头上动土，真是不想活了，沈杏山眼中寒光一闪。小舢板中虽然大部分是搬运烟土的苦力，却也有一只舢板中全是化了装的军警。

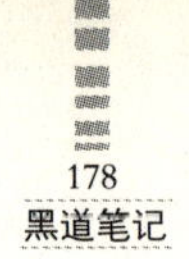

“火老鸦”芮庆荣一动不动浮在水面，双手扒在船舷上，口中不住地发出“哎呀”的呻吟声音。苦力虽不少，敢靠近的不是军警，就是沈杏山的人。

呻吟的人可能是伤者，也可能是病人，舢板上的便衣军警却是食指紧扣扳机，枪口齐刷刷地对着趴在船舷的人，齐声吆喝道：“不许动!”

芮庆荣双手往上一举，身子一沉，直入水中。芮庆荣打得一手好铁，水中闭气更能游上一里地。

人一转眼不见，舢板上的便衣军警顿时大惊，睁着眼睛四处张望。夜黑风高，被人灌一肚子水可不好玩。

“救命!”芮庆荣双手乱挥，不停地在空中乱抓。

“他娘的，吓老子一跳！淹死你狗日的!”舢板上的便衣军警一边收枪，嘴里骂骂咧咧。骂归骂，人还得救，烟土还得人搬。

舢板越来越近，一根枪管伸了过来。他娘的，你爹被水淹了也用枪管拖啊！芮庆荣心中暗骂，双手一扣船舷，一扳，吃奶的劲都使了出来。

船身一斜，便衣军警东倒西歪，喝醉了酒一般晃来晃去。“扑通、扑通”，水花四溅，几个军警跌入水中。他娘的，遭暗算了，军警们又惊又怒，还来不及多想，就觉身子一沉，脑袋一晕。

芮庆荣翻身上船，装满了烟土的麻袋浮在江面上。那只小

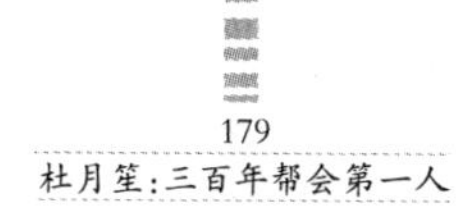

船上的几条黑影立即伸出挠钩，将麻袋一只只钩上小船。

十分钟，二十分钟，三十分钟，海面上没有半点动静，没有枪声，也没有灯光。凄厉的求救声不再有，派出的便衣军警毫无音讯。

出大事了！沈杏山手上青筋突起，手电一闪一亮，一艘小火轮箭一般地向求救声发出的地方全速驶去。

数十道手电光在海面上晃动，“喀、喀”，枪栓抖动，有的军警脑门上竟然渗出汗来。财色动人心，没有三两三，谁敢在“大八股”头上动土。

江面上静悄悄的，一艘船底朝天的舢板，几具一动不动的尸体。小火轮掉头就走，烟土都没有了，几具尸体又有什么用。

沈杏山使劲地跺脚，他娘的，常年打雁，却被雁啄了眼睛。雁是天上飞的，芮庆荣几个人不会飞，却知道军警要拿枪、道上的讲面子，搬运烟土这种苦力活当然得交给码头搬运工来做。

烟土到手，杜月笙却不敢大意。风声太紧，烟土太多，安全才是第一位的，潮州会馆就是他心中的不二选择。

潮州会馆房屋幽深，地点偏僻，会馆后排的房子更是寒气逼人。不到门口，身上已是鸡皮疙瘩纵横。房子里很拥挤，成排成行的棺材摆得到处都是，客死异乡、等候家属扶柩还乡下葬的潮州人士的尸体都摆在这里。这些人纵然生前爱烟土爱到死，却也不能起身抽上一口。至于活人，除了会馆管事的老李头，没事跑来看棺材的人还真不多。

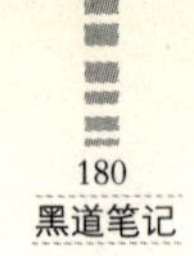

钞票，命，老李头不敢不要。钞票是杜月笙给的，命有自己的，也有一家人的。

烟土一箱一箱地塞进了空棺材中，沈杏山手上的青筋一根一根地暴起。一次失血已是过分，接二连三失血的人心情又怎么好得了？

杜月笙一开始抢土，只是想打破“大八股党”一统天下的局面。没想到，这一“抢”，就一发不可收拾。

没有女人，冷冷清清；有了女人，家犬不宁。有了烟土，烟土多了呢？

三金

棺材。

死人。

死人虽然不能说话，却没人能和他争棺材，烟土也不能。潮州会馆老李头再好说话，杜月笙再能，也不能用烟土将死人挤出会馆。

地方太窄，烟土太多，杜月笙有着幸福的烦恼，这货应该如何摆？

杜月笙烦恼，法租界内的几家烟土行却是喜出望外。“大八股党”一家独大，烟土价格向来是说一不二，霸气得紧。杜月笙手中有货，二虎相争，自家总能捞些好处。几家烟土行纷纷派出代表，希望杜月笙供应烟土。

有客自远方来，喜滋滋的杜月笙踱着方步走进“老正兴”茶楼，品香茶，摇头晃脑地闭着眼睛听小凤仙的《苏三起解》。

正听得入神，只听见“蹭蹭”的脚步声。阿铭做事不大气，杜月笙叹了口气，头不再摇，眼睛仍是微闭。

“师父，新任淞沪护军使何丰林与警察厅长徐国梁搭上了一班富商，集资1000万，合股组织‘聚丰贸易公司’，名义上是经营地产，实际上是贩卖鸦片。”江肇铭急促地说。

护军使贩卖烟土！杜月笙眼睛猛地睁开。官府公开插手烟土业，烟土行业可能要重新洗牌。洗牌是危机，也是机遇，如果能够搭上这次快车，这杯羹可就有得喝了。

杜月笙下茶楼，叫上黄包车就往黄公馆赶。事体重大，这事必须得桂生姐和老板点头。

一坐下，杜月笙就急急地说：“桂生姐，何督军新上任就瞄上烟土，以后烟土可能在上海放开抽，我们赶紧开一家吧！”

官府手里夺食，夺下来未必吞得下。桂生姐对杜月笙的要求一向是大力支持，这回却是思量了半天才说：“你师父好歹是总探长，和官府对着干影响不好吧！”

桂生姐有顾忌，杜月笙面色一难，大好的机会就此放过实在可惜。风险往往是和收获成正比的。在杜月笙看来，每一次

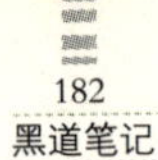

风险都蕴含着等量的成功种子。风险越大，回报则越高。

屋子里陷入死寂，杜月笙不说话，桂生姐不开腔。

老板也是人做的，少了他黄厨子，大家吃带毛的鸡不成。杜月笙心中恼怒，张口就说：“老板不能出面，这事我来做。”

桂生姐听出杜月笙心有怨气，心疼得紧，当即应道：“你办事，我放心！你说要多少本钱?”

杜月笙在黄包车上想了一路开公司的事，胸有成竹地回道：“办公司得买幢房子，有6万元就差不多了。”

6万元！林桂生一向是沉稳，却也禁不住惊叫一声，一脸怀疑地看着杜月笙，问：“何督军资本1000万，6万元能成事?”

“桂生姐放心!”杜月笙气定神闲，眼睛平稳地说，“我与潮州烟商素有来往，手里有不少干货。”

6万元再打水漂也就6万元！桂生姐大气，向来信奉用人不疑、疑人不用，更何况是杜月笙办事。桂生姐虽然好奇杜月笙有些底牌，却不追问，而是换了一个话题：“那你打算让哪些人入股呢?”

谈钱伤感情，却还得谈。杜月笙端起茶杯喝了茶，说：“人不宜多。你和老板各算一股，我与廷荪哥各算一股。”

杜月笙早就盘数得一清二楚：老板和桂生姐每人一股是少不了的，公司有什么事还得依仗他们。金廷荪精于盘算，熟悉行情，把黄公馆的财务打理得一清二楚，公司运营少不了一个

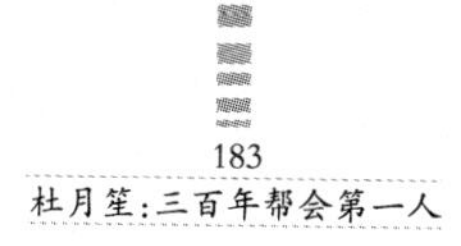

铁算盘。

桂生姐拍手叫好，当即取出一叠银票，说："月笙，这是我的15000元银票，你先拿着。"

走出黄公馆，杜月笙直奔混堂金廷荪家中。金廷荪是浙江宁波人，绰号"金阿三"，青帮"通"字辈，是杜月笙的爷叔辈。由于两人私交极好，杜月笙从不称他"爷叔"，而是喊他"金三哥"。

一见金廷荪，杜月笙便开门见山地说："金三哥，桂生姐打定主意由法租界工商局包下鸦片的运送销售与全部业务与税金。公司分四股，老板和桂生姐一人一股，你和我各一股。"

烟土公司参股等于搂着摇钱树数钱，更何况有黄金荣的招牌，一向沉稳的金廷荪眉头上扬，忙不迭地说："好！好！"

杜月笙看着有趣，却不点破，笑着说："老板不便出面，桂生姐的意思是就由我代理董事长负责全盘。你任总经理。"

"好说，好说。"桂生姐发话，杜月笙又亲如兄弟，金廷荪也不计较这些名分。

两个人在屋里唧唧喳喳了一阵，只花了两个钟头便制定出了公司的一切章程和开张事项。

杜月笙刚要告辞，金廷荪叫住他："等等，公司叫什么名字？桂生姐有说法没？"

公司名，杜月笙还真没有想过。杜月笙重新落座，两人商量公司名字。富贵，威猛，君来……名字一个个提出，一个个

杜月笙及门徒张啸林（左一）在杜家祠堂

地被否掉，金廷荪哈欠连天，地上的烟头一堆又一堆。

突然，杜月笙一拍桌子，大叫道："三鑫！公司就叫三鑫公司！"

"三鑫？"金廷荪被吓了一大跳，迷惑地问。

"一二三的三，三个金字的鑫。老板的名字中有个金，三哥你姓金。我月笙虽然不带金，可托你们的福，也算一个金吧。"杜月笙笑着解释。

"好名字！这公司办好了，发大财，每日金子滚进来，三三见九，九两、九十两、九百两！”金廷荪的话说完，两人哈哈大笑起来。

三鑫公司最初设在法租界维祥里，办公室与仓库连壤，弄堂门口装起大铁门，由安南巡捕日夜把守。从弄堂口到弄堂底，有三道铁栅栏，每过一道，都有便衣巡捕盘问。弄内五幢房子，第一幢设写字间、会客室、警卫宿舍，其余全作存放鸦片的仓库。

三鑫公司刚成立时，名头比英租界最有名气的潮州帮大土行要逊色得多。

但它的发展势头迅猛，大有后来居上之势。有了规模宏大的“三鑫”公司，法租界的烟土零售批发全部集中这里，场面极其火爆。

解铃

动，就死！

黄金荣不敢乱动，脑门上的枪管寒意逼人。老板在人手中，在舞台看场子的黄门弟子呆如木鸡。

卢筱嘉抡起椅子就砸了下去，口中怒喝：“死麻皮！叫你打老子，老子砸死你！”

椅碎，血花四溅！黄门弟子心中大急，刚要动作，腰间就是一麻，十几条大汉喝道："动，老子一枪打死你！"

"啪、啪"，卢筱嘉双手翻动，不停地扇黄金荣的耳光，不将你抽成猪头，难解我心头之恨。

卢筱嘉是浙江督军卢永祥的儿子，号称"民国四公子"，前些天却因为戏子露兰春被黄金荣打了个半死。

卢筱嘉到共舞台看了一次戏，一颗心全飞到了露兰春身上。戏台上下，送花约会，密集轰炸。黄金荣的名头他也知道，但不在乎，黑道再牛，还能牛过督军？

露兰春不理，不睬，不接花，黄金荣要是知道这事，还不剁了自己。

给脸不要脸，卢筱嘉怒了：一个戏子还摆谱，老子整得你跪下来求我。卢筱嘉带上两个马弁直奔共舞台。

锣鼓敲响，露兰春"出将"门，甩水袖，双脚翻踢，想将腰上的垂带踢上肩头。不知心慌，还是有事，居然连踢三下都没踢上去。

卢筱嘉本来就是来砸场子，一看露兰春出错，连连拍掌，喝倒彩："唷——！乖乖，好功夫！"

砸露兰春的场，黄金荣肺都气炸了，怒喝一声："给我打！"

看场子的打手平日无事都要生非，一看有人闹上门来，蜂拥而上，拳脚劈头盖脸落了下来。

一阵哭爹叫娘后，死狗一样的人被拖到黄金荣跟前。黄金荣刚要骂娘，却仿佛被人捏住了脖子，死狗居然是卢筱嘉。

黄金荣虽说霸道，但毕竟只是一方毛神，而那卢永祥则是权倾东南的督军，双方实力之差，无异于天上地下。

卢永祥是权倾东南的督军，动他的公子就是找死，当面赔礼就是认怂。黄金荣右手一扬，喝了一声："老子高兴，放你一马！再来，打断你的腿！"黄金荣不认他，事后找上门只说打错了。

卢筱嘉满身是血，老爹卢永祥肉疼得不行，急吼吼地给上海淞沪护军使何丰林发电报：打筱嘉，就是打我的脸，你看着办。

血债血还，脸面打丢了，那就打回来。何丰林叫过警卫连连长，一切行动听公子的。

黄金荣在老共舞台上被绑架！报童们的报纸被抢空一光，街头巷尾谈的都是这事。

桂生姐急得如热锅上的蚂蚁一样，迅速找来杜月笙、张啸林商议如何救人。黄金荣手下的徒弟、徒孙生怕失去靠山，却无计可施，四处托关系想办法，要把黄金荣救出来。

杜月笙不急。大树底下好乘凉，但大树也挡了自己的阳光。大树不倒，自己怎么上位。黄金荣被关得越久，跌得越惨，自己才有机会露头上位。

十天！十天对有些人就是一眨眼，对桂生姐却只有一刻：

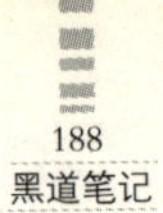

麻子被抓！心有牵挂，桂生姐一天三次找杜月笙谈话，只有一个要求：救人！

十天足够改变一切，人迟早会放出来。卢永祥迟迟不放人，固然有找回面子的意思，却也有索财的动机。

有需求，一切就好说，更何况是求财。黄金荣无德无才，黄金钞票却一向多得数不清。杜月笙大安。

到了何公馆外，杜月笙把装着金条的锦盒交给卫兵，请他进去通禀：三鑫公司董事长杜月笙求见。

何丰林不见。几根金条又如何，黑道老大又怎么样，老子想晾就晾、想捆就捆。

杜月笙等！等人就如泡茶。茶泡得久才见香，人等得久才见恭敬。桌上有茶，客厅有座。杜月笙不喝茶，不落座。

何丰林走进客厅。晾人是示威，但绝不是将人晾走把事搞砸。近些天自己已经晾走黄金荣好些重要的关系人，杜月笙差不多已经是他为数不多说得上话的人了。

杜月笙落座，端起茶盏，揭开盖子，轻轻地吹了吹飘在上面的茶叶末，喝了一口，盖好放下，慢悠悠地说："何将军，我想办一个公司，请将军入股。"

不是来求情？何丰林一愣。回过神来，却又是一喜。办公司赚大钱，自己做梦都想，只是一直找不到门路。

何丰林按捺住惊喜的心，端起茶啜了一口，不咸不淡地问："这话怎么说？兄弟不明白。"

杜月笙微微一笑，将茶杯放下，说："兄弟和两个朋友凑了1000万准备开个搞烟土的公司，一直想请您和卢督军参加公司的管理。"

瞄上老子的枪，何丰林心中明白，却是哈哈一笑："兄弟粗人一个，哪里懂什么管理！"

不见兔子不撒鹰，好一只狐狸！杜月笙心中暗骂，脸上却是笑呵呵："将军说笑了！将军号令一出，浙江谁敢不服。只要将军一句话，运烟土的船还不是畅通无阻。所得红利，五个人平分！"

重兵在手，镇守一方，看似威风，何丰林却有自己的苦：除了盘剥榨取一点客商的赋税，自己再无进账。当兵吃粮，手中没钱，怎么给人发饷。

送上来的发财门路不要白不要，何丰林嗓门一亮："副官，备酒菜！我要和杜先生喝几杯！"

何丰林摆酒，卢永祥却已回电，电报只有两个字：极好！

酒来，杜月笙连连敬酒。烟土赚钱，红眼的人却也不少，官府、混混、土匪都是无所不用其极。现在军警一体保护，眼睛再红，在枪杆子面前也红不起来。

无功不受禄，天下没有白吃的馅饼，何丰林心中明亮；五个股东，其中一人定是黄金荣。

打也打了，关也关了，又成了公司同人，再关就不够意思了。何丰林叫过副官，吩咐道："请黄金荣黄老板过来喝酒！"

旧上海青帮大头目杜月笙

副官答应一声，转身就往门外走。

杜月笙手一摆，阻止道："别忙，别忙，还有一件事呢。"

"什么？"何丰林却不明白。杜月笙难道不愿意黄金荣放出来？

杜月笙微微一笑："何军使，黄老板也算地方上的一个人物，对不对？"

"是啊，当然。黄老板威名赫赫，雄霸法租界，也算这地方的头号人物了。"

"何军使说的是。当日威风凛凛的黄老板被押到龙华关了五六天，最后就这样悄无声息地放了出来，不是要把面子丢光了吗？"

何丰林连连点头，暗暗佩服杜月笙想得周到。杜月笙提出两条：一是在龙华寺请一次客，庆祝"聚丰"公司成立，也是何、黄两家认干亲的家宴。当然，何老太太一定要出席；二是

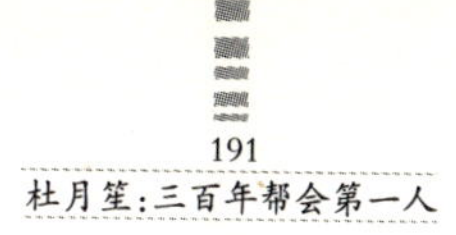

卢永祥呈请北洋军阀政府陆军部颁一枚奖章给黄金荣，并聘黄金荣为护军使衙门督察。

这两件不费吹灰之力的小事，何丰林自然一一答应照办。在军阀看来事情虽小，但却给大亨黄金荣争回了面子，补偿了黄金荣手下大小流氓的心理损失。

黄金荣经过这次的打击，彻底地成为了“跌霸”，从此一蹶不振。法租界众多流氓这才知道天外有天，黄老板并非法力无边，也有“吃瘪”的时候。

就像新一轮的洗牌一样，这些有权力地位的人在不知不觉之间，开始重排了新的座次：第一位，杜月笙；第二位，黄金荣；第三位，张啸林。

新贵

国民革命军大举北伐，一路势如破竹。

1927 年 3 月 21 日，上海工人在中国共产党的领导下，举行第三次武装起义，解放了租界以外的上海市区。

共产党掌权上海，黑道只怕不好混。据说共产党共产共妻，自己这些家当只怕也要分个精光。杜月笙等人惴惴不安，却是

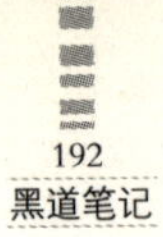

拿不出半点主意，80万工人，3000名工人纠察队，谁惹得起？

北伐军到达上海，杨虎、陈群两位北伐军高层人物下马就直奔黄金荣家。两人直言直语，希望帮会力量在上海搅局，帮助自己一举除掉以80万工人为后盾的3000名工人纠察队、捣毁共产党领导的上海总工会。

共产党一倒，共产自然成了空话。帮蒋介石这样一个大忙，以后少不得有一份功劳。杜月笙一拍胸脯："出钱出人出力，杜月笙绝不敢后人一步！"

杨虎、陈群对杜月笙的态度非常满意，他们评价杜月笙为："时刻不忘奋发向上，谦冲自抑，且时值年富力强，正可以为党国效力"。

于是，国民党中枢秘密决定重用杜月笙，华格臬路杜公馆变为"四·一二"反革命政变的谋划中心。

"小八股党"重聚杜公馆，开始外出招兵买马，搜罗流氓打手，操练队伍，购置军火，开始了紧锣密鼓地准备工作。

为了名正言顺，方便联络、纠集更多徒众，杨虎、陈群与"三大亨"商量后，决定给这支流氓武装取一个对外公开的名字：中华共进会。

"中华共进会"一经成立，立即化暗为明，大造声势。由于"共进会"的宣传极富欺骗性，租界一些不明真相的有影响的人士，以及普通民众难免被蒙蔽，被拉进"共进会"。不多时日，"共进会"徒众便增到16000余人。

80 万工人，3000 名工人纠察队，区区“共进会”即使是搅局，只怕都占不到多少便宜。杨虎、陈群与“三大亨”一商量，此事只能智取，先乱了共产党的阵脚，才能乘机下手。

杜月笙请上海工会主席汪寿华到杜公馆赴宴，商谈事体。汪寿华领导上海工人大罢工、组织工人纠察队发动武装起义，不仅在工人中极有威信，在上海滩也是风头极健。

汪寿华对杜月笙、黄金荣、张啸林几位大佬组建“中华共进会”早就有所耳闻，但还是欣然应允赴宴。革命形势一片大好，工人武装已经实质上控制了整个上海滩。杜月笙就算有三头六臂，也不敢拿自己怎样。何况此人向来为人仗义，暗中下黑手不可能。

杜月笙坐在大厅太师椅上，脸如平镜，心却如潮涌动。汪寿华能拢住上海 80 万工人，此人着实不简单。杀了他，万一共产党得势，这笔血债肯定得算在自己头上；倘若不杀汪寿华，杨虎、陈群、王柏龄绝不同意，蒋介石更不会错失良机。

汽车马达声从大门外传来，汪寿华到了。

走中门，入客厅，灯光耀眼，屋里屋外四下里却无人。

客人已到，主人却不出迎，汪寿华顿时感到不妙，回头就往门口退去。

客厅门檐前，不知什么时候，张啸林出现在明亮的顶灯下。只见他两腿叉开，双手抱在胸前，一对豹子眼放着凶光。上海滩有名的煞星马祥生和谢葆生一左一右站立两旁，怒目圆睁。

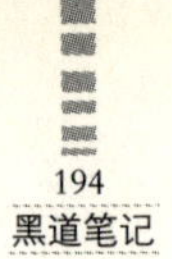

寒意逼人，汪寿华心中一紧，今天吃的只怕是鸿门宴。双腿向地上一跺，汪寿华窜出三四米远，箭一般地向来路逃去。张啸林打个呼哨，三人并不追赶。

中门，过了中门就是一道外墙。上墙，汪寿华向来不陌生。这些年被人追杀惯了，自己早就翻墙翻熟了。

“砰”的一声，汪寿华只觉自己撞在一堵墙上，连退几步，这才稳住身形。身前身后已然多了四个人。

顾嘉棠、芮庆荣、叶焯山、高鑫宝四人将汪寿华团团围住，抓胳臂，捞腿，捂住嘴，向大门外拖去……

四人将汪寿华塞进车后座。黑夜飞车，直驶枫林桥。坐在后排的芮庆荣卡住汪寿华的脖子，死命地掐。

车到沪西，在事先看好的一片树林里，四人为汪寿华挖掘坟墓，将汪寿华埋葬。

4月12日凌晨2时30分，按照预定计划，16000名“共进会”打手从南北两面进攻上海总工会和工人纠察队。

北面兵分三路：第一路负责攻打设在商务印书馆的工人纠察队总指挥处；第二路攻打商务印书馆对面驻有100多名工人纠察队员的商务印刷厂；第三路进攻闸北湖州会馆里的上海总工会会所。南面进攻工人纠察队的另一处聚集点——南市华商电车公司。

四路人马全部出发后，杜月笙、黄金荣、张啸林、金廷荪等“共进会”头脑移驾法租界西门路紫祥里，在“共进会”总

部宽敞的写字间里遥控指挥。

攻打南市华商电车公司的“共进会”打手人多势众，又是偷袭，以为胜券在握，呼啦啦地叫嚣着向大门冲去。

“哒哒哒”，冲锋的人群顿时摔倒一大片。纠察队有机枪，后进的“共进会”打手见势不妙，就地隐蔽，一边打电话向总部求援。

杜月笙从驻扎在南市的二十六军第一团借了4挺马克沁机关枪和12箱子弹，派人送到南市华商电车公司。

在马克沁机枪火力的掩护下，“共进会”打手冲进电车公司……

其他三路“共进会”人马，与第四路人马一样，也都遇到工人纠察队的顽强抵抗。

顾嘉棠等“四大金刚”率领近万流氓打手将商务印书馆四层楼大厦围得水泄不通。强攻、四面夹击、放火烟熏，大楼外的平地上横躺着数百具尸体，白色的大楼此时已是四面黑墙，顾嘉棠等“四大金刚”却依然只能远远地站在商务印书馆外。

废物！近万人攻不下千多人把守的商务印书馆。杜月笙借来20门小钢炮，从东、西、南、北四个方位同时对大楼开炮。

“轰隆轰隆”的轰炸声响成一片，顿时山摇地动，硝烟弥漫。

“共进会”流氓武装大举进攻工人纠察队，淞沪警备总司令白崇禧却贴出布告，称枪战是“工人内讧”，双方肇事工友武

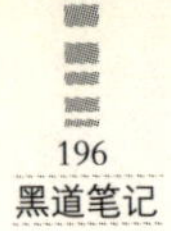

装必须解除，以免再起斗争，影响地方秩序。

“共进会”缴枪，工人纠察队为了自身清白，肯定缴枪。只要他们枪一缴，蒋介石想怎么捏他们就怎么捏。杜月笙下令将“共进会”所有枪械弹药送到二十六军。

枪械弹药到手，二十六军军长周凤岐却是大放厥词，称“工人及莠民暨类似军人持械互斗”。

莠民？火暴脾气的张啸林当时就跺脚大骂：“操你大爷！没有老子出钱买枪、出力和工人纠察队干，你们能稳稳当当地缴了他们的枪！一群过河拆桥的家伙！”

张啸林一开始就不同意白白替蒋介石充当打手，杜月笙好说歹说一番，这才同意动用烟赌生意的款项买枪，出人卖命。

莠民一当，杜月笙的心凉了半截：政治这玩意儿真不是草民玩的东西。用你，口涂蜜；弃你，如放屁。

几天后，杨虎由北伐军总司令部特务处处长晋升为上海警备司令。警备司令部以清党工作为中心，杨虎、陈群分别担任了“上海清党委员会”正副主任，掌控上海滩的生杀予夺大权。

不久，蒋介石任命黄金荣、杜月笙、张啸林为“军事委员会少将参议”“行政院参议”“海陆空军总司令部顾问”。

“大亨”摇身一变成为“党国要人”，张啸林的一天一骂戛然而止，杜月笙也是激动万分。他特地定做一套少将军服，穿上军服拍照留念，然后将照片挂在墙上。

相在墙上，好事却在后头。陈群打电话给杜月笙，司令要

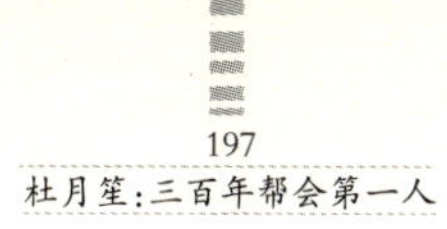

见你。

杜月笙受宠若惊，声音都变了："我们三人什么时候动身？"

陈群哈哈大笑："你当这是赶庙会呢？总司令只见你一个人！"

三人办事，自己独得殊荣，只怕黄、张两人那里得有个交代。杜月笙打电话将此事告诉黄老板与张啸林。黄老板已经退休，倒是话不多，懒得争这个风头。张啸林接到电话后，蹦出一句酸溜溜的话："好么月笙，你自家攀高枝去吧，权当老弟兄给你垫底了！"

醋坛子碎了，好菜还得吃。杜月笙打点行装，带着司机、保镖、总管万墨林等随从，喜滋滋地登上了开往南京的火车。

还魂

50万，少一个子都不成！

法国驻沪代理总领事甘格林脸上微笑，心中却是一番恶毒：敢怠慢我！老子伤你个血本无归。

孝敬费就50万！老子三兄弟开烟设赌一个月才赚30万，勉强糊住兄弟们的嘴。你倒敢狮子大开口！张啸林扯过一旁的

茶桌，掀了个底朝天。

气喘如牛，张啸林伸手又揪墙上的画，杜月笙一把扯住他："啸林哥，世上没有后悔的药，急也没用。"

张啸林一屁股坐在椅子上，一肚子苦水说不出，早知如此，绝不敢得罪这个煞星。

法国驻沪总领事就是法租界的皇帝。想在法租界开烟设赌，没有总领事的同意，开十家，警察能关闭你十家。

黄金荣、杜月笙、张啸林虽然在上海滩号称"三大亨"，对前任总领事却是月月孝敬、年年纳供。前任总领事范尔迪每个月要从"三大亨"这里收30万元的"私人津贴"，这30万分为明里和暗里两笔。明里一笔是12万，总领事馆、公董局巡捕房等所有法国人都有份。暗里一笔是18万，完全归范尔迪一人所有，但他私下对杜月笙说过，这笔巨款并非他一人独吞，他在法国的上司需要打点或分润。

范尔迪向法国外交部请病假，回法国巴黎检查治疗，领事一职由甘格林代理。

50万不是小数目，而是让人肉疼。临时工一个，凭什么分他一份？不给他，他敢咬我不成？张啸林找到杜月笙，要省掉每月暗里送给总领事的18万。

杜月笙为人谨慎，不赞成这样做。

张啸林不依不饶，拉着杜月笙一道去见黄金荣。黄金荣一向爱钱如命，恨不得一个铜板分成两半花，张啸林认为这样的

好事不用想黄金荣都赞成。

“不能省!”黄金荣一开口就让张啸林大吃一惊。黄金荣爱钱，却知道有些钱打掉牙齿和血都不能省。法国人吃习惯了，突然断了他的奶，保不定会给自己下绊子。

“为啥？两个月就36万，这不是个小数字!”张啸林急了眼。三鑫公司自己有份，自家开的“远东第一大赌窟”也是上海滩有名的大赌场。如今给法国人的分润，很大一笔都是自家掏的钱。

“省了这笔铜钿自然是好事，就怕摆不平。”黄金荣一脸忧容。有钱能省是好事，但这钱还真不敢。

“有啥摆不平的？代理总领事是临时的，不省白不省。你们要交，就交。反正，我不交。”

钱在张啸林手中，他态度坚决，黄老板与杜月笙也只好随他。

代理总领事甘格林等着数钱。没来中国之前，他就探听到总领事好处多多，“个人津贴”更是油水十足。可轮到自己，没有红包，没有津贴，什么都没有。代理总领事就敢欺负，甘格林气得五孔生烟，却还真不敢有所动作。还没转正就敢伸手捞钱，只怕引起不好影响。

一月18万，两月36万，白花花的袁大头，张啸林怎么看怎么舒坦。范尔迪不回中国才好，让甘格林多代理些日子。

范尔迪已经不能回中国，他病死在法国。法国政府命令甘格林从代理总领事转为正式驻沪总领事。

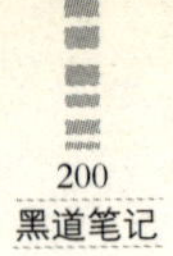

杜月笙连连叫苦："这下让啸林哥坑了。"

甘格林大张旗鼓地贴出布告：租界全面禁烟禁赌。敢不把代理总领事当干部，今天就叫你尝尝我的霹雳手段。

巡捕房的中西巡捕倾巢出动，浩浩荡荡开进了"181号"大赌台。不仅"181号"被迫关门，法租界大小赌场、燕子窝、烟膏行、花烟间全部关门，往日熙熙攘攘的市面一下子变得消停下来。甘格林的整治手段开数十年未有之先例。

霹雳一声，租界天下大变。张啸林惊得目瞪口呆，肠子都悔青了。

总领事不比常人，做了就做了。50万袁大头万万交不得，"三大亨"总不能倒贴做生意。烟馆停业，赌场停业，"三大亨"的生意就此停摆。

关系托了，好话讲了，杜月笙再无他法，只好听天由命。

1932年元月7日，吴铁城宣誓就任上海市长兼淞沪警备司令。吴铁城与杜月笙私谊甚笃，当他得知甘格林狮子大开口的事后，便告知杜月笙，国民政府全面禁毒，名曰"寓禁于征"，实际是把征收鸦片特税作为重要财源。

征收鸦片特税作为重要财源，不卖烟土哪来的税？杜月笙一点就破，笑着说："小弟愿意为政府分忧，把土行烟馆统统搬到华界，增加政府财政收入。"

再想赚钱，政府总不能明目张胆地鼓励大家开卖烟土。吴铁城等着这句话，当即拍板："好！"

杜月笙有一层意思没有说出来，那就是出口恶气，给甘格林一个下马威。

张啸林一意孤行，不一定说得过他。前事不远，杜月笙和黄老板决定先不将此事告诉张啸林，以免节外生枝。

洋钿照样赚，原先奉献给洋人的“红包”“俸禄”变成了政府的法定税目。烟土商们纷纷迁往华界。华界房地价格便宜，他们大事装修，有的爽性制作当时颇为稀罕的霓虹灯来装点门面。一时间，南市闸北热闹起来了，里弄之中遍布“凌烟阁”、“福寿宫”等各种招牌，白天晚上人来人往，熙熙攘攘。几天工夫，法租界满世界的土行烟馆一廓而空。

甘格林稳坐钓鱼台，以为“三大亨”离了法租界只有死路一条，专等着杜月笙上门负荆请罪。可是越等越没动静，派出手下到大街上一巡查，昔日的烟土店铺空荡荡一片，连个人影都没有。一打听，都说是杜月笙让他们搬到华界了。

烟土生意一向是法国人分润最大的生意。这个生意一走，赌台一档就算全部开禁，能有多大油水？何况烟赌不分家，鸦片烟一走，人气全无。

甘格林肠子都悔青了，不但自家的财香白白溜掉，连手底下人的额外收入也都泡了汤。法租界官家的收入本来就有限，如今这笔额外的进项化了泡影，领事馆、巡捕房里没有一个人不在埋怨甘格林，成事不足，败事有余！

恒社

门下三千客，闲话金一千。

杜月笙此时地位已是非同寻常，“闲话一句”已成为他的金字招牌，如同季布一诺，胜于黄金百斤。上海滩的各种社会活动，均离不开杜月笙的纵横捭阖。

1931年“九一八”事变爆发，杜月笙迅速联络虞洽卿、王晓籁等人组织“上海市抗日救国会”，一面指挥弟子门人展开抵制日货的斗争，一面组织“东北难民赈济游艺会”，为救济东北难民募捐。

1932年“一二八”事变发生后，杜月笙联合上海各界领袖，利用“抗日救国会”的原有班底，迅速成立了“上海市抗敌后援会”，为淞沪之战前线的十九路军募捐。

战事结束后，杜月笙又担任了上海临时参议会议长、上海市地方协会会长等职。杜月笙的地位更加显赫，俨然成为上海地方社会领袖。

师门显要，资源大把，杜月笙的学生陆京士提出创办社团组织弘扬师门、互通有无的设想。社团将杜门弟子纳入其中，办事业交朋友，声应气求，谊交金兰。在这个组织的所在地设立会员高级俱乐部，在此大家都可以聚在一起，交流感情。

陆京士是江苏太仓人。“四·一二”清党后，投入杜门，是杜门新锐力量智囊团人物。

杜月笙晓得帮会的形式早已不适合今朝的需要，并且多年前就改变了青帮“开香堂”收徒的一套传统方式。要想招揽各路“英雄”，社团形式不失为一个好办法。

杜月笙将智囊团中的文角色全部请到，商议这个组织的细则，并给这个组织取名为“恒社”。

恒，是取义《周易》上的“天行健，君子以自强不息，如月之恒，如日之升”之意，暗合杜月笙名字中的“月”字，含有以其为中心，以其为立身处世最高“典范”的意思。英文为“Constant Club”，可译为“永久俱乐部”，亦包含“恒”的意思。

恒社社徽为一圆形图案，图案中间是一鼎铜钟，钟的外壁正中为一轮新月。钟表示发声之源，与“笙”同音，加上月牙，即为“月笙”，周围再以 19 颗星组成花边，形成“众星拱月”之势。“19”代表恒社 19 位理事，“众星拱月”代表了恒社弟子与杜月笙的关系。

1932 年 11 月 22 日，由杜月笙指定的 19 名恒社发起人在西爱威斯路举行了恒社筹备会议。这 19 名发起人即为第一届理事会理事，其中有工运巨子陆京士、朱学范，上海吴淞商团团长、商会负责人唐承宗，汇丰银行买办徐懋棠，上海新闻界知名人士唐世昌，社会局的王先青、许也夫、张秉辉，名律师鄂

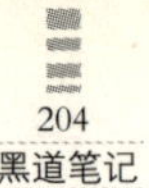

森，招商局船务科长洪雁宾，四明银行经理张颂椒，等等。

由于这些新锐人物个个身份显赫，以至于杜月笙的开山门弟子江肇铭，在杜月笙的特别关照下才得以加入恒社。

恒社最早的130名社员身份地位也非同一般，有来自国民党上海市党部的任职者，如陈君毅、汪曼云等；有来自国民党上海市社会局的任职者，如张秉辉、许也夫、王刚等；更有邮务公会的任职者，渔市场的任职者，法商电车公司任职者，交通业任职者，以及来自新闻界、电影界、京剧界的人士。此外，还有些不便身份公开的人物，如国民政府立法委员简贯三，以及孔祥熙公馆中的一些人。

各行人才尽出，恒社社员在军界的却极少。军界有人，横着走都行，杜月笙看着眼馋，却是不敢伸手。蒋介石最忌讳别人插手军界，只怕手还没伸出，就已被剁了下来。后来戴笠出于工作之便，命王兆槐拜在杜月笙门下，这也是恒社中唯一的一名将军级军官。

1933年2月25日，恒社在法租界爱多亚路息庐正式成立。与以往帮会及其他社会团体不同的是，恒社是经过国民党社会部批准，在法租界注册登记的公开团体。

130名社员全部到场，恒社名誉理事长杜月笙亲临“指导”。

息庐内，胳膊粗的红烛烛光晃动，浸香弥漫。杜月笙坐在前方正中的檀木椅子上，静待入会的弟子晋见行礼。

新入会的弟子手持大红门生帖，门生帖写明自家的祖宗三代，愿拜门下、听从教诲等语，以及介绍人和本人姓名。

仪式开始后，新弟子一起侍立在下边。司仪将他们的红帖子递上去后，便按顺序点名，点名后集体向杜月笙鞠躬，最后杜月笙训话。

新会员所交贽敬礼金全部作为专项基金存起来，利息作为恒社的日常开销。恒社会员如有遭遇不测需要经济援助的，可以从该项基金中支付。所有恒社社员均可得到杜月笙的庇护，得到同门弟兄的协助。

恒社以“理事会”为领导机构，下设 3 科 18 组，计有总务、秘书、庶务、设计、娱乐、京剧、宴会、经济、旅行、交际、教育、法律、卫生、摄影、职业介绍等。

作为一个上流社会人物的组织，恒社的大门并不向杜月笙的所有弟子敞开，而是仅限于社会精英。恒社社员的审查手续相当严格，陆京士为此定了一个“重质不重量”的标准。具体有四条：

一、文科须科长级以上；

二、武职限少校级以上；

三、工商界须主任级以上；

四、年龄至少满 30 岁。

条件已是苛刻，最后是否吸纳还要看杜月笙的眼缘。要求入会而落选的人，可以加入杜月笙的弟子所领导的组织，如毅

社、靖社、励社等，从而在各界收罗了大批可以加以利用的人物。

恒社的活动有春秋两季社员大会，此外还有彩排聚餐、每年7月15为杜月笙祝寿等。凡有此类活动，以及逢年过节，恒社都要大设赌局，抽头所得，充作恒社日常开销。

杜月笙一般不去恒社，恒社日常领导由陆京士负责，日常事务由万墨林处理。

到抗战前夕，恒社弟子已发展到800多人。他们都是各方能人，有身家事业，其中便有数十位大公司、大银行、大工厂、大商店的厂长、总经理、买办或董事长，他们都是经常出入杜公馆的红人。

这些工商界新锐人物的庞大事业构成杜门的卫星组织，使杜月笙的能量越发势不可当。

铁血

好个老贼！竟然防得密不透风。

军统局长戴笠不停地搓着手，看着近前的傅筱庵公馆。傅筱庵的公馆地处日本控制区虹口，戒备森严，五步一岗，十步一哨，进门搜身，出门查证。陌生人才靠近就被刺刀逼了回来，

想进入公馆更是不易。

半路袭击，军统不仅想，更是用过多回，只是傅筱庵这只老狐狸实在太精。每次出公馆，几辆车全是清一色的轿车，黑色玻璃将车内拦得严严实实。暗杀讲得就是一击必中，傅筱庵都不知道在哪辆车上，又怎么能下手?

傅筱庵当过中国通商银行总经理、上海市商会会长，后来被宋子文、孔祥熙撵出中国通商银行。大权旁落，野心不死。日军占领上海后，将华界改为“大道市”。日本支那派遣军总司令松井听说傅筱庵是盛宣怀的心腹总管，又当过中国通商银行总经理、上海市商会会长，当即邀请他出任“大道市”的首任市长。

傅筱庵上台后，一方面给蒋介石争取上海金融工商界人士带来麻烦，一方面帮助汪伪破坏军统的地下组织。蒋介石命戴笠行刺汪精卫，傅筱庵也从中作梗。蒋介石大为光火，立刻命令戴笠不惜一切代价干掉傅筱庵。

傅筱庵就如一只刺猬，让人无从下手。戴笠在屋内踱来踱去。良久，想起一个人：杜月笙。

杜月笙此时已被任命为国民党“上海统一委员会”主任委员、负责协调帮助重庆各派系在上海开展工作。如果说杜月笙的能量是座冰山，纵然看不出全貌，戴笠却已看出一角。

戴笠在上海有一个专门从事暗杀锄奸活动的“行动小组”，组长便是杜月笙的得意门生陈默。

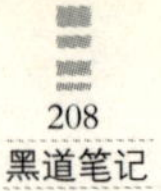

陈默名字中虽有一个“默”字，做出的事绝对可以算是震惊一方、响彻人耳。

1937年12月30日，准备加入汉奸组织伪“上海市民协会”的绅商陆伯鸿在吕班路寓所外被一名“水果小贩”一棍打死。

1938年1月14日，上海有名的“强盗律师”范罡就任上海两特区法院院长才一天，就在威海卫路自家门口被一颗“飞来”子弹击毙。

陆伯鸿、范罡尸骨未寒，伪“上海市民协会”负责人尤菊荪，“委员”杨福源，“上海市政督办公署秘书长”任保安，“市民协会主席”顾馨一，日本伪绥靖第三区特派员中本达雄等人也纷纷遇刺身亡。文化汉奸余大雄死得更是离奇。日军宪兵门外严密看守，余大雄却已死在虹口新亚酒店的浴缸里。

从1937年末到1939年末，陈默的行动小组已经除掉大汉奸及日本人62名，炸仓库烧栈房，焚烧了日军多艘舰艇和20多艘军用小艇。

徒弟已是如此，师父更是深不可测。凭杜月笙在上海的力量，傅筱庵想不死都难。更妙的是，傅筱庵绝对想杜月笙死。宋子文、孔祥熙逼傅筱庵退出中国通商银行时，杜月笙很是落井下石了一把，他和张啸林在外边大肆宣传中国通商银行即将倒闭的消息，搞得存户纷纷提款。戴笠请杜月笙出面，做掉傅筱庵。

军统都无从下手，这刺猬可不是一般的扎手。扎手，也得接，傅筱庵这个冤家不死，纵然自己人在中国香港，门下却有大批弟子还得在上海生活。

刺猬有刺，身体却是软的。杜月笙命令万墨林等人避过防守，从内部着手，策反傅筱庵身边的人。

傅筱庵身边的人不是保镖，就是亲信，保镖亲信谁会要傅筱庵的命？万墨林将能够接近傅筱庵的人的资料看了又看，目光闪动。

朱升源，自幼父母双亡。在日本人的工厂里做过童工，受尽日本老板的欺负。服侍过傅筱庵的父亲，手脚勤快，很得傅筱庵的父亲信任。傅筱庵的父亲死后，一直随侍傅筱庵，至今已 30 多年。傅筱庵整天担心被军统暗杀，疑神疑鬼，连老婆都不敢相信，唯独信任朱升源。

贴身心腹，下手成功的胜算很大；仇视日本人，用民族大义可以感化。杜月笙仍然不放心，唤过和朱升源一村之隔的保镖张小虎，递给他两万大洋支票，吩咐道："你拿两万大洋支票送与朱升源，以民族大义打动他！"

青衣迷人眼，财帛动人心。虽无青衣财帛，朱升源已是心如沸水。好端端的中国人不做，偏要做什么"大道市长"，既遭人暗算，又丢了祖宗脸面。犯错可怕，可怕的是一条道走到黑，不听劝告。

心如沸水，菜还是要吃的。朱升源提着菜筐，在街上走来走去。张小虎早就守了多时，一拍他的肩膀："叔，你买

菜啊?"

小虎！朱升源心中一喜，将朱小虎扯到无人处，问长问短。

张小虎眼泪"唰"地流了下来，恶狠狠地说："狗日的鬼子，把我们村都祸害了!"

朱升源一脚踹在墙上，骂道："小鬼子，我操你祖宗十八代!"

张小虎一把掩住他的嘴，说道："小心！别让汉奸听到!"

朱升源推开他的手，说道："怕什么？老子还想剁了他们!"

张小虎嘴巴一努，说道："还剁了他们！你精心伺候傅筱庵都来不及!"

朱升源满脸通红，当时就木立在那里。傅筱庵确实是有名的大汉奸。

张小虎不再损他，笑着说："听说上海的杜先生悬赏两万大洋要傅筱庵的人头，也不知道哪个人有此等福气?"

两万大洋！杜月笙的悬赏！朱升源瞳孔放大：汉奸走狗人人得杀。傅筱庵迟早得死，倒不如便宜自己。

1940 年 10 月 9 日晚，傅筱庵大醉而归，进屋便一头倒在床上，呼呼睡去。

朱升源扯过毛巾，端着热水，刚到门口，一股薰人的酒味就钻入鼻孔。轻轻叫唤，傅筱庵却并不应声，鼾声倒是如雷。

此时不动手，更待何时。朱升源转身进了厨身，将一柄菜刀贴在水盆下，轻手轻脚地到了傅筱庵床前。

傅筱庵仰面朝天，不省人事。朱升源抡起菜刀，照着傅筱庵的脖子便猛砍了下去。

血溅了朱升源一脸，朱升源顾不得去擦，抄起人头就塞进菜篮，然后把门轻轻带上。

太阳初升，朱升源就已来到傅公馆门口。门卫一躬身，笑问道："朱爷，您这么早就去买菜了？"老头子虽然是个家人，却是市长大人的心腹。

万墨林一见人头，立即喜滋滋地给杜月笙打电话。军统局沪一区安排朱升源经浙江金华逃往重庆。朱升源到重庆后，戴笠发给他 5 万元奖金。朱升源用这笔钱在重庆张家花园开了一家小型手工卷烟厂，从此以此为生。

亲日分子接连遇刺，汉奸后背发凉。汪精卫对杜月笙恨之入骨，多次派人潜往香港行刺杜月笙，均未得逞，一气之下，汪精卫派人将万墨林、吴开先、蒋伯诚、吴绍澍、王先青等抓捕下狱。

重庆驻上海头脑被汪伪一网打尽，幸好徐彩丞不曾受到牵连。杜月笙在重庆急得如热锅上的蚂蚁，自己却又不能到上海活动，于是把救人的重担放到了徐采丞的肩上。

徐彩丞也不负重托，倾力奔走，自普通狱卒看守到承审人员，以致日方军政要人，大把大把的洋钿往里掼，杜月笙因此耗资在 100 万元以上。

师生斗

1945年8月抗战胜利后，杜月笙奉命率先凯旋，准备接收上海。抗战8年，蒋介石对他的青睐与倚重，使他有理由认为，上海市长一职将非他莫属。

一路上，杜月笙兴高采烈，做着升官梦，想着车到上海后的盛大欢迎场面。

与此同时，在上海，杜月笙的门人弟子也都奔走相告，准备在车站搭彩楼，组织数万市民沿途夹道欢迎杜月笙凯旋。上海市商会、同业公会等百余家单位也在爱多亚路浦东同乡会大楼设筹备处，准备举行盛大欢迎仪式，“欢迎杜先生荣归故里”。

不料，杜月笙尚在途中，蒋介石即在报上公开发表公告：任命钱大钧为上海市长，吴绍澍为副市长兼社会局长，宣铁吾为警察局长。

得知这个消息，杜月笙心中一阵沮丧。跟着蒋介石鞍前马后8年，竟然捞不到一官半职！

专车抵达梅陇镇后，忽然停车了，两名恒社弟子上车，对杜月笙一阵耳语，原来，有人在他原定下车的上海北站周围贴出了不少传单和大字标语，上面赫然写着：“打倒恶势力!”“打倒杜月笙!”

同时有人下令取消对他的欢迎仪式。而这个幕后指使人竟然是杜月笙的得意弟子，刚刚荣任上海市副市长的吴绍澍!

杜月笙听罢，肺都气炸了。为避免尴尬，只好按照恒社弟子的安排，改为西站下车。

为了躲过吴绍澍等人的暗算，杜月笙没有回华格臬路杜公馆，也没有去蒲石路十八层楼姚玉兰夫人的住所，而是去了爱文义路顾嘉棠的家中。

杜月笙带领随从人员在顾嘉棠的家里住下后，便开始研究吴绍澍此举究竟居心何在?因为在杜月笙看来，吴绍澍身居要职，是杜月笙的光彩，杜门力量他尽可以拿去用，完全没必要把“先生”当靶子。

不过，吴绍澍的想法却恰恰相反。日本投降后，国民党对接收上海一时鞭长莫及，便任命第一时间返回上海的吴绍澍为上海市副市长、社会局局长。吴绍澍正大权独揽、炙手可热之时，不料他的“先生”随后驾到，而且威势不减当年。吴绍澍认为杜月笙对他是巨大的威胁，于是决定在杜月笙抵达上海之日，先给了他一个下马威。

杜月笙晓得，倘若没有人做后台，吴绍澍人品再差，谅他也没这个胆量!这个后台除了蒋介石本人还能有谁呢?

“蒋介石的夜壶”，是杜月笙的一句名言，他多次对范绍增

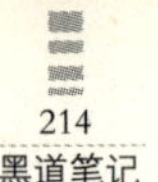

等人提起，说蒋介石待他，就像使用夜壶一样，用的时候双手捧住，不用的时候往旁边一丢，还捏住鼻子嫌臭，从不会摆到光亮的地方。如今抗战胜利了，租界没有了，这个“夜壶”也没用处了，藏在床底下都嫌碍事了，巴不得砸碎了抛到垃圾堆里去！

因此，杜月笙在心里多多少少对吴绍澍有一些理解，只要吴绍澍肯登师门，给他个面子，他也就既往不咎了。

几天过去，吴绍澍没有动静，杜月笙实在忍不住了，不顾众人的阻拦，亲自登车前往市府专程拜会吴绍澍吴副市长。他这么不顾师道尊严，为的就是听吴绍澍一句解释，或者一句道歉。但事与愿违，司阍推说吴副市长不在，根本不让进门。

被拒之门外，风光了几十年的杜月笙又一次在这个弟子面前塌了大台。

然而出乎意料的是，时隔三天，吴绍澍忽然登门了。当时，顾家大会客厅里高朋满座，杜月笙正忙得不可开交，忽然外间来报：“吴副市长前来回拜！”

这一声喊令杜月笙大喜过望，立刻迎到门外。

岂料，迎进来的吴绍澍铁青着一张面孔，端着一副大爷的架子，看都不看杜月笙一眼，而是当着满客厅的人，昂着一颗硕大的脑袋，高声宣布道：“谢谢杜先生前日亲至市府拜望，恕本人工作繁忙，工作时间无暇接待私人来访，今日特地回拜说明。”

这几句话把杜月笙说蒙了，他原以为吴绍澍是登门道歉，或者解释，最起码来几句寒暄的话，哪晓得他来下通牒，下战书！当众给他难堪！更有甚者，不等杜月笙张嘴答话，吴绍澍竟倨傲十足地转身而去。

大会客厅里所有人都愣了，待吴绍澍走出门去，大家方才醒悟过来，禁不住一个个破口大骂：

“这个欺师灭祖、忘恩负义的东西!”

“真是小人得志发癫狂!”

“月笙哥你言语一声，弟兄们就是上刀山下油锅，也要把这赤佬做了，出出这口恶气!”

顾嘉棠、叶绰山、高兰生等人莫不摩拳擦掌，准备给吴绍澍点颜色看看。

杜月笙却连连摆手，常言说“人在屋檐下，哪能不低头”，他想暂且忍耐一时，等戴笠返回上海再从长计议。

随着上海至重庆空中航线的开通，杜月笙的好友纷纷身兼要职凯旋，杜月笙的日子也逐渐拨开乌云重见天日。

戴笠一回来，就将进驻上海市的军统局本部中美合作所，以及和杜月笙的好友王新衡管辖的各单位统统搬进了杜美路的杜氏大厦，并在杜氏大厦举行盛大庆功宴。

杜氏大厦一楼的几间大厅被全部打通，摆了30桌酒席，最上面的一桌，坐的是杜月笙、戴笠、马志超、王新衡、李崇诗、陆京士等。戴笠笑说万墨林抗战八年劳苦功高，也拖他到首席

上去，和他的爷叔杜月笙同坐。

其余29桌坐的全部是军统及忠义救国军的重要干部、上海地下工作首领，以及相关的杜门弟子。

庆功宴开始前，戴笠即席致辞，高声颂扬杜月笙对军统及忠义救国军的支持。忠义救国军是他得到杜先生的助力而亲手建立的，抗战八年里迭经苦战，屹立东南，牵制敌人广大兵力，屡建奇功。抗日胜利后安定局面维持治安，所建立的功劳更大……

他越说越激动，后来竟挽着杜月笙的胳膊疾呼："我们都知道杜先生对于本军的重大贡献，所以我要说：没有杜先生，就没有忠义救国军！没有忠义救国军，就没有今天的胜利！"

顿时，宴会厅里掌声如雷，"杜先生，杜先生"的欢呼声此起彼伏，大厅里所有人都争先恐后地来向杜月笙致意，敬酒。

杜月笙积聚心头多时的忧愤一扫而光，霎时激动得热泪盈眶。他微微笑着盯住戴笠，眼神里全是意外的欣喜和深深的感激：到底是知己弟兄，唯有戴笠才晓得怎样给他安慰。

戴笠要给杜月笙的安慰，不仅仅是一个庆功宴，他还要为杜月笙出一口恶气。在戴笠看来，无论蒋介石是否给杜月笙官职，杜月笙是为抗日出了力的，理应受到尊重。吴绍澍是杜月笙的学生子，抗战期间在杜门弟子的帮助下才能开展工作，如今却做出此等欺师灭祖的勾当。

戴笠此时肩负肃清全国汉奸的重大责任，而上海是肃奸重

点。他几乎每天都有事情亲赴顾嘉棠家中，与杜月笙密谈，商量订立制度，拟定具体调查、逮捕逆产清管等种种办法。

在随后的逆产清管中，戴笠查出，吴绍澍在率先进入上海接收敌伪产业时，私吞了敌伪统税局长邵式军的亿万家财。

终于有了为杜月笙报还一箭之仇的机会。忠义救国军紧急出动，秘密封锁爱棠路80号。夜幕下，戴笠的得力干将毛森等人进入邵式军大宅。

熟睡中的吴绍澍被惊醒，听到走廊里有脚步声，于是连声招呼保镖侍卫，却没有任何人回答。他壮着胆子爬起来从窗户里向楼下看去，顿时吓得魂飞魄散。楼下暗影里人影幢幢，不用说他也清楚这是些什么人。好在来人并没有想要他的脑袋，否则他早已在睡梦中做了军统的刀下鬼。

他吓出一身冷汗，躲在墙角里再也不敢出声。仿佛一个跟头从云端里栽下来，吴绍澍被摔醒了，这才不得不承认，杜月笙不是好惹的。

在此前，当他集中全力攻击杜月笙时，就已经饱尝了杜月笙群众力量的厉害。杜月笙的爱徒陆京士以社会部沪宁特派员的身份拉起了一支“工人忠义救国军”，随后又拉起一支“护工队”，其成员遍布全市各工厂，使吴绍澍派去担任市总工会筹备委员会的几个人无法开展工作。陆京士还组织大批失业工人和要求涨工资的工人，成群结队、川流不息地到国民党市党部社会局请愿，给吴绍澍制造麻烦，施加压力。上海市工商金融界

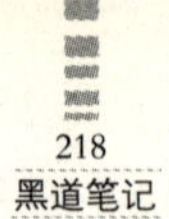

的许多老板，也在杜月笙及其门生弟子的授意下，拒绝与吴绍澍合作。在此情况下，吴绍澍的工作处处受阻，难以打开局面，一开始的万丈气焰渐渐被熄灭，到 1946 年元月，几乎很少再到社会局上班了，如今又落到戴笠手里，后果不堪设想。

戴笠将关于吴绍澍侵吞邵式军巨额家财的报告打上去后，又经孔祥熙“敲边鼓”声援，不久，国民政府免去吴绍澍上海市副市长和社会局长的职务，后又相继免去其国民党上海市党部主任委员、三青团上海支团部主任等职务。

吴绍澍就此垮台，其所有职务全部由吴开先接任。至此杜月笙大大地出了一口恶气。

僵太子

1948 年，国民党军队在战场上节节败退，国统区物价飞涨。8 月，国民政府又实行“币制改革”，发行金圆券。为了强迫民众交出手中金银外币乃至珠宝首饰兑换金圆券，蒋经国以经济督导副专员的身份赴上海督战。一到上海，便到处扬言：

“本人此次执行政府法令，决心实行，不打折扣，绝不以私人关系而有所动摇，变更法令。”还让人编了所谓“打虎歌”进行宣传。

9月3日，蒋经国的“打虎”开始，下令逮捕申新纺织总公司总经理、政府“国大”代表荣鸿元、上海纸业公会理事长詹锡霖、上海永泰和烟行经理黄以职、上海吴锡记棉布号经理吴锡麟、上海黑市金钞掮客韦伯祥、股票商林乐畊，还有杜月笙的三儿子骏发公司经理杜维屏。

杜维屏是上海证券交易所的经纪人，在币制改革的前一天，杜维屏抛出永安纱厂空头股票2800股。翌日《财政经济紧急处分令》下达，币制改革初期，股票停拍。杜维屏根本没想到自己一笔小交易会被当作把柄，引来牢狱之灾。

但蒋经国醉翁之意不在酒，他就是要擒贼擒王，杜月笙是威震上海滩的人物，抓了他的公子可以杀一儆百，因此杜维屏在劫难逃。

蒋经国在逮捕杜维屏的同时，还把时任米业公会理事长的万墨林、永安纱厂副经理郭棣活和油墨公会理事长张超传去训话。万墨林走进蒋经国办公室时，蒋经国居高临下，厉声呵斥：“你犯案甚多，尤其粮贷案的事情，算是放你一马，你心里应该有数。眼下的事你掂量着办，今后上海有 天缺米，我就要了你的小命！”

万墨林听了惊慌失措，一肚子的气愤与不平，但表面上也只好唯唯诺诺。

杜维屏被抓，杜月笙正气得不得了，又听说万墨林被训，直恨得咬牙切齿。杜维屏抛出的永安纱厂空头股票2800股根本就不算一回事，和陶启明抛出的永安棉纱3000万股相比，实在是小巫见大巫。更何况陶启明主持币制改革，他知道政府发行金圆券的内幕，他是以泄密罪被抓。杜维屏一个老百姓，根本就和泄密不沾边，他不过是碰巧了抛出去之后赶上了币制改革，硬把罪名扣到他的头上，蒋经国这一切都是冲着自己来的，要拿他杀鸡给猴看。

杜月笙也非等闲之辈，他先是保持沉默，以养病为名，一个多月不曾出门，也不见客，躲在十八层楼上静观其变。

一个月之后，杜月笙开始反击。他先是在公开场合露面，口口声声宣称："我的孩子破坏了交易所的规章，应当办，我决不去保他!"

与此同时，他所控制的报纸上登出一篇"辟谣谈话"，大意是香港一家报纸刊出杜月笙因儿子被捕，三次晋见蒋经国企图为儿子求情，均被挡驾。声明此事纯系子虚乌有，杜月笙绝不会为儿子请托，并说经国先生执法相绳、不枉不纵，深致敬佩。

杜月笙手下纷纷出动，秘密调查孔祥熙的长子孔令侃独资经营的扬子公司，获取大量投机倒把、囤积居奇的证据。

9月下旬的一天，蒋经国将上海工商金融界巨头召集到浦东大楼训话。会议定于下午二时开始，结果两点杜月笙仍未到达。蒋经国不禁大怒，亲自去电话催促，杜月笙这才姗姗来到，并称身体不适。

蒋经国越发愤怒，会议一开始便正言厉色，杀气腾腾：

“本人奉总统之命来上海平抑物价，请各位父老予以协助，但时至今日未见有所行动。本人再次申明，如各位以及亲戚朋友囤积物资，逾期不报，一经查出，不但货物没收，人也将严惩不贷！”

蒋经国话音刚落，杜月笙不紧不慢地开了腔：“当局会秉公办案，我对此绝对信服。扬子公司囤积纱布等物资，在上海尽人皆知。也望蒋先生秉公办理，如此才能服众。蒋副专员若是不方便，各位同仁和记者先生可先去开开眼界！我有病在身，恕不奉陪。”

杜月笙说完，头也不回地走了。杜月笙话音一落，立刻引起全场哗然。蒋经国被当众狠狠将了一军，一时下不来台，只好派出“打虎队”去搜查扬子公司。

凭杜月笙与孔祥熙的关系，他是不愿意走这步棋的。可眼看着蒋经国抓了一个杜维屏还不放他过关，不得不出此险招以自救。料定蒋经国也不敢将孔祥熙的大公子怎么样。

扬子公司凭借特权，在战后处理美军“剩余物资”专营进口贸易和采办军火等方面发了大财。除此之外，该公司还炒汇炒股，囤积物资，哄抬物价，欺行霸市。尽管蒋经国“打虎”来势凶猛，公司老板孔令侃却根本没把他放在眼里，甚至连一点应付检查的表面文章都没做。结果“打虎队”在扬子公司仓库里发现巨量民生物资，如纱布、粮食、日用百货等，各种物资应有尽有。

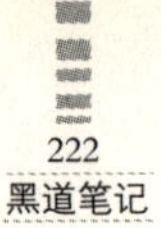

蒋经国为这位“表兄”不给自己留面子大为恼火，为了使币制改革取得突破性进展，不惜大义灭亲。随后，宣铁吾控制的《大众夜报》以头版头条新闻，揭露了“扬子公司”私套外汇的大案，还刊出了孔令侃的照片。

孔令侃毕竟不是杜维屏。他连夜赶到南京，向宋美龄求助。扬子公司中也有宋美龄的利益在里面，拔出萝卜带出泥，孔宋两家声誉全完。于是，宋美龄马上赶到上海，要蒋经国立刻停止查办。

蒋经国哪里肯听宋美龄的指使，梗着脖子表示，一定要一查到底。

“这件事你不许再动！”宋美龄狠狠地说，“我现在就找你父亲，等他回来再做处置。”

宋美龄立刻发急电给蒋介石，说有十万火急之事召他回上海。蒋介石从国共内战前线惊惶失措地回来，还没有下飞机，宋美龄便独自登机向蒋介石讲述了事情的经过。

蒋经国觐见蒋介石，尚未开口，蒋介石便说：“令侃的事情我都知道了，这件事就此打住！”

蒋经国刚要分辩，蒋介石一挥手，喝令他下去。蒋经国只好忍气吞声，回去收拾烂摊子。

11 月 1 日，国民党政府宣布取消限价。第二天，蒋经国发表“告上海市民书”，然后灰溜溜地返回了南京。

不久，杜维屏被宣布无罪释放，平安回到上海。

过江

1949 年 5 月 1 日，在中国人民解放军围攻上海前夕，杜月笙带着几房太太、子女、保镖、佣人和一大帮亲戚朋友，包括金廷荪一家、万墨林一家、顾嘉棠一家、表弟朱文德一家，乘坐荷兰渣华公司客轮“宝树云”号逃往香港。

此前，蒋介石曾在上海召见杜月笙，并解释逮捕杜维屏一事，说：“我当时在前线并不知情。否则，我怎么会让他们那样胡闹！”

蒋介石又提起杜月笙组织“共进会”、参加“四一二”清共之役，特别提起杀害汪寿华一事，力劝杜月笙迁居台湾。

杜月笙对蒋介石“兔死狗烹”的做法早有领教，岂能再追随他去台湾！于是，杜月笙选择了迁居香港。

5 月 3 日，“宝树云”号客轮抵达香港，杜月笙一行来到新居坚尼地台 18 号。坚尼地台 18 号是一楼一底的房子，杜公馆住一楼，楼上住的是杜月笙的浦东同乡、多年好友陆根泉一家。陆根泉是陆根记营造厂的老板，是举国闻名的营造业巨子。

一楼杜公馆就是陆根泉通过香港房地产业的朋友，用 6 万港币顶下来的。但在杜公馆的人看来，这一层楼的房子实在太

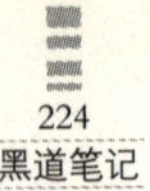

狭小太寒酸了，既无天井又无围墙，从街上就可以看到屋里的情况。正房只有三间，其余房间是利用走廊拐角隔出来的。

说来也是可悲，杜月笙挥金如土几十年，此时他的全部财产只有两笔，一笔是 10 万美元，是当年为预储子女教育费，交给好友宋子良带到美国代营“生意”的；另一笔就是出售杜美路大厦所得的 45 万美元。

杜月笙几十年呼风唤雨，用钱一掷万金、了无吝啬，得到过杜月笙援助以及在杜月笙的公司吃空头俸禄的各界人士均不在少数。

前中央党部组织部长、上海统一工作委员会常务委员吴开先与杜月笙共事 10 多年，对杜月笙的经济状况了解得比较透彻，做出一针见血的妙论：“抗战之前，杜先生的钱取之于土

杜月笙和五太太孟小冬

（烟土）用之如土（粪土）；抗战胜利后，杜先生的洋钿是取之于社会，用之于社会。”

抗战胜利后，烟土生意不能做了，做其他生意杜月笙根本就是外行，自家的许多事业甚至连经营状况都不甚了解。

杜月笙用起钱来，仍然是目挥手送，一掷亿万，丝毫不亚于“有土斯有财”的时代，仅历年捐助款项便是一个天文数字，因此，杜月笙总是过着拆东墙补西墙的日子，到逃往香港时手中无积蓄也就不足为奇了。

可就在这种情况下，杜月笙用钱的习惯仍不曾改变，每每有人前来寻求帮助，杜月笙依旧会出手救援。赴港之初杜月笙也谋划过开源敛财，做了几笔生意却都赔了本，他生怕再赔下去一大家人陷入困境，便不敢再投资，只得坐吃山空。

杜月笙自从抗战期间乘坐飞机落下哮喘病，十多年来时轻时重，如今做了寓公，坐吃山空，尤其手头铜钿有限，心里难免恐慌。如此一来，哮喘病愈发严重，以至于缠绵病榻，反倒躺着的时候多，坐着的时候少了。

1951 年 7 月 29 日，杜月笙突然派人给他在台北的心腹弟子陆京士发报：尽速飞港。

30 日，又拍急电到台北，用了严重的四个字：“病危速来！”

31 日陆京士复电，定于 8 月 1 日赴港。

接到陆京士的电报后，杜月笙对身边的人说：“如果京士

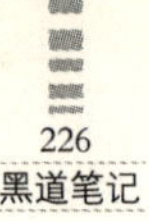

8月1日能到，我的病就有救。否则，定然是凶多吉少。”

8月1日天气骤变，香港刮起台风，松山机场停航，陆京士打来电话，称改在8月2日起程。

听过电话后，杜月笙颓然躺在床上，霎时面如死灰。经过一番痛苦的心里挣扎，他又默默许愿：如果2日京士能到，自家的病或许还有救。

8月2日中午，杜月笙坚持到餐厅和大家一道进餐，他要在那里等着陆京士的到来。

当吴开先、沈楚宝、朱文德、杜维藩等人簇拥着陆京士走进大厅的时候，饭桌上的杜月笙竟然倏地站起来，喜极而泣。

当大家坐下准备一道吃饭时，杜月笙仍然痴痴地看着陆京士。佣人重新送上饭时，他伸手去接，一不小心饭碗掉到了地上，“当啷”摔碎了。

杜月笙脸色骤变，顿时呆若木鸡。等他回过神来，十分认真地对陆京士说：“8月1日突然刮起台风，让你不能按时到港，我接到电话心里就‘咯噔’一下，莫名其妙地感到，这是一个凶兆。果不其然，这个刚刚被打碎的饭碗，验证了我的预感。这不是我迷信，是天老爷在暗示我，我的归期到了。不管你们信不信，很快你们就会知道我的话没错。”

果然从这天开始，即8月2日中午，杜月笙被搀回到自己的房间躺下之后，再也没离开过病榻，直到14天后一命归西。

也就是从这天午后开始，杜月笙见到陆京士之后，仿佛了无憾恨了，从此躺在病床上，进入半睡半醒的状态。

8月4日，杜月笙一觉醒来，神清气爽。当时守在病床边的有陆京士、孟小冬、姚玉兰、杜维藩、杜美如等好几个人。大家见杜月笙精神状态不错，以为病情好转。不料杜月笙却说："京士，我要和你谈谈怎样办理我的后事。"

此言一出，整个屋子的人都大惊失色，孟小冬更是"哇"地哭出声，随即又捂住了嘴。姚玉兰、杜维藩等人也都唏嘘啜泣起来。

杜月笙要求他的后事一切从简，但有三个要求：第一，要穿长袍马褂；第二，要用一口好棺材；第三，尸骨先葬到台湾，将来有机会再把他的棺材起出来，带回上海，落葬高桥。

随后，杜月笙时睡时醒，开始断断续续对陆京士口授遗嘱。8月6日，陆京士请来了钱新之、顾嘉棠、金廷荪、吴开先、徐采丞，加上他本人，按照杜月笙的交代，六人正式起草遗嘱。

遗嘱共分三份：一份是对社会的公开告白；一份是对子孙的训勉；另一份是遗产分配。

安排完后事，杜月笙的气喘愈演愈烈，几乎一刻都不能离开氧气罩。人也昏迷的时候多，醒来的时候少了。1951年8月16日下午4时50分，杜月笙在离他的生辰还有不到24小时的时候，匆匆走完了63年的人生旅程。

1952年11月25日，台湾当局成立了包括王宠惠、陈诚、何应钦、吴开先、郑介民、毛人凤等人在内的“杜月笙灵寝安厝委员会”，将杜月笙的棺木从香港东华医院义庄迁往台湾基隆，安厝在台北汐止镇大尖山麓之西。

张啸林：上海黑帮“张大帅”

张啸林人称“张大帅”，没有大帅众多的手下和枪杆，却凭着一双拳头在上海闯出了自己的名头。杭州武备学堂结交的人脉成为他加盟黄、杜“土”生意的一张王牌，走私烟土，一路无阻，一跃而成为与黄金荣、杜月笙齐名的青帮“三大亨”之一。

抢风头不在先后，关键是搞出名堂来。

——张啸林

小档案

姓名字号：张啸林，原名小林，乳名阿虎，后更名为寅，号啸林。

籍　　贯：浙江慈溪。

生卒年月：1877 年 6 月 14 日（农历五月初四）—1940 年 8 月 14 日，卒年 63 岁。

家　　人：

父亲——张全海，木工，开了一家箍桶店。

兄长——张大林，在一家织造绸缎的机房工作。

发妻——娄丽琴。

二太太——张秀英，青楼名妓。

长子——张法尧。

养子——张显贵，国民党内政部次长。

养子——张忠尧。

简　历

1877 年——出生于浙江慈溪县一个偏僻农村。

1887 年——入私塾读书。

1890 年——父亲去世，母子三人迁往杭州拱宸桥。

1890 年——进织造绸缎的机房当学徒。

1897 年——辞去织造厂工作。

1903 年——考入浙江武备学堂。

1905 年——退学，在拱宸桥南开茶馆。

1906 年——茶馆被砸，母亲去世，娶妻娄丽琴。

1908 年——打了日本人，陈效岐顶罪。

1912 年——杀了人，到上海避难。

1919 年——举家迁往上海，加盟三鑫公司。

1925 年——搬进华格臬路张公馆。

1925 年——被北洋政府任命为"财政部参议"。

1927 年——当选华人纳税会委员。

1927 年——"四一二"反革命政变充当帮凶。

1927 年——被蒋介石任命为"军事委员会少将参议""海陆空军总司令部顾问""行政院参议"。

1927年——开设“181号”大赌台。

1928年——任法租界公董局华董。

1929年——任上海华商纱布交易所监事。

1930年——回归故里，在杭州西湖边上湖滨路所建“天然饭店”开张。

1937年——投靠日本人，任杭州“维持会会长”。

1939年——组织“新亚和平促进会”，为日本军队收购和运销军需物资。

1939年——被日本特务机关任命伪“浙江省主席”。

1940年——被国民党军统局刺杀，卒年63岁。

犯怒

读个屁！老子命中要当官，还要读书？

浙江武备学堂学生张啸林一把将处分撕个粉碎，然后扬长而去。张啸林是浙江宁波府人，考入浙江武备学堂之前就已是家乡一带有名的混混。后来一心当官，考入了浙江武备学堂。

为了尽早实现升官发财、享受荣华富贵的目标，张啸林入学之后很是老实地学习了一阵子。武术课和洋枪洋炮课学得十分出色，但国文课与策略课常令他头痛不已，每逢上这些课他便设法装病。他一心想着当官，入学后特地拣了几个有背景的同学交朋友，其中有张载阳、周凤岐、夏超等人。

张啸林嗜赌，一日不摸骰子手心便会奇痒难熬。学堂里纪律严明，其中有“十不”禁令：不准随便外出；不准酗酒；不准嫖妓搞女人；不准赌钱；不准抽乌烟……这令张啸林不堪忍受。学堂里十天才休息一天，这实在是要了张啸林的命。老子是来当官的，又不是当和尚！张啸林受不了禁锢，开始想方设法逃课，到外面鬼混。

小打小闹，又有好友为他作掩护，一切风平浪静。张啸林胆子越来越大，旷课的次数越来越多。时日一长，任哪个都无

法再为他说话，学堂当时就给了他一个处分。

此处不留爷，自有留爷处。张啸林直接投到了杭州府衙役李休堂门下。张啸林身高体壮，在武备学堂练得一身好武功，心狠手辣，念书期间便常为衙役们破案捉人，大家混得烂熟。杭州府衙门的领班李休堂是慈溪同乡，对张啸林一向多有关照。

衙门的领班听起来不是什么大官，但管事多、权力大。上至衙门督抚的私生活，下到市民百姓的柴米油盐，都归他管。一出官府的门便是耀武扬威的样，有权又自由，张啸林喜欢。

有了李休堂这座靠山，张啸林一边给李休堂做助手，一边干起坑蒙拐骗的勾当，使自己的腰包很快鼓胀起来。

口袋里有了银子，张啸林就想背靠李休堂这棵“大树”干一番大事，这桩大事的头一步是在拱宸桥南边开一爿像模像样的茶馆。

茶馆既是商贾谈生意的地方，又是帮会人物聚首接头的地方，也是平常人等打尖歇脚的地方，更是流氓赌客聚集的场所。张啸林想利用这个机会拉起一帮弟兄，称霸一方。

张啸林虽然读书没灵气，做生意倒是把好手，他的茶馆不仅供客人吃茶，还专门设有赌桌，供客人赌博，更有杭州城里的妓女来陪客人赌牌喝酒。

生意红火，张啸林身边很快聚集起一帮小弟兄。有李休堂做靠山，手下又有了一帮小弟兄，张啸林心中不敢说豪情万丈，却也把自己当作一方的大哥。

拱宸桥一带说大不大，说小不小，茶馆生意红火，自然有人生意惨淡。拱宸桥一带的大哥"西湖珍宝"开的一爿赌场半天看不到一个人，派人一打探，这才发现是张啸林施小伎俩勾走了自己的赌客。

生意被抢走，"西湖珍宝"岂能善罢甘休！有天下午，一群人手持棍棒，突然闯进茶馆里，逢人便打，见物便砸。一时间，茶馆里鸡飞狗跳，吵闹声震天。

张啸林正在隔壁与一群人赌得正欢，听到外面吵得厉害，便想出来看看，刚刚挑起门帘，便当头一棒砸下来，顿觉天旋地转，人事不醒了。

张啸林手下那帮弟兄一看根本不是对手，一个个抱头鼠窜。幸亏有个叫李弥子的小弟兄够哥们，使出吃奶的力气，硬是将身高体大的张啸林从茶馆后门拖出来，张啸林因此免遭不测。

张啸林醒来时，正躺在李弥子家光线昏暗的小屋里。

"他娘的！"张啸林怒骂一声猛地从床上跳起来，又一下子抱住脑袋，想来那一棍子下手不轻，"老子若查出是哪个指使的，非扒了他的皮！抽了他的筋！"

张啸林咆哮一阵之后，见李弥子哭丧着脸一言不发，以为李弥子在为茶馆被砸而伤心，拍拍李弥子的肩膀说："弟兄们都逃出来就好，留得青山在，不怕没柴烧。"

"啸林哥，你回家去看看吧。"李弥子带着哭腔说。

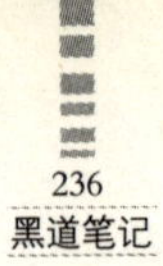

“难不成把家里也砸了？”张啸林瞪着豹子眼问。

“不是。”李弥子摇摇头，“是伯母，老人家一着急，摔倒了……”

张啸林一听，跳起来就往家跑。进屋一看，母亲躺在床上已奄奄一息，兄嫂正守在旁边抹眼泪。

张啸林眼泪刷刷而下，哽咽着不敢哭出声。母亲看到张啸林，嘴唇翕动，却已经说不出话。母亲听说茶馆被砸、儿子被打昏，一着急便栽倒在地上昏了过去，醒来之后已不会说话了。

当天夜里张母故去，张啸林与兄嫂扶柩还乡。

熟饭

母亲去世，张啸林悔恨愧疚，决定为母亲守墓七七四十九天，然后再返回拱宸桥。哥哥大林见弟弟如此，也决定留下来与弟弟一道为母亲守墓，让妻子带着孩子提前返回了拱宸桥。

大林的妻子离去后，一个名叫娄丽琴的女子走进了张啸林兄弟的生活。

娄丽琴是张啸林母亲的干妹妹的女儿，年方 25 岁，仍然是小姑独处。娄丽琴容貌姣好，亭亭玉立，年龄未嫁，事出有因。

娄丽琴年幼时，父母为她定下一门亲事。15 岁那年，夫家经商迁居南方，不久失去了联系。但有婚约在，娄丽琴也不好另聘人家，只好等着夫家前来迎娶，一来二去就等到了 25 岁。

张啸林的母亲逝世后，娄丽琴前来帮干姨娘料理后事，被一表人才的大林所吸引。如今大林的老婆回了拱宸桥，她便公开出入张家，照顾起兄弟两人的饮食起居。

这一年，张啸林 29 岁，早已到了娶妻生子的年龄。他虽然经常光顾妓院，形形色色的女人接触过不少，但从未动过将一个女人讨回家做老婆的念头。今朝见到娄丽琴，却是动了真心。但他看得出来，娄丽琴的眼睛一直围着大林转。

“哼，我小林哪点比大林差，为啥她就看不上我?”

张啸林心里很不服气。论相貌论个头，兄弟两人不相上下；论文化论才学，大林没进过学堂。大林老实巴交，吃的是手艺饭，怎能与脑瓜活络的小林相提并论？张啸林决定先下手为强，让生米煮成熟饭，到时候不怕她不从。

这天傍晚，娄丽琴来到张家的时候，张啸林已提前做好了晚饭，并特地炒了几个菜，烫了一壶绍兴加饭酒，说要感谢娄丽琴这些日子的照顾。娄丽琴很高兴，赶紧喊出大林，一道吃饭。

张啸林将加饭酒斟满三杯，每人面前放了一杯。

“天气有些凉，先喝了这杯热酒暖暖身子。”张啸林说着，率先端起酒杯一饮而尽。娄丽琴看看大林，两人相视一笑，也端起杯子干了。不消片刻，就见娄丽琴摇晃一下，趴在了

餐桌上。

“咦，她这是怎么了？”大林焦急地问。

“睡着了。”张啸林得意地一笑。

“你对她做了什么？”

“你都看见了，什么都没做，只是让她睡着了。”张啸林没事人似的，嘿嘿一笑说：“我知道你喜欢她，可你想过吗，像她这么漂亮的女子不会进门做二房的，何况嫂子那头你也摆不平。兄弟我虽不才，可怎么说也念过几年私塾，进过武备学堂，说不定哪天便会发达了，她跟了我，还能亏了她！”

“无论怎样，你不该用这种下作手段。”

“下作不下作，结果还不是一个样。”

大林摇摇头，离开了餐桌。张啸林抱起娄丽琴，进了自己的睡房。

或许是张啸林的蒙药下得剂量大了些，娄丽琴一直到第二天早晨才从昏睡中醒来。

睁开双眼，娄丽琴看到的是张啸林那张酣睡的脸。娄丽琴吓了一跳，腾地从床上跳起来，却看到自己赤裸着身体一丝不挂，惊骇中又赶紧坐回床上，拉过被子蒙头大哭起来。

张啸林被哭声惊醒，看看蒙在被子里的娄丽琴，乐了。待娄丽琴哭累了，这才掀起被子让娄丽琴露出脑袋，不紧不慢地说：“哭够了？哈哈，女人头一回都这样。”

“胡说！”娄丽琴被激怒了，倏地坐起身，不料被子一滑，露出了大半个上身。张啸林乘势抱住她，娄丽琴使劲挣扎，岂料越挣扎张啸林抱得越紧。娄丽琴挣脱不开，反倒娇喘吁吁起来。

"昨晚你睡得太沉，给你破了身都不晓得。你已经是我的人了，还忸怩个啥?"张啸林说着，将娄丽琴在床上放平，顺势搂抱着一阵爱抚。娄丽琴用双手捂住了脸。

娄丽琴一夜未归，无论如何也要给她父母一个交代。张啸林倒是担得起肩胛之人，从床上爬起来便去见了干姨娘，直接说自己醉酒非礼了娄丽琴，要讨她做老婆。

生米煮成了熟饭，干姨娘只好点头应允。

斗日

1910年10月，在清政府曾任武英殿人学士的王义韶病死。因为此人是杭州人，又死在家乡，杭州府一来以此人为荣，二来受朝廷之命，为他举行隆重的葬礼。

出殡那天，陈效岐的戏班子参加送葬，张啸林便混在送葬队伍中，跟在陈效岐身边凑热闹。

送葬队伍经过日本租界清河坊，一个日本小孩看热闹可能看得太入神，一头窜进了送葬队伍里。

张啸林正看得起劲，就觉得大腿一麻，想是碰到什么东西。

“哇”的一声，一个小孩大哭起来。

围观的日本人见状，立刻拦住送葬队伍，要王府赔偿巨款，同时要杭州府官方赔礼道歉，否则队伍别想走。

张啸林一听火了，一步窜出送葬队伍，大叫道：“这么多人的队伍，谁晓得腿底下会钻进孩子？没磕着没碰着，爬起来不就结了。”

“少废话！撞了小孩，拿白银一千两，少一两也别想从这里走过去！”日本人看都不看张啸林一眼，冲着王府前来交涉的人大声嚷嚷。

死者为大。出殡受阻便是对死者的大不敬。送葬的人好言好语，赔着笑脸，日本人一看送葬人软软可欺，抬手就去揭棺木上的红缎。

张啸林本来就是无事都要踢三脚的主，一看日本人无理，跳上一个小土丘，怒喝一声：“开打！”

送葬的人们早就忍无可忍，一看日本人太嚣张，潮水一般涌向日本人。张啸林嘴里大骂着“他娘的”，直朝日本人冲杀过去。

众怒难犯，日本人见势不妙，逃得全无踪影。

死者入土后，张啸林被三教九流的人们簇拥着向回走。一路上，人们仍然对于日本人的蛮横无理骂个不休。

狗日的，不给点厉害，不知道马王爷长着三只眼！张啸林

心中一团怒火，刚到清河坊，他就停下脚步，大声吆喝道：“他娘的，日本人忒不是东西！咱们砸了他们的鸟店，出一口恶气！”

混子们一片兴奋，齐声叫好。张啸林他们一到清河坊日本人的店铺前，二话不说，又打又砸，又摔又掼，一会儿工夫，就将各家铺子打得稀巴烂。

听说张啸林带头砸了日本人的店，一向视他为害群之马的乡亲看他的眼光都不一样了，甚至当面夸起他来。

张啸林正飘飘然，李休堂派人送信给他。信中说日本人对杭州府施加压力，要官府捉拿张啸林治罪。

张啸林的“英雄”豪情顷刻间被风打去，赶紧喊来陈效岐和李弥子商量对策。

陈效岐、李弥子都劝他去外地避一下风头，张啸林头一扬：“他娘的，我还怕了日本人不成。老子就是不走了，看他们能把老子怎样！”

陈效岐重重地拍了拍张啸林的肩膀，说：“好汉不吃眼前亏，赶快收拾行李，天黑后上路。”张啸林琢磨一下，只好同意。

天未黑，张啸林家却已被官府的人团团围了。听说官府要抓张啸林治罪，拱宸桥的百姓们纷纷涌向张宅。

逃是逃不掉了，不如痛快些，张啸林昂首挺胸地走到院子里，伸出双手，等着官府的人来给自己戴上枷锁。

几名捕快跨进大门，就要给张啸林戴枷。张啸林的兄弟陈

效岐将张啸林向后一推，对几名捕快说："我就是昨天带头闹事的人，你们带我走吧，不要祸及无辜。"

顿时全场愕然。捕快早就认得张啸林，百姓们更是知道张啸林。

张啸林赶紧走上前去，刚要解释，陈效岐把他挡在了身后，目光直勾勾地看着几名捕快。

捕快大多与张啸林有私交，张啸林又是李休堂的人，出来捉人是逼不得已。一看有人出来顶罪，立马给陈效岐戴上枷锁，带走了。

陈效岐是替张啸林顶罪，官府衙门没有为难他，更没有用刑，只是把他关进牢房，等待判决。张啸林通过李休堂四下疏通，最后判决陈效岐在拱宸桥头披枷带锁示众一个月。

听说陈效岐在拱宸桥头示众，附近百姓纷纷带着食物和水聚集到拱宸桥头慰问他。张啸林贿赂了看守陈效岐的捕头，只要周围没有日本人，处处给陈效岐方便。张啸林与一帮弟兄更是不离左右，日夜陪护。

屁大的事都能闹成这么大的动静，日本人真是欺人太甚。本来就痛恨日本人的杭州居民纷纷抵制日货，凡是日本人卖的东西和日本货一律不买。日本人到中国人的店里理发、邮寄、吃饭、洗澡，店主双手一拱，本店只招待中国人。

有仇不报不是张啸林的个性。他和手下弟兄吸取了上次的教训，将"明砸"变成了暗中使坏。在月黑风高夜潜入清河坊日本人的宅邸，装神弄鬼地吓唬日本小孩，连偷带砸。日本人见继续住在清河坊不仅赚不到中国人的钱，还得提心吊胆过日子，便纷纷搬走了。

赢妾

陈效岐示众期满被释放后，便与张啸林商议，应借着眼下在拱宸桥的人气做点大事，最要紧的是捞些铜钿鼓鼓腰包。两人拉上小兄弟李弥子，密谈一个晚上，最后决定修缮扩建茶馆，重整旗鼓另开张。

莫小看这爿茶馆，今朝这茶馆与早前的茶馆已大不相同。既有陈效岐的用武之地——说唱间，又有张啸林的用武之地——赌台，更有李弥子发挥的地方——大众茶厅。

如今张啸林在拱宸桥一带的势力已远远超过“西湖珍宝”，根本用不着再把这等小流氓放在眼里。

第二天“张记茶馆”动工，将原来茶馆的一层楼扩建为两层，一楼装修为大众茶厅，二楼除了几个单间茶室，另有娱乐间、说唱间和赌台。娱乐间本是供茶客玩赏的地方，一般设有画展、菊展一类高雅活动，但赌台人满为患的时候，这里变成了第二个赌台。张啸林本人既做聚赌的抽头，又是参赌的赌客，

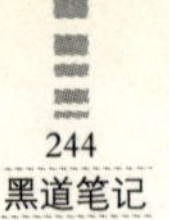

仅此聚赌一项收入，每月下来就在500~1000块龙洋。

张啸林自幼嗜赌，多年来已将各种牌技及作弊技巧玩得十分透彻，如今犹嫌不足，常常通宵达旦加以研磨，直到觉得已将各种作弊手法修炼到极致，即使赌场高手也难以看出破绽，这才罢手。

兔子不吃窝边草，也因茶馆里常有赌技高超的客人光临，张啸林一手骗赌绝活练成后，决定外出设赌骗钱。于是，每到春蚕上市和秋季稻谷收获之际，张啸林便将茶馆交给陈效岐打理，自己则带着一帮喽啰，到杭嘉湖一带引诱农民赌博。

在外设赌不像在拱宸桥，由于地面上不熟悉，遇到查禁的会毫不客气地连钱带赌具一并没收。为安全起见，张啸林租下一条小船，把赌局设在船里。杭嘉湖上的船只本就多得数不清，赌船夹在里面，很难被发现。

每次设赌之初，张啸林都故意输些钱，由此放长线钓大鱼，吸引乡下人继续赌下去。乡下人见可以赢钱，又能躲避警察，纷纷涌上张啸林的小船。

张啸林的赌法很简单，先以麻雀牌九为赌具引诱乡民们来玩，等他们获些小利，赌兴上来后，便以三粒骰子做赌具，巧立青龙白虎等名目，施“漏底棺材”之术来骗赌。这种“漏底棺材”之术就是在押宝盒的下面用头发丝系住青龙、白虎的两端，暗中拉动发丝，变换红黑。

这种骗术在大赌场里实属雕虫小技，很容易便被识破，但淳朴乡民却不曾见识过如此伎俩，稀里糊涂就把腰包里的血汗钱输个精光。尤其是无人晓得其中有诈，输了钱便要翻本，结果越翻输得越多，最终输得倾家荡产。

几乎每天夜里，张啸林的赌船上都会传出哭叫声，那是赌脱了底的乡民绝望的哭声，有些人承受不了这突如其来的灾难，一出船舱便一头扎进湖水，从此销声匿迹。

有一次，一个年轻后生输红了眼，把自己刚讨进门的小媳妇做赌注翻本。当最后一把骰子掀开缸盖的时候，年轻后生顿时如遭五雷轰顶。看着站在面前的一个个虎视眈眈的打手，年轻后生如梦方醒：完了，一切全完了！只好乖乖地带打手们回到家里，眼睁睁看着年轻貌美的妻子一路又哭又喊地被掳走。

后生的妻子刘氏年方十七八岁，浓眉大眼，皮肤细腻白皙。刘氏一进船舱，张啸林眼睛都看直了，真想不出如此乡村野寨竟会有如此美貌的女子。

当晚赌局一散场，张啸林便把刘氏拉进内舱，全不顾刘氏苦苦哀求，迫不及待地将其按在地板上，强行夫妻之事。

天气转凉，张啸林收篷转舵，带着刘氏打道回府。娄丽琴见丈夫带回一个年轻女子，一时间醋意大发。但她不敢当着张啸林的面说什么，只有张啸林不在的时候，对刘氏非打即骂，把对张啸林的一肚子不满发泄到刘氏身上，还把家里的女佣辞掉，让刘氏做起了劈柴、煮饭、洒扫、浆洗的活计。

刘氏已有身孕，由于不便言说，唯有咬着牙忍受。

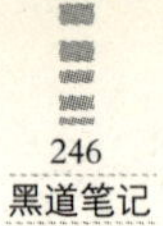

张啸林刚回来外面事比较多，无暇顾及家中琐事，过了些时日有了闲暇，这才注意到刘氏与先前大不一样了，整个人瘦脱了人形，只是身子不见瘦削。

“你没有生病吧？”张啸林有些疑惑。

“没……”刘氏摇摇头，欲言又止。

“她能有什么病，一顿饭能吃两大碗。”娄丽琴煞有介事地说。

“慢着！”见刘氏急着要走，张啸林喊了一声，“你要去哪里？”

“我还有事情没做完。”

“家里有佣人，什么事情要你做？”

“佣人我都辞掉了。”娄丽琴撇着嘴说，“来了现成的使唤丫头，何必还要浪费铜钿。”

“啪——”娄丽琴话音未落，便被张啸林一掌甩在脸上，同时被扇出老远，一个趔趄倒在地上。

娄丽琴被这突如其来的一掌打懵了，捂着脸傻呆呆地看着张啸林，仿佛不明白发生了什么事。过门两年，她与张啸林虽多次发生口角，但后来她学乖了，每当他脸色不对时，便率先偃旗息鼓，不曾发生过挨打事件。今天这事毫无征兆，让她猝不及防。但是在她看来，被打事小，在这个“野女人”面前蚀面子事大。

为了发泄心中怨恨，此后每当张啸林不在的时候，娄丽琴

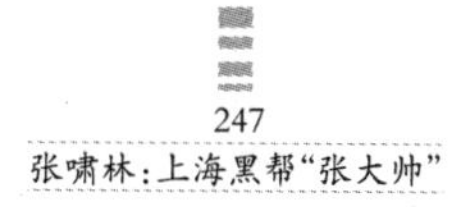

就变本加厉折磨刘氏。如此一来二去，有天刘氏忽然昏倒不省人事了。娄丽琴这下慌了，赶紧请来郎中给刘氏诊治，方才晓得刘氏已有五六个月的身孕。

娄丽琴过门两年多，一直不曾有喜，光去城隍庙拜神就不知拜过多少次，仍不能如愿以偿。如今这"野女人"一进门就有了身孕，叫她如何接受得了。

张啸林闻讯则是大喜过望，匆匆赶回家后，当即给娄丽琴下了死命："你给我好生伺候着，我儿子若不能顺利出生，或出生后有个三长两短，那时你也就活到头了！"

1908年初夏，刘氏生下一个儿子，取名张法尧。张啸林31岁得子，满月酒摆了十几桌，大宴宾客庆贺。

谁知好景不长，在张法尧未满三岁的时候，有天张啸林去杭州城内，在一家茶馆与朋友见面，为争座位，与一名旗人大打出手，险些酿成命案。该旗人后台硬扎，告到官府要求缉拿张啸林。

张啸林闻讯后逃到绍兴安昌镇，投靠老朋友翁左青。翁左青时任安昌巡官，在他的庇护下，张啸林安然无恙。1911年武昌起义爆发后，杭州光复，张啸林见风头已过，便辞别翁左青回到拱宸桥。

一进家门，张啸林觉得不对劲，家里静悄悄的没有一点动静，屋里只有娄丽琴一人。

"我儿子呢？"张啸林瞪着眼珠子问。

“被那女人拐跑了，我早就看着那女人不地道。”娄丽琴愤愤地说。

原来，在张啸林离开不久，刘氏就带着儿子走了。张啸林料定刘氏回了其前夫的家，当即召集一帮打手赶往杭嘉湖畔，到刘氏家中抢夺刘氏母子。

张啸林一伙来势汹汹，但左右都是刘氏的乡邻，张啸林也不敢来硬的，加上刘氏与其丈夫苦苦哀求，并告诉张啸林一个从未想到的事实：张法尧并非张啸林亲生，刘氏在上赌船之前已怀有身孕。

张啸林当时半信半疑，最后还是发了善心，允许刘氏留下，一行人带着张法尧返回杭州。后来随着张法尧一天天长大，相貌上与张啸林相去甚远，倒是越长越像刘氏的男人。尽管如此，张啸林膝下无子，还是将张法尧交给娄丽琴抚养，两人均将张法尧视如己出。

找回儿子后，张啸林扩大了茶馆生意，在自家茶馆里偶然结识了洪门大哥杭辛斋，张啸林暗自盘算着拜杭辛斋为师，依靠帮会扩大自身势力。

张啸林从绍兴安昌镇回到杭州不久，又闯下大祸。一天，喝得东倒西歪的张啸林走到拱宸桥附近，看到几个人合力殴打一个人。张啸林向来好管闲事，于是就向前劝说。醉汉还敢多事，那几个人就围住他动起手来。

张啸林什么阵势没经过，见人打来，飞起一脚就朝中间那人的下身踢去。那人当即晕死在地，睾丸当场被踢碎，张啸林知道又闯了大祸，急忙挣脱身来，也不敢回家，连夜逃到上海。

青帮

上海滩花花绿绿，张啸林却是心生胆怯，颇有一种乡下人进城的感觉。

他跑遍了市内的武馆、赌场和妓院，想找一份事干干糊糊口，可一无所获，口袋里的钱越来越少不说，还受尽了白眼。眼看就要沦为上海滩上的乞丐，当初和张啸林一同来上海，此时已是黑道大亨的季云卿安排他到永洋赌场做一名顶脚。

第二天，张啸林兴冲冲地来到一个叫做"永洋"的赌场，找到老板，并把来意说了。

"季老板吩咐过，往后你方便就过来转转，不方便就免了，记得月头过来领薪水就好。"老板说完，吩咐账房取来30块银洋，对张啸林说，"这是你头一个月的薪水。"

张啸林这才明白季云卿给自己找的是个吃空额俸禄的差事，顿时觉得季云卿够义气、够哥们。后来时间长了，他晓得当时一般的抱台脚月薪只有5块银洋，领班15~20块银洋，"早晚有一天，我要成为比季云卿更威风的阔佬！"张啸林暗下决心。

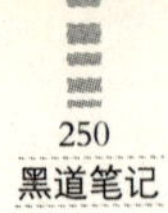

领到俸禄，张啸林做的第一件事便是将自己武装起来，他仿照季云卿的装束给自己购置了一套行头，打扮得派头十足。

五马路满庭芳一带有不少妓院，赌客们往往前半夜在赌场，后半夜就跑去妓院快活。张啸林也常常去附近的幺二堂子白相，每次都是派头十足，出手阔绰，使得妓院老鸨每次见到他都是端茶递碗，巴结个不停。

和老鸨混熟了，张啸林就想在堂子里再吃份俸禄。老鸨看他一脸横肉，镇得住场子，又是熟客，于是满口答应。

张啸林做了抱台脚，往厅堂里一站，那些想赖账闹事的流氓白相人都乖乖掏钱。附近的流氓混混再也不敢来这里闹事了。闲暇中，张啸林又充当了堂子的皮条客，把赌台的赌客朝堂子里拉，堂子里生意红火了，老鸨一高兴，每个月给张啸林的俸禄涨到了 30 块大洋。

口袋里有了铜钿，抱台脚的事体又是优哉游哉，张啸林便开始纠集流氓瘪三，想拉起一帮弟兄干点大事。他拳头硬，武功硬扎，在四马路、五马路一带很快有了些小名气，一些熟识的、不熟识的流氓纷纷慕名而来，拜在他的门下，张啸林的身边逐渐有了一帮弟兄。

手下有了一票弟兄，张啸林雄心大发，辞掉赌场与和子里抱台脚的差事，一心一意地走偏门。他们在四马路大兴街一带设起茶会，勾嫖、串赌、贩卖人口、逼良为娼，哪样赚钱做哪样。

捞偏门，张啸林发现，要想在上海滩出人头地，升官发财，还需要有硬扎的靠山。这期间，张啸林经朋友介绍，结识了同乡黄楚九。

黄楚九以摆药摊起家，靠着出售“滋补品”大发其财，早在19世纪末20世纪初便开起闻名上海滩的中法大药房，其事业涉及金融、地产等多个领域。到1917年，更是开设了鼎鼎有名的大世界游乐场。

黄楚九很想拉同乡张啸林一把，但见他不是做生意的材料，倒是个吃江湖饭的混世魔王，适合在帮会中发展，于是就把他介绍给青帮“大”字辈的樊瑾成。黄楚九有自己的“小九九”：将张啸林引荐给辈分最高的青帮人物，一来对得住老乡，二来自家生意在黑道上有人罩得住。

当时青帮中最高辈分便是“大”字辈，上海一带“大”字辈人物已所剩无几，樊瑾成便是其中之一。张啸林原先一心想拜季云卿为老头子，这下竟然和季云卿成了同辈弟兄，顿时喜出望外。

黄楚九带着张啸林拜访樊瑾成，樊瑾成额头竖成一个“川”字。张啸林心里“咯噔”一下，这事泡汤了。

樊瑾成的确有些犹豫。樊瑾成来自杭州，虽然不曾与张啸林谋面，晓得这是匹拴不住嚼子的野马。徒不教，师之过，收了此等徒弟往后只会吃累不起。不收吧，黄楚九的面子不能不给，此人也算上海滩一大红人，说不得哪天求到人家门下。

樊瑾成收徒，张啸林的开香堂仪式极其冷清。樊瑾成只为

张啸林一个弟子开香堂，自然没有同参兄弟；樊瑾成辈分高，赶香堂的“大”字辈爷叔便廖无几人了。樊瑾成只好拉来一帮“通”字辈、“悟”字辈人物凑数。

赶香堂的人越多，老头子的面子越大，做徒弟的也跟着脸上有光。张啸林倒不在意表面形式，他看中的是入青帮的实惠。入了青帮，无论走到哪里，只消对上“切口”，都会有青帮弟子照应。自己拜的是“大”字辈的师父，成了“通”字辈弟子，辈分在那，到哪都会有人高看一眼。

张啸林凭借自身的文化功底，将青帮所有的“海底”术语背得滚瓜烂熟，与李弥子一唱一和，先在东昌渡一带做些敲诈勒索、巧取豪夺的勾当，摸清了码头的状况后，便开始伺机上船抢货。

当时凡有装货或卸货的船只，都会有流氓伺机明抢暗夺，能不能得手要看货物的保护人有多大势力。张啸林凭借身高力大，又有一手不错的拳脚，通常一人能敌三五人，抢货屡屡得手。

渐渐地，张啸林依靠拳头在码头上打出一小片天地，加上他是“通”字辈，比一般跑码头的青帮人物辈分高，一些人便愿意与他结交或者拜他做老头子。

听着别人喊自己“师父”或者“张爷叔”，张啸林飘飘然起来，自恃身材魁梧、膂力过人，在门徒中自比奉系军阀张宗昌，被门徒捧为“张大帅”。

坑蒙拐骗、拆梢抢劫的勾当也不是每日都能顺利得手的，手中铜钿无多，因此张啸林的日子并不是很好过，手头常常掉不开头寸。

当时，上海滩上的流氓各据一方，相互争霸。张啸林为了夺取码头上贩运水果的保护权，和广东帮流氓大打出手，"混战"一整天后最终获胜，因此名声大振。一些贩运货物来上海的小商人纷纷慕名而来，找他寻求保护，张啸林的生意渐渐多了起来。

木祸

有势力，又是浙江同乡，实在是保护神的不二人选。

杭州锡箔商人早就受够东昌渡一带码头流氓的气，敲诈、抢偷，生意都没法做。船商们找到张啸林，提出只要能保护货物安全，自己愿意按来货所值抽取一定比例作为"保护费"。

张啸林的眼睛顿时直了。这么大的一笔买卖，长久稳定，不做，老天都要劈了自己。

船商们高兴地离开后，张啸林细细一琢磨，不由得倒抽一口凉气。杭州锡箔商的商船量大数多，不可能全停靠在自己的势力范围之内。如果停靠在别处，自己哪里有那么多人手分身

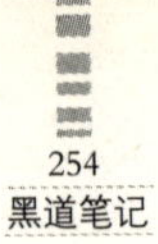

保护呢？万一发生货物被抢之事，收不到预期的保护费不说，坏了声誉就等于断了往后的财路。

送上门的肥肉不能不吃，一个人吞下去又不可能，不如找人联手干他一票。张啸林瞄上了十六铺码头“撑世面”的杜月笙。杜月笙以前卖水果，投入黄金荣门下后，奉巡捕房探长黄金荣之命在十六铺码头上向民船收码头钱，向十六铺附近的花烟间、燕子窝、赌台等收取花捐钱，在十六铺一带小有名气。

张啸林在码头上找到杜月笙，开门见山地说：“我揽到了杭州锡箔船商的保护权。生意大，商船太多，我手下弟兄有限，想找你联手做事。做事辛苦，到时少不了兄弟们那份!”

钱多，却有可能扎手。杜月笙不敢轻易答应，笑着问：“码头上白相人太多，比我月笙势力强的人太多了，老兄为啥偏偏看中我呢?”

“这很简单。”张啸林听后哈哈大笑，“我虽然来上海时间不长，对‘水果月笙’却是早有耳闻，欣赏的就是‘水果月笙’的江湖义气。”

天下没有无缘故的爱，杜月笙固然讲义气、仗义疏财，更重要的是杜月笙一伙势力不如自己，这让张啸林很有安全感。两人谈得投机，当场就定下了这桩生意。

世上没有不透风的墙，张、杜联手接的这笔生意很快传到青帮“通”字辈人物乌木开泰耳朵里。

乌木开泰原名范开泰，年近30，因专做乌木生意，被人称作“乌木开泰”。乌木开泰在青帮中很有威望，当时已是城隍庙董事成员之一，在十六铺一带势力很大。他除了做乌木生意，还经常出入小东门一带的客栈，与在此投宿的商客们周旋，意在拉拢关系，做客商的保护人，从中赚取保护费，杭州锡箔船商的生意有一部分便是在他的保护下进出上海滩的。

如今这个生意被张啸林与杜月笙抢了去，乌木开泰觉得丢了面子。“小赤佬，老子嘴边的肉也敢吃！”

乌木开泰骂骂咧咧，当即喊来一帮手下，布置他们外出打探消息，一旦杭州锡箔船到达十六铺码头，立刻动手硬抢。

除了纠集自家弟兄，乌木开泰还派出手下联络其他几个在码头上以抢为生的流氓团伙。结果锡箔船一到十六铺码头，各路流氓从四面八方一齐涌来，公开动手抢劫。

当时张啸林在东昌渡码头，根本没想到十六铺码头会发生哄抢事件。靠码头吃饭的流氓团伙都有各自的地盘，一般情况下互不侵犯。张啸林与杜月笙两人带领各自手下对锡箔船的保护，主要是为了抵挡一两个流氓团伙的半偷半抢，像这样联合起来公开硬抢实在少见，杜月笙手下的弟兄根本抵挡不住。

张啸林闻讯后十分震惊，当即火速赶到十六铺码头。

到那里一看，方才晓得下手硬抢的人是事先预谋好的。当时抢货的人已经全无踪影，杜月笙的手下除了受伤的，其他人也已逃离。杜月笙拼死抵抗，坚决不撤退，不讨饶，最后被打得血肉模糊，奄奄一息。

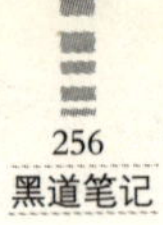

张啸林将杜月笙背回东昌渡附近的鸽子间里，请来医生为他诊治。

由于伤势过重，张啸林用尽手中铜钿，才将杜月笙从鬼门关拉回来。可是接下来的医药费却没钱支付了，当时正是十冬腊月，张啸林犹豫再三，只好脱掉身上的棉袄，让李弥子拿去当掉，为杜月笙买来草药，精心调治。

杜月笙十分感动，从此将张啸林当作兄长看待。事后张啸林派人四处打探，才晓得这场抢劫是乌木开泰所为。乌木开泰下了死命令，如若哪个抵抗，就往死里打，杀一儆百，看哪个还敢抢乌木开泰嘴边的肥肉。

十六铺一带的流氓都害怕乌木开泰的势力，杜月笙和他的弟兄们被打后，其他流氓团伙的人都不敢对他们实施抢救。倘若不是张啸林及时赶到，说不定杜月笙早已一命归西了。

死劫

上海新开河码头宽敞方便，许多外省船商纷纷在此停靠卸货。一时间，码头上摩肩接踵，热闹非常。与此同时，各“地头霸”也摩拳擦掌，欲靠武力将这块处女地据为己有，张啸林便是其中之一。

然而，不晓得从什么时候开始，码头上卸货的船只越来越少。到最后，偌大的码头上，只偶尔停靠一两艘货船，整日里冷冷清清，一片肃杀。

问题出在稽征吏的身上，尽管当时的上海滩官匪一家，但为了各自利益，也时常会有官匪相争的戏码上演。新开河码头建成后，稽查部门的一些官吏为了中饱私囊，以官方保护的名义征收稽查税和保护费，对船商大肆敲诈，比帮会流氓更加贪得无厌。

在这种情况下，张啸林找到各地船商拉关系，唆使船商到其他码头停船卸货，按以往惯例收取保护费。于是，船商们纷纷掉头，热闹了一阵的新开河码头很快便成了死港。

张啸林回过头来又与各个码头的“地头霸”联手，共享财香，一时间白花花的银子尽入囊中。

在大发横财的同时，张啸林在各帮派流氓团伙中的威信大增，影响力大涨。这一晌张啸林有了些做霸主的感觉，带着李弥子出入各大码头，挺胸凸肚，俨然一副大老板的派头。

眼看就要到嘴的肥肉被别人夺走，哪有不急之理。那帮稽征吏也并非等闲之辈，打听到是张啸林在船商中捣鬼，当即决定拿他开刀。

一天早晨，张啸林正在南码头联系事务。几名稽征吏迎面走来，向人打听张啸林。张啸林心中有鬼，拉下帽檐，准备避开逃走。

一名稽征吏看得仔细，心中怀疑，大喊一声，稽征巡警一拥而上。张啸林虽然膂力过人，还是被绑了个结结实实。

李弥子一见大事不好，立刻乘乱逃离。

一进稽查局，巡警们铁棍、皮鞭齐上，打得张啸林皮开肉绽。

二话不说，先往死里打，张啸林顿时暗暗叫苦：今日怕是凶多吉少了！有哪个能够置个人生死于不顾来救自己的性命呢？季云卿、黄楚九以及师父樊瑾成和自己没有如此交情，不可能相帮。

正心灰意冷间，张啸林心中又是一亮。杜月笙拼死保护锡箔船，是个狠角色，担得起肩胛。自己救过他的命，如果李弥子能顺利找到杜月笙，或许还有逃生的希望。

巡警们打累了，便将张啸林装进一只大麻袋，想等天黑下来将他抛入江中“种荷花”。

张啸林被打得昏迷过去，醒来的时候天色已到晚间。他只觉得浑身疼痛动弹不得，这才发现自己正蜷缩在一只麻袋中。

这时候，他听到屋里有人在说话：“天都这么黑了，还等啥？”

“还不是等‘金狮狗’，他要过来验明正身呢！”

张啸林倒抽一口凉气：完了，今朝必死无疑了！

忽然屋子里传来一阵异样的响声，稽征吏的谈话声戛然而止，紧接着麻袋被解开，杜月笙出现在他面前。

“啸林哥，让你受惊了。”

“看来阎王爷不收我呢！”张啸林大喜过望。

四五个稽征吏已经全部被捆绑起来，嘴里塞上了破布，张啸林冲着几个稽征吏哈哈大笑：“看好了，我就是张啸林张大帅，还需要验明正身么?”

“啸林哥，别和他们一般见识。此处不宜久留，我们走。”

张啸林这才觉得浑身疼痛，在杜月笙的搀扶下，迅速撤离现场。

张啸林只是受了些皮肉伤，擦些药休养几天就复原了。他打听到要置他于死地的正是稽征吏头头“金狮狗”，发誓要报仇雪恨。

当时的上海码头上有一批号称“三十六股党”的流氓，专在小东门一带以卖拳头为生，哪个有事，交上一笔钱，他们便替哪个出气。张啸林找上“三十六股党”的头目“吊眼阿定”为自己报仇。

“吊眼阿定”和杜月笙是要好的弟兄，听说张啸林是杜月笙的朋友，二话不说便答应下来，而且分文不取。尤其听说要对付的是“金狮狗”，更是来了精神，他与“金狮狗”早有过节，如今乐得做个顺水人情。

侦查好“金狮狗”的行踪后，“吊眼阿定”带着十几个人埋伏在一条商船里，装作逃税的样子，把商船停在距离码头较远的地方，等着“金狮狗”上钩。

巡查商船路过时，“金狮狗”以为又有发财的机会了，兴奋地朝着“逃税”商船疾驶过去。刚到船边，还未等“金狮狗”发话，突然从船里窜出几个人，一拥上前，把“金狮狗”掀倒

在地，一顿痛打。

“你们晓得我是谁，竟然对我动手！”“金狮狗”被打得嗷嗷直叫，“再不住手，我要你们吃不了兜着走！”

“就怕你没这个机会了。”张啸林从船舱里走出来，瞪着一双豹子眼，充满杀气地对金狮狗说，“睁开你的狗眼看看我是哪个，这一晌还要不要验明正身哦？”

“金狮狗”蓦然一惊，立刻跪地求饶：“张大哥，饶命啊，上次我是公务在身，迫于无奈才得罪了大哥，还望大哥大人不记小人过，放过我吧！”

张啸林哈哈大笑，抬腿冲着“金狮狗”的腹部就是一脚。“金狮狗”被踢得滚到船边，不经意间望到身下滚滚江水，顿时冒出一身冷汗。他赶紧捂着肚子爬到张啸林脚下，不停地给张啸林磕头。

“张大哥，饶命！要多少大洋您尽管开口，只要您放过我，今后我帮您占码头，事事听您吩咐。”

“我不要码头，连黄浦江都给你，够意思了吧。”张啸林冷笑一声，冲“吊眼阿定”使个眼色。

“吊眼阿定”立刻与几个手下上前，把不停告饶的“金狮狗”架起来，喊着号子，一道用力，将金狮狗向江中抛去。

不料此时正好漂来一只大粪船，只听“扑通”一声，“金狮狗”落进大粪船中。船老板没有听到动静，开着船飞快地走了。

望着远去的大粪船，张啸林气得捶胸顿足。“他娘的，白白让这小子逃了条活命！”

“金狮狗”没死，肯定会伺机报复，码头上这碗饭也无法继续吃下去了，只能跑路走人。

时隔数年，杭州那场人命官司想来早已过了风头。张啸林考虑再三，决定回杭州再做商量。

一招鲜

1919年初，张啸林举家迁往上海，同行的除了李弥子，还有陈效岐、翁左青及其家眷。

来到上海，张啸林在重庆路马乐里租了一栋旧式石库门房屋，一行人暂且安顿下来。时隔三年，码头上早已物是人非，原先追随他的那帮弟兄也早已作鸟兽散。要想在上海滩站住脚，闯出一番天下，一切都得从头开始。

正在犯愁，张啸林听到了一个熟悉的名字：杜月笙。杜月笙不仅成为法租界巡捕房探目黄金荣身边的红人，而且组建了“小八股党”、开办了公开贩卖烟土的三鑫公司，已经是青帮“亨”字辈中数得着的人物。

杜月笙最讲义气，也许他能给自己找条出路。张啸林不等约见，立即赶到三鑫公司。

杜月笙身着长衫马褂，衣冠楚楚，一副绅士派头，与几年前那个身穿青布衫、住在黄公馆灶披间里的“水果月笙”已然判若两人。

张啸林一拍杜月笙的肩膀，笑着说：“月笙啊，几年不见，你这一晌可是混出名堂了！”

杜月笙一拱手，说：“哪里！哪里！啸林哥，此次来沪，不知有什么打算。”

“唉，离开了几年，一切都要从零开始，万事开头难哪。”张啸林虽说是有心求人，却不肯开口说出来意。

杜月笙倒是有心，笑着说：“啸林哥，有没有打算加盟三鑫，我们弟兄一起干？”

“不敢有这个打算哦！”张啸林长叹一声，这事不靠谱啊。

“为啥？”这么好的事都提不起兴头，杜月笙有点不明白。

“不瞒你说，上次来沪，就有青帮大哥介绍我到黄公馆，见过了黄金荣。可黄金荣板着一副晚娘脸，我一气之下拂袖而去。哼，此处不留爷，自有留爷处，活人还能让尿憋死！”

原来，张啸林脸上这对豹子眼看上去颇有些杀气。加上目高于顶，傲气凌人，又脾气火爆，一语不合，张口便是“他娘的”，稍有不如意，便拳脚相向。尽管黄金荣不一定比张啸林高雅，但他看不上张啸林这副流氓痞子相。

“只要啸林哥有这个意思，这件事包在小弟身上！”杜月笙拍着胸脯说。

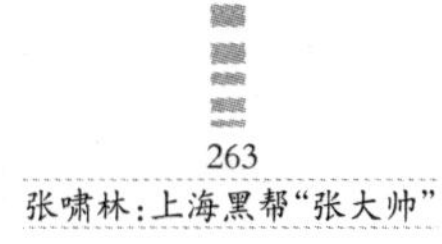

“你有把握?”张啸林将信将疑。

“此一时，彼一时嘛!”

“我晓得你在黄金荣面前说得上话，不过……” 杜月笙够义气，张啸林不好意思让他为难。

“黄金荣无需看我的面子。”杜月笙坦诚相告，“他看的是啸林哥手里的王牌!”

“哦?”张啸林一愣，“你倒是说说看，我手里有啥王牌?”

当时上海属于浙江军阀的势力范围，浙江督军杨善德病故后，北洋第三镇出身的浙江军阀卢永祥由淞沪护军使升任浙江督军，卢系大将何丰林继任护军使。何丰林及手下军警头目俞叶封以及其他军警要人均为浙江籍。而此时的浙江省省长张载阳是张啸林在浙江武备学堂的铁党。

“啸林哥这个背景足以让黄金荣刮目相看。”杜月笙笑着说。

“这个背景对黄金荣有用么?”张啸林还有些不甚明了。

“当然。”杜月笙说，“三鑫公司开办一年之久，独揽了上海滩上行的保护权，经营状况突飞猛进。但是，在三鑫公司面前，还有一道瓶颈无法突破，自吴淞口到龙华而入租界这条长长的烟土入港必经之路，都是淞沪护军使衙门的天下，水警营缉私营警察厅也都虎视眈眈，这段路不打通，三鑫公司难以获得大的发展。”

“你的意思是打通淞沪护军使的关节?”

“对极!”

“哈哈！”张啸林大笑起来，“月笙，难怪人家说你绝顶聪明，为兄真是自愧弗如。”

当天下午，杜月笙就找到黄金荣，把其间的利害关系那么一说，黄金荣当场拍板，随后，张啸林施施然来到黄公馆。

这一回，黄金荣在小会客室接待了张啸林，对张啸林极尽热情，并以幕后董事长的身份要张啸林去与杜月笙接洽，一切听从杜月笙安排即是。

此时三鑫公司便是杜月笙为总经理，掌管公司全局；金廷荪为副总经理，管理公司内部业务，开支预算，精打细算；张啸林加盟，同时任了一个副总经理的职务，主要负责外务，交际联络，是三鑫公司打入军界的一张王牌。

从黄公馆回到三鑫公司，杜月笙已准备好两万银洋，作为张啸林打入军界的交际费。

张啸林腰缠万贯，先回杭州拜访了昔日同窗好友、时任浙江省省长的张载阳，再由张载阳引领拜访浙江军政最高官员浙江督军卢永祥，然后由张载阳派出的小轿车一路护送遄返上海，直接驶入淞沪护军使衙门。

何丰林早已接到上司口谕，莫说张啸林有如此大的来头，即使什么来头都没有，凭三鑫公司的财势，他们又何尝不愿意结交呢？当年的军阀大多以鸦片烟为主要经济来源。而上海又是走私烟土集散地，淞沪护军使衙门每天看着一船船的烟土从吴淞口源源不断运往租界，岂能不眼馋、不动心？在租界经营鸦片，有百利而无一弊，何丰林、俞叶封何尝不想插一手分享这股财香？只因地位悬殊关系搭不上，不得不以水陆缉查得一点小财香香手。如今张啸林上门攀交，正是求之不得，双方一拍即合。

于是，帮会、租界、军阀，成了三位一体的鸦片走私联盟。鸦片烟土进入上海，接驳护运化暗为明，军警、法捕房联合护土。三鑫公司的业务蒸蒸日上，张啸林的荷包也以前所未有的速度膨胀起来。

从此，张啸林腰缠巨资，频频出入军政高层的各种社交场合，宴请酬酢，一掷千金。张啸林虽是流氓青皮出身，平日却极注重排场派头，既打得一口杭谚，又说得来一口纯正普通话，上海本埠话也能说得惟妙惟肖。到了正式场合，绝对是官派十足。

正所谓“有钱能使鬼推磨”。渐渐地，张啸林不仅与浙江军阀打得火热，与各军阀驻沪代表也多有往来。

落石

随着三鑫公司越办越火红，几年下来，张啸林口袋里的铜钿越来越多，加之广收徒弟，势力也越来越大，很快成为上海滩有名的“青帮三大亨”之一。

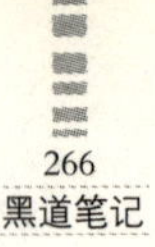

然而，就在三鑫公司与淞沪护军使衙门的合作一帆风顺的时候，1922 年秋，黄金荣突然闯下一场塌天大祸——在共舞台把卢筱嘉打了。

在黄公馆大客厅听到这个消息的时候，张啸林与杜月笙惊得目瞪口呆。

卢筱嘉是浙江督军卢永祥的公子，张啸林腰缠巨资好不容易打通关节，攀上了卢永祥、何丰林这班权贵。如此竟然把卢公子打了，这岂不是天大的笑话！

“为啥?”张啸林瞪起了豹子眼。

“他卢筱嘉太不仗义，竟然给露兰春喝倒彩！”黄金荣愤愤不平地说。

“他娘的！”张啸林一跳老高，厉声怒骂，听起来像是在骂卢筱嘉，实际骂的是黄金荣。

在法租界，人人都晓得露兰春是黄金荣一手捧红的戏子。即便有人觊觎露兰春的美貌，也不敢与黄金荣叫板！偏偏卢筱嘉初生牛犊不怕虎，对露兰春展开猛烈攻势，频频送花。

露兰春自然不敢得罪黄金荣，只能对卢筱嘉不予理睬，这下激怒了卢筱嘉，偏巧这天晚上露兰春在台上唱腔走板，卢筱嘉抓住机会大喝倒彩。黄金荣正在台下坐镇，立刻喝令随从：“给我打”，几个打手恶狼般朝卢筱嘉扑去……

当黄金荣认出喝倒彩的竟是大军阀卢永祥的儿子卢筱嘉时，卢筱嘉的脸上已重重地挨过两巴掌，留下鲜红的血印。

黄金荣自知闯了大祸，喊来杜月笙与张啸林，就是商量怎样想法料理善后的。但黄金荣仍对女戏子痴心不改，此后照旧每晚坐镇共舞台。不等杜月笙、张啸林实施善后办法，何丰林已派出手下将黄金荣从共舞台抓走，送进护军使衙门，下了大牢。

这下黄公馆闹翻了天。

对张啸林来说，黄金荣的个人安危倒不重要，重要的是不能影响了三鑫公司的生意。从黄公馆出来，便直接去了龙华护军使衙门。

他原以为，往日与这帮军政大员酬酢往来，一掷千金，也曾称兄道弟热络得很，只要他出面，就算不会释放黄金荣，也该给他个透亮话。却没想到，何丰林竟然让他吃了闭门羹。

见不到何丰林，张啸林只好去找何丰林心腹下属俞叶封。自三鑫公司合作以来，张啸林和俞叶封不仅成了铁杆兄弟，不久前还做了儿女亲家。

“卢公子受了委屈，卢督军是很生气的，现在卢公子就住在何公馆，何将军自然不方便见你，卢公子这口气不出，这件事很难解决。”

听了俞叶封的话，张啸林心想，这下黄麻皮怕是凶多吉少了。可是时隔未几天，黄金荣突然被释放了。

听到这个消息，张啸林简直惊呆了！凭着他与浙江军政界一干人的关系和省长张载阳这个大靠山，连何丰林一面都不曾见着，黄门其他人哪个还有如此大的面子？除非是黄金荣其他道上的朋友出手。

可一打听，救黄金荣回家的竟然是杜月笙！原来，杜月笙晓得黄金荣不会对露兰春放手，便赎出稻香楼里卖艺不卖身的头牌小木兰，代替露兰春送给卢公子，并请卢永祥与何丰林加入黄杜张三人正在筹办的“聚丰贸易公司”，按五只股平均分红，以此作为换回黄金荣的条件。

张啸林听罢，旋即算了一笔账，“聚丰贸易公司”专门从事烟土走私生意，黄、杜、张三大亨平均出资，平均分润，如今卢、何不出一文股金直接参股分润，便直接损害了“三大亨”的利益。此举为救黄金荣，黄金荣赔了铜钿自然无话可说；杜月笙作为发起人，赔钱做好人是他自家乐意；唯有张啸林在不知情的情况下，赔了钱让别人拿去送人情，心中十分气愤。

“月笙，聚丰贸易公司是我们三个人办的，这个大个人情送出去，最低限度，你事先要跟我打个招呼。”张啸林毫无情面地说。

“对的，对的。”杜月笙赶紧解释，“当时也是救人心切，临时想到顺口就许诺了，泼出去的水已经无法收回，所以从护军使衙门出来我就在想，他们两只股的利润就从我和老板的利润里出好了。”

话说到这个份上，张啸林也不好再计较什么。

黄金荣下牢蚀了面子，干脆一不做二不休，一乘龙凤花轿将露兰春抬进家门。黄金荣以为煮熟的鸭子不会飞了，便放松了警惕。岂料时隔不久，露兰春便与富家公子薛二私通起来。

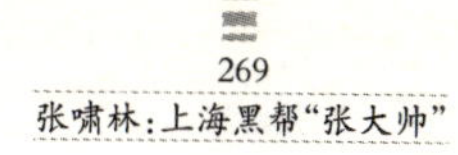

张啸林很快闻到风声，气得双脚直跳。

“他娘的！卢筱嘉手都没碰着，就挨了两巴掌。如今让薛二捡了这等大便宜！”张啸林越骂越上火，“薛二算个什么东西，不行，老子非教训教训他不可！”

张啸林说干就干，当晚便带着几名打手，埋伏在共舞台附近。在夜场散戏后，从后门堵住薛二，将其塞进汽车，拉到位于三马路的潮州会馆。

潮州会馆后面的殡房是暂时停放潮州同乡灵柩的地方，除了装进尸体等候家属扶柩还乡的灵柩外，更多的是备用的空棺。

张啸林将薛二痛打一通之后，放进其中一个空棺，盖上棺盖，等候潮州人来处理这个“孤魂野鬼”。

或许是薛二命不该绝，第二天一早，便有人将这桩事体报告了杜月笙。当时露兰春与薛二私通已是公开的秘密，杜月笙担心因此给黄金荣带来麻烦，便悄悄派人把薛二弄出来，抛到离薛家不远的地方，让薛二捡回一条性命。

后来张啸林知道了这件事，对杜月笙极为不满。

缝生

1924年9月，“江浙之战”爆发，直系军阀江苏督军齐燮元

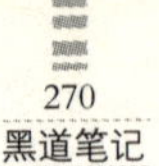

早已对皖系卢永祥独占上海耿耿于怀。随着卢永祥反对直系的态度日益明显，双方第一次战役于9月3日在浏河前线拉开序幕。

由于齐燮元与另一直系军阀福建督军孙传芳达成合作之局，致使卢军腹背受敌，最终皖系卢永祥兵败。何丰林被迫通电下野，上海成为了直系军阀孙传芳的天下，前海州镇守使白宝山作为上海防守总司令率兵进驻上海。

转瞬之间，上海滩易主，三鑫公司的鸦片走私陷入了困境。

自从三鑫公司独霸了上海烟土市场，“潮州帮”退居附属地位，业务每况愈下。他们中一部分人联合上海另一股力量，另外开辟运土途径，选择长江北岸的启东海门一带作为驳运的驿站。

启东海门以至南通都是通海镇守使青帮“大”字辈张镜湖的辖区，他们和张镜湖的部下搭上关系，雇用外轮驶入长江北岸，然后用小船接驳，深入苏北，转运全国各地。三鑫公司的业务受到很大影响。

如今三鑫公司又失去军界靠山，原先运送烟土的那条路线已不敢再走。眼看烟土将全部断绝，“三大亨”一时无计可施。以前哪曾想到会发生战乱，货到立即发售，从未考虑过存货。如今运输中断，上海的大小土行，便都面临断档的恐慌。

烟土生意停顿，张啸林这一帮人便断了财源。张啸林、杜月笙和“小八股党”顾嘉棠等人都是靠烟土起家，铜钿来得容易，挥霍得快，等烟土一断，这才发现手中一文不名。

眼看年关将到，张公馆上下一干人个个要吃要用，没有了

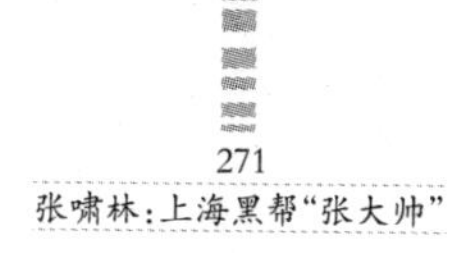

铜钿这个年关怎么过？尤其三鑫公司几乎停业，在三鑫公司公干的张啸林的门生徒弟也都面临揭不开锅。

张啸林急坏了。向黄金荣借钱那是万万办不到的。杜月笙更是个不存钱的主，白花花的银子都是过手财香，一手进一手出。

就在这时，杜月笙来访。

"啸林哥，别这么愁眉苦脸的，有你的事做了。"

"没有土，还有啥事好做？"

"土很快就会有的，这一晌还有一步棋需要你去走。"

"哪一步？"

"攻下孙传芳那批新贵。"

"真有土了？"张啸林来了精神。

"是的，陆冲鹏手里有土，我已经派人去联系他了。"

"他怎么会有土？"

"说来话长。"

陆冲鹏出身于海门世家，曾就读于苏州法律专科学校，是民国初期上海选出的国会议员。因此之故，陆冲鹏与皖系的段祺瑞、李思浩等人关系密切。

第二次直奉战争后，奉系控制了北洋政府，请出皖系段祺瑞出任"中华民国临时执政"。段祺瑞任命其亲信李思浩为财政总长。李思浩一上任，就面临一大难题：军费庞大，外债纷杂，财政极度困难。

为了筹集资金偿付海军欠款，段祺瑞与李思浩经过一番奔

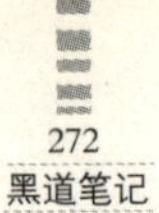

走，终于得到日本财阀三井的暗中协助，双方秘密商定，由三井垫付资金，每月从波斯采购500箱红土，运往上海销售。销售所得款项，偿还三井垫付的资金后，其余全部交由段祺瑞政府支配。而这桩事体需要中日双方各出一人接洽运作，日方由中泽松男出面赴波斯采购大土，中方从上海挑选一名所谓“安福系”的自家人负责接货与销售。于是，上海国会议员陆冲鹏便成为他们的最佳人选。

首先，陆冲鹏是“安福系”支持当选的国会议员；其次，1920年直皖开战，段祺瑞兵败下野，与李思浩等要人均住在陆冲鹏家里避难，将这桩美差交给他，也有报答之意。当然，还因为陆冲鹏与上海的烟土商关系熟络，每月500箱大土运到能及时出手并拿到现金。

介绍完这些情况，杜月笙拿出两万元交给张啸林，要他去打通孙传芳以前的驻沪代表宋希濂的门路。

张啸林不得不佩服杜月笙的长袖善舞之术，当初张啸林与何丰林那帮浙江籍权贵打得火热，全不把其他人放在眼里，对孙传芳的驻沪代表不屑一顾。而杜月笙坚持遇庙烧香，逢佛拜神，张啸林也只好勉为其难。

当时的上海在南北对峙全国四分五裂的形势下，以其租界的特殊地位和水陆码头等有利条件成为微妙的政治中心，但凡有点实力的军阀政要，无不在上海设立办事处。杜月笙的原则是，即便不能与所有军阀代表保持频繁往来，最低限度，也要有个良好的"见面礼"。而这些军阀的驻沪代表人生地不熟，一般都要"拜码头"，与孙传芳的驻沪代表宋希濂的接洽，便是在此种情况下埋下的一个伏笔。

腰缠万贯去和那一帮军人花天酒地是张啸林的强项。原本计划由宋希濂居间介绍，与孙传芳左右的官员拉上关系。而事实上，宋希勤是孙传芳的心腹大员，搭上了宋希濂，便等于打进了整个孙总部。

对孙传芳来说，当卢永祥在上海大发土财时，孙传芳早已经看得眼热。对东南半壁上的这座金矿——上海，哪个军阀不想轧进一脚。走私鸦片是上海滩最旺盛的财源，与其另组班底，劳心费神延误时日，不如接过卢永祥、何丰林的现成关系，坐享财香。

张啸林代表三鑫公司递过"橄榄枝"，陆冲鹏的500箱波斯红土，便由孙传芳最精锐的手枪旅某团执行从高昌庙到枫林桥的戒严，顺利进入法租界维祥里三鑫公司。

500箱波斯红土转眼间销售告罄，利益各方皆分润甚丰。三鑫公司不仅上下人等过了个宽松年，还开始了与孙传芳的亲密合作，在上海滩易主的困境中重新打开局面，业务迅速恢复攀升。

三鑫公司恢复业务不久，段祺瑞的财政总长李思浩到达上海，带来两张北京政府财政部颁发的委任状，为嘉奖杜月笙、张啸林销售波斯红土之功，特委任二人为"财政部参议"。

莠民

国民革命军大举北伐，吴佩孚、孙传芳和张宗昌的部队节节败退。

1927 年3 月 21 日，共产党领导的工人武装起义取得胜利，解放了除租界以外的整个上海市区。张啸林坐不住了，从中间小门踱进杜公馆，对杜月笙大发感慨：

“倘若共产党得了天下，可不比孙传芳代替卢永祥，张宗昌代替孙传芳（1925 年奉军张宗昌部在第二次江浙战争中进驻上海），我们这帮人怕是要成为‘共产’的对象了！”

“北伐军里也有共产党，待北伐军总司令进入上海，我想一切会见分晓。”

话虽如此，杜月笙对此也不无忧虑，担心共产党领导的革命力量日益强大，他们这些人的好日子将宣告结束。

杨虎、陈群两位北伐军高层人物前往黄公馆，与“三大亨”取得联系，希望借助帮会力量，消灭上海工人纠察队，捣毁共产党领导的上海总工会。

对此，“三大亨”态度各异。黄金荣虽与蒋介石有师徒之谊，但黄金荣做事一向谨慎，他看到共产党提出的口号和主张，得到很多人的拥护，担心国民党对付不了共产党。为了给自家留条退路，一直态度暧昧。杜月笙则毫不犹豫地表示：坚决追随蒋总司令，即使赴汤蹈火，也乐于从命！

帮助国民党打共产党，张啸林态度积极，只是有一个前提条件：让他蒋介石发50万的饷，再拨3000支枪。

杜月笙想要劝他改变主意，张啸林一拍桌子，扯着大嗓门吼道：“要干你自己干，这种赔本生意我张啸林不奉陪！”

回到隔壁自家公馆后，张啸林仍然余怒未消，扯着大嗓子对翁左青、陈效岐就是一通大嚷。

翁左青等他嚷完，笑着说：“杜先生一向精明，肯定不会做赔本生意，只怕是放长线钓大鱼。蒋介石若得了天下，50万的饷，再拨3000支枪又算得了什么？说不定还有官做！”

有官做，张啸林的目光闪动。此后，以杜月笙为主，张啸林、黄金荣为辅，在杨虎、陈群的幕后操纵中，购买军火，组建帮会流氓武装，成立“中华共进会”，为配合蒋介石“清党”，开始了一系列的准备工作。

杜月笙送出的是一封“宴会帖”，请汪寿华到杜公馆赴宴。汪寿华是上海工人领袖、上海总工会委员长。领袖一除，上海工人就会阵脚大乱。杜月笙曾经帮过汪寿华，请他赴宴，这个面子汪寿华肯定得给。

4月11日晚，汪寿华迈进杜公馆一楼大厅，张啸林突然出现在他面前。张啸林身着东洋和服，双脚叉开，双手抱在胸前，

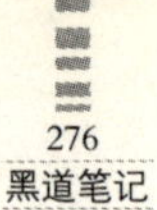

瞪着一对豹子眼，杀气腾腾地挡住他的去路。

汪寿华一惊，抬头望着张啸林。就在他一愣神的当口，马祥生与谢葆生这两位上海滩有名的煞星，不知什么时候一左一右出现在张啸林两旁，虎视眈眈地瞪着汪寿华。

鸿门宴！汪寿华转身往回跑，张啸林等人并不追赶。

顾嘉棠、叶焯山、芮庆荣、高鑫宝四人在杜公馆门口截住汪寿华，拖进事先准备好的汽车，疾驰而去。在枫林桥附近，工人领袖汪寿华被残忍杀害。

当晚 9 时左右，黄金荣与杨虎、陈群及后来加入的国民党高层王柏龄先后来到杜公馆。

八仙桌上烛光跳跃，烟雾缭绕。八仙桌前，“三大亨”与三位国民党要人，先拜天地，后喝血酒，结为异姓兄弟。张啸林尤为兴奋。与三位国民党要人结拜把兄弟，日后升官肯定不用发愁。

盟已结，人已除，“三大亨”开始轮流发表“战斗动员令”，张啸林清了清嗓子，摆手嚷道：“生死有命，富贵在天！赤佬纠察队搞得黄浦滩头鸡犬不宁，人心惶惶，要是让他们霸占了上海滩，我们这些人休想过好日子！他想砸老子的饭碗，老子就要他们的命！”

4 月 12 日凌晨，16000 余名系白色臂章执枪的“共进会”会员兵分四路，分别攻打商务印书馆的工人纠察队总指挥处、驻有 100 多名工人纠察队员的商务印刷厂、闸北湖州会馆的上海总工会会所，以及位于南市华商电车公司工人纠察队聚集点。

与训练有素的3000名工人纠察队相比，尽管"共进会"人多势众，并有蒋介石的正规军做后援，但还是久攻不下。

双方打得不可开交，淞沪警备总司令白崇禧贴出布告，勒令冲突双方"共进会"与工人纠察队停火缴械。

杜月笙为了表示对参加调解"冲突"的第二十六军的支持，提出"共进会"将所有武器弹药全部上缴二十六军。

"共进会"的枪支弹药是杜月笙挪用"三大亨"烟赌生意上的钱购买，听到这个消息的时候，张啸林气得一跳老高："他娘的！不给经费不给武器也就罢了，还要缴获自家购置的武器，天下哪有这等道理!"

枪支顺当到手，第二十六军军长周凤岐却又发了一张布告。布告云：

"照得本日拂晓，本埠各处忽闻枪声四起，即经派人调查，据报系有工人及莠民暨类似军人持械互斗，势正危急等语。……去后，兹据报称：所有各地持械之工人莠民等，势其嚣张，无法制止，业经遵令一律解散，并将所持枪械，暂为收缴……"

莠民！类似军人！好心没好报，帮忙居然还帮出罪名来！"共进会"总部立刻炸了窝，共进会的头头们肚子胀得老高，张啸林更是火冒三丈，大骂不止。

张啸林一拉车门，直接去了杜月笙家。

见到杜月笙，张啸林鼻子一哼，闷声问道："月笙，你说

个透亮话，我们自家购置的武器还能不能要回来?”

“这……”杜月笙也不知道周凤岐葫芦里卖的什么药，叹了口气说，“啸林哥，莫急，我们坐下来慢慢商议。”

“商议个屁！老子都成流氓莠民了，还跟谁要去?”张啸林怒吼一声，“他娘的！哪个不晓得老子是流氓，是莠民。用得着的时候八拜结交，用不着缴械镇压。共产党夺了上海滩关老子屁事!”

“啸林哥!”杜月笙还想劝他。

“老子算是白忙活一场！往后就是天塌下来，也不管老子鸟事!”张啸林将门一甩，扬长而去。

就在张啸林对杜月笙、杨虎、陈群等人大为不满的时候，杨虎、陈群由于利用帮会发动反革命政变有功，杨虎被任命为上海警备司令，陈群任警备司令部特别军法处处长。警备司令部的工作以清党为中心，杨、陈分别担任了“上海清党委员会”正、副主任。

杨、陈入主上海滩，自然不会忘了拜把兄弟，首先是杜月笙的心腹干将芮庆荣担任了警备司令部行动大队长；接着黄金荣门下的徐福生紧急跟进，任职于淞沪警备司令部谍报处。

蒋介石从南京回到上海后，专门设盛宴招待“三大亨”，并当面赞扬他们“深明大义”，是识时务的“俊杰”，委任黄、张、杜为总司令部少将参议，另加封他以前的老师黄金荣为行政院参议。

拿着蒋介石发下的委任状，张啸林不禁喜形于色：“我居然也是将军了。”俨然成了名副其实的“张大帅”。与此同时，在法租界默许下，张啸林、杜月笙出面组织了“法租界商界总联合会”和“纳税华人会”，公开标榜“以争取华人参政为职志”，并由此当上了公董局华人董事。

借势

上海滩的新主人杨虎、陈群是自家结拜兄弟，“三大亨”又晋身党国新贵，张啸林便想趁此机会开一爿大赌台。

开一爿大赌台，仅靠自家力量远远不够。杜月笙人气正旺，只有借他的名头才能成大事，赌台的主要干将更离不开杜门中人。想来想去，张啸林登门拜访杜月笙。

听说要开一爿大赌台，杜月笙眉头顿时皱了起来。上边政策不明，万一蒋介石对烟赌没兴趣，只怕会犯了龙颜。

张啸林倒是很乐观。替他都卖过命，开个赌场算什么，再说赌场开在租界。

“话是这样说，可总归不够稳妥，不如缓一缓。”杜月笙知道这事非同小可，不敢先做出头鸟。

“缓个屁！”见杜月笙不赞同，张啸林的火气“噌”地冒了

起来，“我早该晓得，你是事事与我作对，我就不该来这找没趣！不管你干不干，这个赌台我是开定了！”

杜月笙的人气、势力都在自己和黄金荣之上，他不出头，这事难办。杜月笙不同意，他的人气却非借不可。张啸林转身就去了钧培里黄公馆。只要黄金荣点头，杜月笙肯定碍不过面子，还得进来。“三大亨”有一爿三鑫公司做烟土生意，再开一家与三鑫公司相对应的赌台也有可能。

黄金荣听说三人合伙开赌场，开口就问：“月笙是啥想法？”

“别提他，那是个呆瓜！”张啸林一下子来了火气，“去了一趟南京，还真以为他就是老蒋的红人了，非要等等看老蒋是个啥政策。”

黄金荣也是个人精，知道杜月笙这样做自然有他的考虑，叹了一口气说：“我是退休的人了，不好再抛头露面，有用得着我的地方只管说话。”

张啸林又碰了个软钉子，一出黄公馆大门，气得破口大骂：“他娘的！还真当自己是什么好鸟？不信老子自己干不起来！”

张啸林早已看好福煦路 181 号一幢巨宅，认为这是个开赌场的好地方。宅子前门开在福煦路，后门直抵巨籁达路。前后门都是双扇大铁门，汽车可以直接进出。从前门进入后，首先是一座辟有亭台楼阁柳岸梅洲的大花园，花园后面是一幢三层楼的英式大洋房。

他以每月 4000 两银子的价格租下这座巨宅，然后设计装修搭班子。杜月笙不干，张啸林自有办法。张啸林背着杜月笙，以他的名义命令杜门弟子在赌台充任要职。"小八股党"之一的顾嘉棠带着十名狠角色"抱台脚"，杜公馆账房钱曾宝担任经理，杜月笙的开山门弟子江肇铭充当赌台"档手"。只要杜月笙的门人弟子在赌台公干，就不怕没人相信这爿赌台是"三大亨"合开的。

大赌台共分三层。一层、二层为赌场，赌博项目名目繁多，仅轮盘赌台就有八张，环绕着中央大厅的还设有数不清的大小赌室，麻将、挖花、牌九、铜旗、沙哈摇缸，中西赌具，一应俱全。赌台里还特地开有秘密赌博间，并为该赌博间辟有秘密通道，专供达官贵人们赌博之用。三楼是赌客的休息场所，大小房间各具特色，布置得迷宫一般。每个房间都设有烟榻，备有足够的上等鸦片，供瘾君子们免费吸食；对于不抽鸦片烟的赌客，另有高级香烟免费供应；更有名厨日夜掌勺，各种中西大餐、中外名酒应有尽有，随时供应。随侍赌客的是清一色的美貌少女，个个训练有素，烧烟挑土，侍奉巾栉，服侍餐饮小憩，莺啼燕语，娇声呖呖。

张啸林为招徕顾客，还别出心裁，规定凡是乘汽车来的赌徒，车费全由场主给付，其中自备汽车 4 元，出租车 2 元，有保镖侍从的，每人另加饭金 4 元；有的外地赌徒输得精光，还由场方代购车船票并派专人护送回家。这个金粉世界销金窟开

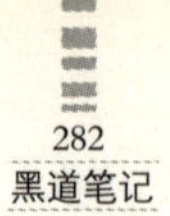

办不久，便“声誉鹊起”。工厂老板、银行经理、洋行买办及至教授职员，各界人士纷至沓来；一些巨富大员如王揖唐、叶楚伧等闻讯亦从各地赶来豪赌；素有“赌国魁首”之称的盛宣怀的少爷小姐更是这里的常客，赌得兴起，干脆用房契地契为彩头，动辄输赢三五十万，非但面不改色，反而快乐无比……

杜公馆的座上客纷纷来捧场，并成为其重要固定客源；其他各路客人也有很多是冲着杜月笙的名气而来，为杜月笙捧场。

捧场的时间长了，他们始终没有见到杜月笙本人，于是心生疑窦：黄金荣历来是在自家打铜旗，从来不下赌场豪赌，不露面很正常；杜月笙是赌台中豪客，好朋友来捧场也不露面，莫非其中有什么缘故？

这帮豪门赌客纷纷询问，杜月笙的手下只好借故搪塞，张啸林感到十分尴尬。顾嘉棠是杜门中与杜月笙最贴己的弟兄，张啸林逼牢顾嘉棠想办法，顾嘉棠说：“倘使大帅都请不动月笙哥，那旁的人就勿要去了。”

张啸林只好厚着脸皮再次上门。

“月笙，你晓得我张大帅轻易不求人，今朝为兄的求你去大赌台赌一把，最低限度，去转一圈，露个脸，这个要求不高吧？”

见杜月笙不吭声，张啸林再加一句，这句便带上了火药味：

“你也不要太托大了！”

张啸林一次次请不动杜月笙，面对杜月笙的一大帮朋友无法自圆其说，整日里急得直跺脚。可是令张啸林做梦也没想到的是，当金秋十月来临的时候，杜月笙突然陪着一帮南京来的贵客走进了“181号”大赌台。

当时赌台中的杜门中人以及全体赌客看到杜月笙时，无不为之震惊，一个个都停下手中的“活计”，目瞪口呆地看着这一行人。

张啸林远远地看到杜月笙，愣了一下之后，从心底发出一丝冷笑。因为他晓得，今朝蒋介石下野了，杜月笙跟牢蒋介石，不料跟错了人，杜月笙这一宝押错了。

他在心里得意的同时，立刻就想到了大赌台的生意，看来要更上一层楼了！他知道这一晌全场的人不仅在看杜月笙，更想看他张大帅和杜先生的关系！于是，赶紧哈哈大笑着迎上去。

果然，“杜先生到赌台来了”的消息旋即在赌客中传开，无论那天在场的不在场的杜月笙的朋友，都大受鼓舞，纷纷前往捧场，“181”号空前火爆。

杜月笙之所以改变初衷，正如张啸林所猜测，他是决定跟牢蒋介石的，在摸不清蒋高层对烟赌两档态度时，绝不首先扩大烟赌两档生意。然而，1927年8月蒋介石突然下野，南京形势大变，官员们贪污舞弊，纷纷带着大笔款项到上海吃喝嫖赌。许多高层官员到杜公馆拜见杜月笙，更有许多官员邀请杜月笙一道白相。

在这种情况下，杜月笙与南京来的贵客一道走进了“181

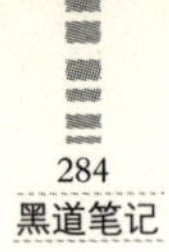

号”大赌台。

此后，南京来的赌客一天天增多，开始时还躲躲藏藏，后来来的人多了，也就习以为常，堂而皇之，登堂入室了。每逢周末，南京来的官员成群结队，某长某公的喊声此起彼伏，与黄浦滩上那帮赌国元老争奢斗富，一掷万金，一争短长。大门外汽车排成长龙，司机保镖都得另设招待的处所。

张啸林这一宝押中，喜不胜收，整日里笑口常开，乐不可支。“181 号”大赌台这一闻名全国的“天字第一号大赌窟”，由于赌客身份之高，赌资之巨，而成为闻名遐迩的“远东第一销金窟”。

父贼

1937 年“八一三”淞沪之战爆发后，在杜月笙等人为支援抗战四处奔走之时，张啸林带着一帮手下离开上海，优哉游哉地到莫干山避暑去了。

莫干山位于浙江省北部德清县境内，因春秋末年吴王阖闾派干将、莫邪在此铸成雌雄双剑而得名。莫干山山峦连绵起伏，风景秀丽多姿，以绿荫如海的修竹、清澈不竭的山泉、四季各异的迷人风光称秀于江南，享有“江南第一山”的美誉。

十几年前，为了打通鸦片在浙江的销路，张啸林在莫干山建起一栋别墅，供浙江督军卢永祥夏日避暑之用。后来卢永祥兵败下野，在东走日本之前，将莫干山的别墅“完璧归赵”。

张啸林收回别墅后，花巨资加以扩建修葺，培植了数万杆修竹，饲养了花鹿、仙鹤等奇禽异兽，筑造了亭台池榭，水木清华，取名为“林海幽居”。

林海幽居接待过黄金荣、杜月笙，报业巨子史量才在世时也曾到此避暑。凡是来过林海幽居的人无不对此地流连忘返，令张啸林十分得意。

沪战一打三个月，张啸林与一帮手下在“林海幽居”过着悠闲自在的生活，任凭上海滩打得天翻地覆，尸山血海，他全然不闻不问。当三个月快要结束的时候，日本驻杭州领事走进林海幽居。

对于张啸林来说，可谓闭门山中坐，喜从天上来。一见到日本人，他就晓得上海滩快要沦陷了！

他晓得杜月笙不会留在上海，而黄金荣年迈不问外间事，正是他独霸上海滩的好时机。日本人的到来，无疑给他送来了丌个好价的机会。等了大半辈了，做官的时辰终丁到了！

日本驻杭州领事表示敦请张啸林下山洽谈合作之意后，张啸林口气大得吓人：“别的免谈，‘浙江省长’或者‘上海市长’倒还可以商量！”

日本驻杭州领事听了，不禁倒抽一口冷气。驻杭州领事只

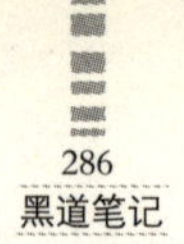

是个小角色，当不得那么大的家。不过，为了拢住张啸林，这个小角色当即表示："张先生的意愿，在下一定代为转达，还请张先生早日下山。"

送走日本人，张啸林带着一帮手下，欢天喜地地返回上海。

张啸林刚回到华格臬路，杜月笙便得到了消息。张啸林躺在烟榻上一筒大烟不曾吸完，杜月笙便从隔壁绕进了张公馆。"啸林哥，你回来啦？"

本来张啸林心情极好，但一听到杜月笙的声音就来气。他晓得杜月笙要说什么，眼皮都没抬一下，照旧抽他的大烟。

杜月笙见这阵势，便赔着小心走过去，在张啸林的对面坐下，隔盏烟灯，继续说："啸林哥最近还好吧？"

张啸林依旧不答话，引枪就火一个劲地猛抽。杜月笙干坐了一会儿，还是忍不住开口说："啸林哥，最近前方的情况不大好。"

"关我屁事！"张啸林猛的一声咆哮，然后重又端起了烟枪。"那么，啸林哥不准备离开上海？"

张啸林不做声，直等到那一筒烟抽完，才冷笑一声反问道："我为什么要离开？"

"日本人会打进上海……"

"那又怎样？"张啸林把烟枪重重地放下，豹子眼一瞪，咄咄逼人，"日本人进了上海，就不要中国人了？"

"那倒不是，可做了亡国奴，总归会受欺负的。"

“日本人啥时候欺侮你了?”

“你听到外面的炮声没有，你晓不晓得，日本人每发一炮，要炸死多少中国人?”

“那个关我屁事！我只晓得炮弹没落到我头上。”

张啸林大手往烟榻上一拍，站了起来，在屋里倒剪着手走了一个来回，最后站到杜月笙跟前：“你倒是说说看，日本人哪点不好?”

“旁的不说，只有一桩，不该跑到别人的国家来杀人放火。”

张啸林被噎了一下，豹子眼立马瞪大。

“我只问你，日本人有没有伤害到你我?”

“这个……”

“你想过没有?”张啸林打断杜月笙的话，振振有词地说，“说不定东洋人会把整个黄浦滩变成法兰西地界！到那时，莫说开一个 181 号，开一个三鑫公司，怕是开十个八个都不成问题!”

杜月笙遗憾地摇摇头，张啸林干脆地说：“好吧，月笙，人各有志，我们谁都不要再劝对方。你我话已说尽，往后无论遭遇如何，都算对得住兄弟了。”

张啸林虽决意留在上海，但还是做了两手准备。他将存在中汇银行的约百万元法币半数购囤花纱物资，半数交给杜月笙，由他代换成港币，存入香港汇丰银行，以备万一逃赴香港

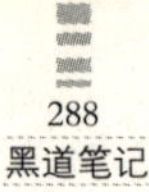

时所用。

杜月笙离沪赴港后，日本人把目标放在了黄金荣身上，不断派人去漕河泾黄家花园拜望黄金荣。黄金荣虽然爱财，却知道轻重，他对付东洋人的法宝是一个“病”字。无论是谁上门，黄金荣必定是“抱病在身，不好见面”为由，然后由他的家人学生连声“抱歉抱歉”，日本人晓得拖黄金荣出山绝无可能，只好退而求其再次，转而瞄向张啸林。

日本特务部部长土肥原贤二通过段祺瑞曾经的属下李思浩与张啸林正式洽谈“合作”条件。张啸林再次提出要当伪“浙江省主席”，土肥原为了稳住张啸林，信誓旦旦地承诺，此职位非张啸林莫属。

张啸林等了很久，仍没有土肥原的音讯。原来，此时日方正在加紧与汪精卫集团的勾结。与汪精卫集团相比，张啸林的利用价值便显得微乎其微了，所以土肥原对张啸林的态度便冷淡了许多。

张啸林坐不住了，再等下去，只怕黄花菜都凉了。

1937 年 11 月 29 日下午，张啸林坐着轿车来新公园西北侧一幢孤零零的二层小楼。此楼人称重光堂，是土肥原主持的特务机关——“梅机关”。

土肥原晓得张啸林的来意，却故意绕开“官职”闭口不提，笑着说：“张先生不愧是识时务者！杭州人对皇军的态度很不友好，我想请你去那里组织一个维持会，帮助皇军恢复秩序。”

维持会会长，那算个屁！张啸林一听大为光火，本想跳起来骂娘，一看日本人土肥原侍卫手中的枪，又闭上嘴巴。

张啸林骂骂咧咧地数了一路，回到自家公馆，亲家俞叶封早已在会客室里等候。

“怎么，土肥原没请你出任‘上海市长’?”俞叶封问。

“请个屁！他让我到杭州给他弄个维持会！他娘的，他把老子当成什么人了？他以为是打发要饭的！要不是他派人跑到莫干山请老子出山，老子才懒得理他！”

骂归骂，日本人交代的事却不敢不办，只好派出亲信到杭州组织维持会，协助当地日军“恢复秩序”。

但日本人终究还是有用得着张啸林的地方。这时，共产党的游击队控制乡村，袭击敌伪物资，上海的补给供应极为困难。于是日本人去找张啸林，叫他负责设法向外地采购必需物品。

官当不成就算了，铜钿总归要赚的，张啸林当下提出两个条件，第一解决经费问题，第二解决办公地点。同时要求在英大马路大新公司五楼开个俱乐部，做烟赌生意。

张啸林组织了一个“新亚和平促进会”，用日本人拨给的枪支弹药把他的门徒党羽武装起来，开始了专为侵华日军强征粮食棉花煤炭等物资的活动。张啸林依仗关系多，门路广，地理熟，又有日本人做靠山，在运输的事体上甚至动用杜月笙的力量——忠义救国军中的潜伏人员，以至于几乎包揽了上海与华中之间的煤米棉生意，在军需物品的供给上给日本人帮了大忙。

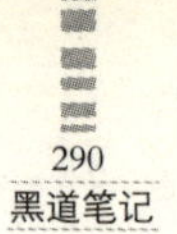

张啸林的生意越做越大。他从安南购煤运到上海转销华中一带。三轮车本来是安南（越南）河内特有的交通工具，张啸林瞧着好玩，命人带了一辆到上海，随后被顾四老板顾竹轩借去做样子，依式仿制，结果，三轮车在上海慢慢盛行起来。

在日本人的支持下，张啸林生意越做越大，后来竟然从安南采购煤炭运到上海，再转销各地，大发国难财。

这时陈老八当了维新政府内政部长，张啸林便一心一意想当一任“上海市长”或者是浙江“省政府主席”。

毙命

张啸林大发汉奸财，日本人对他越来越倚重。1939 年底，日本特务机关与张啸林暗中策划，准备建立伪“浙江省政府”，由张啸林出任伪“浙江省主席”。

在大新公司俱乐部里，张啸林与俞叶封商议，走马上任后头一桩要办的事体便是去灵隐寺还愿，将灵隐寺大雄宝殿修葺一新。第二桩要办的事体是重金酬谢山人许吾生，或者把他招到府上，纳为军师。

就在张啸林做着黄粱美梦的时候，有关他即将出任伪“浙江省长”的消息已传到重庆。加上此前张啸林早已充当经济汉

奸，国民党军统决定除掉张啸林。

1939 年 12 月末，戴笠下达了除掉张啸林的命令，这个命令是直接下达给上海行动小组组长陈默的。当时，张啸林的汉奸搭档伪"上海市财政局局长"周文瑞已被陈默小组在四马路望平里枪杀。两星期后，张啸林的另一搭档伪"和平促进会委员长"李金标又被行刺。这血淋淋的事实，引起张啸林的巨大恐慌。

1940 年 1 月 15 日，著名平剧艺人新艳秋在更新舞台挂头牌演唱《玉堂春》，俞叶封约张啸林一道去给新艳秋捧场。陈默等人侦知这一情况后，决定这一晚将两个汉奸同时除掉。于是化装成普通观众进入剧场，在离他们的座位不远处就座。

戏开演前，俞叶封早早来到，在预定的位子上落座，张啸林却迟迟没有露面。直到开演时间已过，一个听差进来告诉俞叶封，说张啸林临时有事来不了，俞叶封才示意开演。

戏到精彩处，全场观众都在凝神观看演出，负责执行的特务悄悄拔出手枪，对准近在咫尺的俞叶封，"砰"的就是一枪，顿时全场大乱。

待观众席里亮起灯光，暗杀者已无踪影，只有俞叶封倒在血泊中，气息全无。

消息传到华格臬路张公馆，张啸林吓得面无人色。他晓得这场暗杀是冲着他来的，俞叶封不过是临时被捎带上的。幸亏他临时有事没能去更新舞台，否则他早已成为了行动小组的枪下鬼。

经此一吓，张啸林惊慌失措。张啸林自此闭门不出，连俱乐部也不去赌了，与此同时，他加强警戒，一口气雇了二十几名身怀绝技枪法奇准的保镖，华格臬路张公馆前后门都有日本宪兵守卫，日夜巡逻，如临大敌，就像铜墙铁壁的堡垒一般。

端午节后，“新亚和平促进会”有新章程出台，张啸林见这段时间风平浪静，决定趁此机会在新亚大酒店宴请各界名流，庆贺一番。

报纸一登，行动小组个个摩拳擦掌。但这天从下午开始，张公馆便处于严密防备状态，不仅公馆内外保镖宪兵密布，张啸林赴宴的必经之路也布满伏兵，甚至准备了手提机枪。

当车队行驶到福熙路十字路口之际，红灯亮起，张啸林的司机阿四踏下刹车板，让汽车缓缓滑行。这时，张啸林正坐在汽车里，默默背诵讲话材料，丝毫没有意识到危险在靠近。

此时，行动小组正埋伏左右，机关枪早已架好，就等张啸林的汽车开到机关枪下，无须瞄准，一阵扫射，张啸林将必死无疑。

然而眼看汽车就要停下来，负责开枪之人却偏偏提前半秒钟扣动了扳机。张啸林的司机阿四是见过大阵式的，突闻枪声，当下猛踩油门，于是车子一个冲锋，疯狂飞离十字路口。“哒哒哒”的一串枪响，仅在张啸林的汽车上刺了几个洞，没有伤到张啸林一根汗毛。

事后，行动小组追查责任，是杜月笙的弟子于松乔提前开枪，致使张啸林死里逃生。有人说是于松乔不忍杀张啸林，故意提前开枪放他一条生路。

经过这次遭遇，张啸林越发提高了警惕，除了戒备森严，闭门不出，又增加了几名身怀绝技的保镖。

保镖虽然增加，但张啸林贴身的保镖只有 4 人，都是久经考验的心腹之人。其中一个叫林怀部的是张法尧的奶妈之子，张啸林视之为"家生奴"。此人枪法可谓了得，能在四五十步外击中扑克牌上的红心。张啸林更是视为依靠，时时刻刻带在身边。

这时，军统上海行动小组接到戴笠的电报，催促他们迅速执行暗杀张啸林的计划。陈默晓得张啸林此时警备森严，袭击的办法已经行不通了。于是决定收买张啸林的心腹，林怀部成为了最佳人选。

1940 年 8 月 14 日，张啸林已接到伪"浙江省主席"的委任状，即将起程上任。

这天傍晚，张啸林的弟子伪杭州锡箔局长吴静观，乘坐小汽车驶入张公馆。他是专程来沪商议张啸林赴任事宜的。

林怀部上前打开车门，迎出吴静观，又带他走上三楼，来到张啸林所在的房间里。当时天气炎热，窗户大开，林怀部别有用意地看了看窗户，然后关上门下楼去了，留下张啸林和吴静观两人密谈。

林怀部满怀心事地来到楼下，他看到阿四正在保养张啸林的“座驾”，又看到未关闭的大门，突然眼睛一亮。他大踏步上前，冲着阿四大吼起来：“阿四，为什么大门开着？你晓不晓得这样很危险？去关上！”

林怀部这一通吼把阿四吼蒙了。阿四是张啸林的心腹，资格最老，要吼也是阿四吼林怀部，哪有林怀部吼阿四的份！何况关大门也不是阿四分内的事。

“老妈子生的小瘪三，你也敢差遣老子？”阿四缓过神来，破口大骂。

林怀部立刻反唇相讥，两人越骂越凶，越吵声音越高。

张啸林在三楼正和吴静观说在兴头上，被楼下这么一吵一闹打断了，气得火冒三丈。他三步并两步来到窗边，从窗口探出头去，冲着楼下破口大骂：

“他娘的！吵什么吵？吃饱了撑得没事干，还要在我这里吵吵闹闹，简直不成体统！老子好多叫些东洋宪兵来，你们一个个把枪给我缴了，统统滚蛋！老子……”

要在平时，照说“大帅”一发火，挨骂的只能孙子一般低头听着。张啸林正骂得起劲，林怀部抬手就是一枪，“砰！”子弹不偏不倚，正从张啸林张着的嘴巴里射入，穿颈而出。

张啸林身子向前一扑，脑袋便垂挂在了窗前。

吴静观见状，当即拿起电话，想喊日本宪兵救命。

林怀部身手矫捷，枪声响过后立刻冲进客厅，三步并作两步，一眨眼便到了三楼，冲进屋的时候吴静观刚拨完号码，还不曾通话，林怀部扬手一枪，击中吴静观的后脑，“咚”的一声，吴静观扑倒在地上。

林怀部连杀两名汉奸，从三楼一路欢呼着跑下来：

“我杀了大汉奸！我杀了大汉奸！”

天井里集中了公馆里28名保镖，个个带枪，没有一个想到要惩罚林怀部。

“老林，好汉做事好汉当！”终于有保镖站出来说话，意思是不要牵连大家。

“当然！”林怀部一拍胸脯，大声说，“放心，我林怀部绝对不逃！”

随即，法租界巡捕房的安南巡捕在第一时间内赶到。林怀部主动将枪交出，束手就擒，痛痛快快跟着安南巡捕走了。

在张公馆门外执勤的日本便衣宪兵先是不晓得怎么办，等接到命令，林怀部已经被安南巡捕带走。

事后，土肥原贤二要求引渡“凶手”。法租界以林怀部犯罪在法租界，理应由法租界处理为由，予以拒绝。林怀部在监狱里待了一阵子被释放，很快在日本人的眼皮底下溜出了上海。